もう少し浄瑠璃を読もう

橋本 治

新潮社

もう少し浄瑠璃を読もう　目次

『小栗判官』をご存じですか　7
『出世景清』という新しい浄瑠璃　43
恋のはじめの『曾根崎心中』　81
浪花のヤンキーの『夏祭浪花鑑』　107

『双蝶々曲輪日記』のヒューマンドラマ　145
虚もまた実の『摂州合邦辻』　197
「熊谷陣屋」の『一谷嫩軍記』　237
不条理が顔を出す『伊賀越道中双六』　265
解題　矢内賢二　307

写真　河原久雄
装幀　新潮社装幀室

もう少し浄瑠璃を読もう

『小栗判官』をご存じですか

続篇の辞

これは、以前に刊行された私の『浄瑠璃を読もう』(新潮社刊)の続篇です。だったらタイトルも『続浄瑠璃を読もう』にすればいいのですが、そのタイトルは前作の雑誌連載中に使ってしまいました。それで「またやって」のお勧めの声に、「もう少しなら」というつもりで、こんなマヌケなタイトルになりました。なにしろ前作では、『仮名手本忠臣蔵《かなでほんちゅうしんぐら》』や『義経千本桜《よしつねせんぼんざくら》』から『妹背山婦女庭訓《いもせやまおんなていきん》』まで派手な大所ばかり集めてしまいましたので、こちらのラインナップはいささか地味です――「きっとまァ地味だろうな」と思うので、「もう少しならやれます」の遠慮がちでございます。

1

その「もう少し」の第一回目は『をぐり』――説経節《せっきょうぶし》の『小栗判官《おぐりはんがん》』でございます。説経節のことは『浄瑠璃を読もう』の『義経千本桜』のところで、「浄瑠璃なるもののルーツ」はなんなのかという説明をする時に触れています。

「浄瑠璃」というのは、その昔『浄瑠璃姫物語』あるいは『浄瑠璃御前《ごぜん》物語』という特定の一作品を語ることでした。まだ三味線という楽器が日本に渡来していない段階で、その語りは「ただ語る」であったり、日本古来の楽器で拍子を取りながら語るようなものではあったけれど、『浄瑠璃姫物語』を語る」ということに人気が集まって、語りの芸能そのものを「浄瑠璃」と言うようになり、海外渡来の三味線という新楽器と結び付き、それとは別の独自に古い歴史を持つ操り人形とも結び付いて、人形浄瑠璃が出来上がった。その人形浄瑠璃にとって、説経節は「親戚の叔父さん」のようなものだと、その時には申しましたが、なんでまたその説経節が、『浄瑠璃を読もう』の続篇には出て来るのかということでございます。

人形浄瑠璃のドラマはとても複雑で、なかなか人に説明出来ません。説明されてもなかなか呑み込めない。その設定はかなりぶっ飛んでいるのだけれど、ぶっ飛んだ設定がややこしくこじつけられて、最後は全然ぶっ飛ばない。へんにリアルな辻褄合わせをして、かえってドラマを難解にしてしまったりもする。ぶっ飛んだ話がぶっ飛んだままに終わらない――だから「なんでそんなややこしい話を作るの？」という疑問も生まれてしまうのが人形浄瑠璃のドラマでもあるわけですが、なんで人形浄瑠璃のドラマはそんなにもややこしく難解なものになったのか？

人形浄瑠璃が出来上がって行くプロセス、あるいはその「以前」を見ると、人形浄瑠璃のドラマが「ぶっ飛んだ始まり方をするくせにへんにリアルな落ち着き方をする」というようになってしまったのは、どうも人形浄瑠璃を存在させていた江戸時代のせいではないかと思われるのです。というのは、「それ以前のもの」があまりにもぶっ飛んでいるものばかりだからです。それで、まず最初に説経節の演目をご紹介しようかなと思ったわけです。

専門用語ばかり並べると話が分かりにくくなることは百も承知ですが、浄瑠璃の中には「古《こ》浄瑠璃」と言われるものがあります。「古浄瑠璃とはなにか」の説明は意外と簡単で、普通は「貞《じよう》享《きよう》二年（一六八五）初演の近松門左衛門作『出世景清《しゆつせかげきよ》』以前の浄瑠璃」を「古浄瑠璃」と言います。もちろん、これだけではなんのことやら分かりません。分かるのは「近松門左衛門の『出世景清』という作は、エポックメイキングな作品だったらしい」ということだけです。

「古浄瑠璃」という言葉があるのなら、「新浄瑠璃」あるいは「当流浄瑠璃」という言葉もあります。これは、ある人の語る浄瑠璃に対して与えられた言葉で、その人は今から三百年前に死んだ竹本義太夫《たけもとぎだゆう》です。今の人形浄瑠璃は、彼が始めた義太夫節で語られ、彼の語り方が「新浄瑠璃」「当流浄瑠璃」と言われて人気を得た結果、「人形浄瑠璃＝義太夫節」になって、今に続いているわけです。

義太夫節の人気が確立される前には、違う語り方による人形浄瑠璃もあったのに、義太夫節が一世を風靡すると、それらはやがて「古浄瑠璃」と言われるようになってしまう。竹本義太夫は貞享二年、近松門左衛門に依頼して『出世景清』を書いてもらって、『出世景清』以前の浄瑠璃が古浄瑠璃」と言われるのはここなのですが、しかし「近松門左衛門の登場が人形浄瑠璃の歴史を変えた」というわけではありません。

竹本義太夫のライバルであり先輩である同時代の浄瑠璃語りに、宇治《うじ》加賀掾《かがのじょう》という人がいました。義太夫が『出世景清』を語る二年前、加賀掾は近松門左衛門作の『世《よ》継《つぎ》曽《そ》我《が》』という演目を語っていますが、これは「竹本義太夫の『出世景清』以前」という点で「古浄瑠璃」にカウントされてしまいます。「古浄瑠璃」というと、「我々の知る浄瑠璃とは違う、もっとおどろおどろしいものなのかな」などと思ってしまいますが、そういうものではありません。

「古浄瑠璃」であるはずの『世継曽我』は、加賀掾が語った翌年に竹本義太夫も語っています。義太夫と加賀掾はそれぞれ竹本座と宇治座という劇場に拠って競っていましたが、だからと言って「近松門左衛門と竹本義太夫の『出世景清』が、宇治座の加賀掾を圧倒した」というわけでもありません。実際にヒットしていたのは宇治座の方だったのに、宇治座が火事を出してしまって、「それが加賀掾にとってのケチの付き始め」というようなことです。「古浄瑠璃」と言ってもそれほどに「古い」ものではなく、「新浄瑠璃」と言っても、登場したその段階で「画期的に新しい」というようなものではなかったはずです――なにしろ当時の音源が残っていないので、聞き比べることは出来ません。それよりも考えた方がいいのは、貞享二年という時期です。

2

貞享二年というと分かりにくいですが、この三年後に年号は「元禄」になります。徳川家康が征夷大将軍になって江戸に幕府を開いたのが一六〇三年で、元禄間近の貞享二年はその八十二年後です。これはまだ「江戸時代の初期」でしょうか？　貞享二年に宇治加賀掾は、井原西鶴の書いた『暦』という新作を語っています。この作品も、分類上は「古浄瑠璃」でしょう。芭蕉が『奥の細道』の旅に出るのは、この四年後です。江戸時代は、もう「初期」という段階ではないのですが、それでもまだ「古浄瑠璃の時代」は続いていたのです。

古浄瑠璃の最初の作品は言うまでもなく『浄瑠璃姫物語』で、これが「語られた」ということを示す記録の一番古いものは、一四七五年――室町時代の応仁文明の乱の時期です。そこから数えて、『出世景清』までの古浄瑠璃には二百十年の歴史がありますが、この時代には浄瑠璃以外にも「新しい物語」がいくつも誕生しています。浄瑠璃の「親戚の叔父さん」であるような説経節もその一つですが、御伽草子やその他の室町時代に書かれた物語、「曲舞《くせまい》」とも言われた幸若《こうわか》舞《まい》も、この時代に登場する「新しい物語」です。語り物と書物と舞とでジャンルが違うじゃないかと思われるかもしれませんが、「舞」を名乗っている幸若舞は「語る芸能」で、これらの「新しい物語」はみんな江戸時代の初めに書物として刊行されてしまいます。だからその点で「新しい物語」なのです。

そして、これらの「新しい物語」はみんなヘンです。ずっと以前の平安や鎌倉時代の作品はもっと理性的なのに、「新しい物語」は「どこからこんな話持って来たの?」と言いたいくらいに、ヘンです。辻褄の合わせ方が違うというか、そもそも「辻褄を合わせる」という発想自体を持ち合わせていないような気がします。おかげで「あまり文学的価値は高くない」と思われて、中身はあまり知られないままです。

たとえば、御伽草子の中の一篇の『一寸法師』ですが、この主人公は性格の悪い奴です。都の貴族の邸《やしき》の居候になって、そこのお姫様を好きになって「自分の女房にしてしまおう」と考えます。一寸法師は寝ている姫君の口に米粒をくっつけて、「姫様が私の米を取って食べちゃった」と泣き喚きます。それを真に受けた姫君の父親は「こんな娘は都に置いておけない、どっかに捨ててこい」と言って、娘を一寸法師に預けてしまいます。事は一寸法師の思い通りで、姫君を連れて都を出た一寸法師が鬼と会って、鬼の持つ打出の小槌を手に入れるのは周知の「昔話」通りですが、そうなって一寸法師の性格の悪さが問題になるわけでもなく、その性格を一寸法師が改めるわけでもなく、とんでもなく短絡した父親が娘に謝るわけでもなく、姫君と一寸法師は結婚して一寸法師は立派な身分を獲得して、「めでたし、めでたし」です。どこかが歪んでいるような気もしますが、語る側がそんなことを全然気にしていないので、いともあっさり「そういうものはそういうもの」です。

室町時代から江戸時代の初めまでにこういう「ヘンな物語」が登場してしまう理由は、この時代が「かつてあった秩序が崩壊して、やがてまた新しい秩序が再編されて行く谷間の時代」だったからとしか考えられません。室町時代を代表するような能だって、幽霊や怪物を主役にするような「ヘンな物語」ではあるわけですから。

能は「芸術」になっちゃったのであまり「ヘンなもの」とは思われませんが、江戸時代になって消えてしまった説経節は、ヘンなままです。「説経」の言葉がある通り、説経節は同時代の「ヘンなもの」に比べて宗教色が強いのですが、日本で「宗教色が強い」ということは、「とんでもなさが半端ではない」というくらいのものだとお考えになった方がいいようです。

初めは簓《ささら》というプリミティブなリズム楽器を使って大道で語られていた説経節も、三味線と出会ってそれを語るための専用劇場——と言っても「小屋」ですが——を持って「説経浄瑠璃」というものになってしまいます。そうなって、説経節もまた古浄瑠璃の一つとしてカウントされるのですが、では「新浄瑠璃」以前の浄瑠璃と説経節はどう違うのか？　この答はそうむずかしくありません。説経節は語る演目がだいたい決まっているからです。

「五説経」という言葉があって、それが説経節の主なレパートリーになります。なにを「五説経」とするかは時期によって違うみたいですが、その一つは森鷗外の小説で有名になった『山椒太夫』で、『小栗判官』も「五説経」の一つです。前置きが長くなりすぎましたが、『小栗判官』の紹介を始めさせていただきましょう。

3

説経節は「ある地方に祀られている神、あるいは仏が、その以前には人間であった」という前提に立って語られる本生譚《ほんじょうたん》のようなものです。「人間の時にはこんなに苦労していた、だからその後は神仏として崇められる。神仏になるためには、並大抵の苦労じゃすまないぞ」というような話ですから、受け手の中に「悲惨な苦労」への共感がなければ受け入れられません。その意味で、だんだん平和になって世間が安定するに従って忘れられて行くような宿命を持つものでもありましょう。もちろん、その苦労は「え?! なんでそうなるの?」的な展開の中で起こるものですから、努力をしてなんとかなるようなものではありません。「宗教的というのは、こういうとんでもないものでもあるのだなァ」と思わせるようなものです。

小栗判官も、江戸時代初期以前の「現在」では、美濃の国の墨俣《すのまた》辺のどこかにある神様の人間時代の話なのですが、この「正八幡《しょう》」であるような神様が墨俣辺のどこいらに祀られていたのかは、今となってはもう分かりません。説経節で語られるのは、誰もが知っている有名な神仏の前世譚ではなくて、地方のマイナーな神や仏で、そこのところが、いかにも大道芸から生まれた「民衆の物語」らしいところです。しかも、小栗判官自身は美濃と関係がありません。生まれは京都で、「小栗」は常陸の国の地名ですから。

小栗判官の父親は、都の二条大納言兼家《かねいえ》で、母親は「常陸の源氏」の流れを汲む人。身分は高いけれどもこの夫婦には子供がなかった。それで、都鞍馬の毘沙門天《びしゃもんてん》に参って祈願した結果、小栗判官を授かる。幼名を有若《ありわか》と言って、「鞍馬の申し子」だから頭はいい――ここら辺まではまず順当なのですが、その先が微妙に怪しくなる。

有若は十八になって元服をして、妻を迎えることになったのだけれども、《小栗、不調《ふじよう》な人なれば、いろ〳〵妻嫌いをなされける》になります。「鞍馬の申し子」のくせに、小栗判官は《不調な人》――つまり「問題のある人」なんですね。名家の子だから、小栗判官のところには妻が来る。それを「背の高いのはいや。背が低いのもいや。髪の長いのもいや」と、頭はいいからへんな理屈を付けて拒む。その結果《小栗十八歳の如月《きさらぎ》より二十一の秋までに、以上御台《みだい》（妻）の数は七十二人とこそは聞こえ給う》になってしまう。

四年たらずの間に「七十二人」ですから問題は多いですが、その末に彼が選んだ相手はもっと問題が多い。「自分は鞍馬の申し子だ」と思う小栗は、「鞍馬寺で自分にふさわしい妻を授けてもらおう」と思って、笛を吹きながらやって来る。鞍馬の奥に深泥池《みぞろがいけ》というのがあって、そこに住む大蛇が笛の音を聞いた。「あらいい笛の音」と思う大蛇は、蛇だから体をグンと伸ばして、遠くから小栗の顔を見る。「あらいい男」と思った大蛇は《十六七の美人の姫》に化けて、鞍馬寺の石段に立っていた。これを見た小栗は《これこそ鞍馬の利生《りしよう》（利益《りやく》）》と思って、両親の住む二条の屋形に連れ帰るのだけれど、《二条の屋形の小栗と深泥池の大蛇と夜な〳〵通い、契りをこむる》という噂が立つ。

この噂を知った二条の大納言は《いかにわが子の小栗なればとて、心不調な者は都の安堵にかなうまじ、壱岐《いき》、対馬《つしま》へも流そう》と仰せ出だしになるのを、母親が「それだと遠すぎる。私の領地は常陸ですからそっちへやりましょう」と言って、小栗は常陸へ流される――そこで「鞍馬の申し子」として人の信望を集め、「小栗判官」という存在になる。「判官」というのは、本来都の官職だから、「常陸へ行って判官になる」はおかしいのですが、もちろんそんなことはなんの問題にもなりません。

ここまでの話はどうあっても「高貴な人が悲惨な境遇に落ちる」というような話ではないですね。そうは言わないけれど、「さすがに小栗は鞍馬の申し子だけあって、問題が多い」ですね。自分の屋形に息子が大蛇の化身を連れて来て、そのことに関してはどうとも思わない二条の大納言が、都の噂を聞いて「こんな息子を都に置いとけない」と思うのもへんです。「問題の多い娘を都から放逐してしまえ」と考える、『一寸法師』の姫君の父とおんなじです。息子を追っ払う前に、大蛇を屋形から出す方が先で、そんなことをしたら大蛇は怒って大変なことになるんじゃないかとは思うのですが、この作の語り手はそんなことを問題にしません。突っ込もうとすれば突っ込みどころ満載なのに、そこのところをまったく問題にせず、平然ととんでもない話を進めてしまうところが、説経節のおもしろさです。

ついでに小栗と大蛇が《夜な〳〵通い、契りをこむる》の件ですが、同じ敷地内であっても、妻と夫が別々の建物に住んで、夫の方が「通う」をするのは当たり前ですから、大蛇は二条の屋形に住んでたんだと思いますね。

常陸の国で勢力を持つようになった小栗のところに、後藤左衛門《ごとうざえもん》という各地を回る商人がやって来る。小栗がこの男に酒を飲ませて歓待していると、そばの男達が《これなる君にはいまだ定まる御台所《みだいどころ》の御ざなければ、いずくにも見目よき稀れ人《まびと》のあるならば、仲人申せ》と言い出す。《稀れ人》というのは、つまるところ「美人」で、言われた後藤左衛門は「それならいますよ」

と、武蔵、相模両国の郡代を勤める《横山殿》の娘がすごい美人だと教える。男ばかり五人の兄弟の下の照天《てるて》姫の噂を聞いてその気になった小栗は、「仲人をしろ」と言って照天姫への手紙を託す。

地方へ流された小栗が「退屈だな、どっかにいい女はいないか」と言ったわけでもなく、家来の方が「我が君はまだ独身で」と勝手に言い出したことで、後藤左衛門の話を聞いた小栗は、優雅な都人のように《はや見ぬ恋にあこがれて》文を書いて渡す。都では《不調な人》だったのが、常陸へ来ればそうでもない。ただの「恋に憧れる若者」になって、話はまた別の方向へ進む。

小栗の手紙を託された後藤左衛門は、「小栗殿からのラブレターです」と言って渡しても、照天姫の方が受け取らないだろうということは知っているので、「すごく筆蹟の美しい上書きのある手紙を常陸の小栗の方の道で拾いました。書のお手本になさったらどうですか」と言って、照天姫に仕える女房達に渡す。古い王朝の物語なら、文に書かれた和歌の贈答による恋物語になるところだけれど、そんな時代が終わった後なので、ここでは全然違う展開になる。

都育ちで頭もよくて「不調」かもしれないけれども書の手蹟が美しい小栗の書いた手紙は「謎々の文」で、見ただけではなんだか分からない。上書きを開けて中を見た女房達は《これはたゞ心狂気狂乱の者か、筋道にないことを書いたよ》と笑う。その笑い声を聞きつけた照天姫は手紙を見て、「これは違うわよ」と、女房達に謎々手紙の講釈を始める――《まず一番の筆立てには、細谷川《ほそたにがわ》の丸木橋とも書かれたは、この文中《ふみちゅう》にて止めなさで、奥へ通《とお》いてに返事申せと読もうかの》

なにを根拠に、「最後まで全部読め（奥へ通いてに）」と解読するのかは、今一つよく分からないところもあるけれども、照天姫はわけの分からない手紙の解読を始める。それは、後藤左衛門が「美しい筆蹟」と言った上書きの文字を見て、「弘法大師のような高僧が書いたものか」と思ってしまった結果で、照天姫は恋にではなく、贈りつけられた「知性」に反応してしまう。この謎々手紙の遣り取りは、説経節ではない『浄瑠璃姫物語』の方にも似たようなものがあって、説経節や古浄瑠璃の姫君は、「突き付けられた謎を解する知恵と度胸はあっても、なぜか恋には反応しない」という、アラビアンナイトかグリム童話に出て来るようなお姫様になっている。

　その手紙が恋文だと知った照天姫は、「見たくない」と言って引き裂いてしまうが、「仲人をしろ」と言われた後藤左衛門は、その姫に向かって「弘法大師が書いたような立派な手紙を破ると、罰が当たるぞ！」と脅して、今までに男から贈られて来たすべての手紙を破いてしまった照天姫に、初めて男への返事を書かせる。照天姫が返事をしたのは、小栗のように《見ぬ恋にあこがれて》ではなく、罰が当たるのを恐れたからですね。

　そういうことを「宗教的」と言うのかどうかは分かりませんが、「罰が当たることがこわい」というのが恋よりも上位にあった時代の「恋物語」で、照天姫から「一家の男には言ってないけど、私はＯＫよ」という趣旨の、やはり謎々の手紙を受け取った小栗は、照天のいる横山の屋形へ行って、さっさと照天姫を物にしてしまうわけです。

4

茨城県である常陸の国にいた小栗は、どうやら湘南の藤沢辺にあるらしい、照天姫の父《横山殿》の屋形へとやって来ますが、ここで不思議なのは、小栗を迎える照天姫のあり方です。

求婚者からの手紙をすべて破り捨てた照天が小栗にだけ返事を書いたのは、彼が気に入ったからではありません。「その手紙を破ると罰が当たる」と言われたからです。やって来た小栗を見て彼女がどう思ったのか、その記述は説経節の『をぐり』の中にはありません。照天を見た小栗が彼女をどう思ったのかも分からず、「逢うなり二人は互いに恋に落ちていることを感じました」などという記述を抜きにして、出逢うと同時に《天にあらば比翼《ひよく》の鳥、偕老同穴《かいろうどうけつ》の語らいも縁あさからじ》という決まり文句を使って、「二人は夫婦としてベストだった」ということになります。

小栗判官と照天姫は日本の芸能史の中での有名カップルですが、しかしこの二人をデビューさせる説経節には「二人はとても愛し合っていた」に類する記述がありません。照天姫は小栗のことを思って彼に尽そうとするのですが、それは「彼を愛しているから」ではなくて、「彼が私の夫だから」です。ここには「愛」だの「恋」だのという文学的ファクターはありません。あるのは「夫婦であることの大事さ」だけです。

照天の許へやって来る小栗は、常陸の国から十人の屈強な男を連れてやって来ますが、この十人は小栗が照天の屋形の内へ入る時も一緒です。初めてメイクラブをしようとする夜に、相手の男が十人の友達を連れてやって来たら、今の女性なら「なに考えてんの！　冗談じゃないわよ！」と怒るでしょうが、照天姫がどう思っていたのかという記述はありません。「夫となる男が、十人の家来を従えてやって来た」というだけのことなのでしょう。だから、メイクラブが終わった後は七日七夜の大宴会です。昼は男達が蹴鞠《けまり》をやって、夜は笛や太鼓の大騒ぎです。まるでサークルの合コンみたいですが、そういうことを照天姫がどう思っているのかは分かりません。説経節や古浄瑠璃では、めでたいことやよくないことが起こると「量」で表現されてしまうので、「七日七夜の大宴会が続いた」ということは、「それだけベストの夫婦が生まれた」になり、「それだけの祝い事であるのに、なんで当人達の胸の内なんか問題にするのだろう？　その必要があるはずはない」ということになるのでしょう。

《横山殿》の屋形は、広い敷地の中にいくつもの建物が分散する構造で、照天姫は父の《横山殿》や五人の兄達とは別の建物に住んでいます。だから、七日七夜の大宴会も平気でやれてしまうのでしょうが、そんな騒ぎを続けていれば、いくら離れていても父親の知るところにはなってしまいます。《横山殿》は怒って、勝手に娘のところへ婿入りして来た小栗を「殺せ！」と息子達に言って、なんと物語がまだ半分しか終わっていない段階で、主人公の小栗は死んでしまいます。もちろん、昔の人はそんなことにめげないので、話は平然と続き、その先に小栗は地獄へと行くのです。

地獄の閻魔《えんま》大王はなんだか物憂い人で、小栗がやって来るのを見ると、《さてこそ申さぬか、悪人が参りたは（ほら言ったこっちゃない、悪人が来ちまったよ）》とぼやいて、こう続けます――。

《あの小栗と申するは、娑婆《しゃば》にありしその時は、善と申せば遠うなり、悪と申せば近うなる、大悪人の者なれば、あれをば悪修羅道《あくしゅらどう》へ落すべし》

うっかりすると話の流れで、「そういうもんか」と思ってしまいますが、よく考えるとへんですね。小栗はなにをやって閻魔大王に《大悪人》と断罪されるのかと言うと、照天のところへやって来た以外にはなにもしていないのです。深泥池の大蛇と関係を持ったにしろ、その結果都を追放されたのだから、プラスマイナスゼロで、やって来た常陸の国の人々を暴力で従えたという話もありません。《大悪人》と言うのなら、それは「小栗を殺せ」と言った《横山殿》や、言い付けに従った実行犯の息子達であるはずで、小栗はその被害者です。それなのになぜ閻魔大王は小栗を《大悪人》と断定するのでしょうか？

これで思い当たるところは一つしかありません。それは、小栗が《横山殿》になんの挨拶もせず、無断で照天の屋形に上がり込んでしまったことです。どうやらこれが土地の風習に反するやばいことであるらしく、常陸を出発しようとする小栗は、側仕えの男にこう忠告されます――。

《のういかに小栗殿、上方に変わり奥方《おくがた》には、一門知らぬその中へ婿には取らぬと申するに、今一度一門の御中へ使者を御立て候えや》

《奥方》というのは、都の《上方》に対する東に下った「この地方」ですね。都なら、平安時代以来、男が夜に忍んでやって来て婿になるのは当たり前です。しかし、それが東国ではルール違反になるから、照天のところへ行くのだったら、その前に父親なり一門の男なりに断りの挨拶をしなければならないというわけです。今でも「挨拶がない！」と言って怒る男はいくらでもいますが、この忠告に対して小栗は、「俺みたいな大剛《だいごう》の者（強い男）は使者なんか必要ない」と言います。そして十人の屈強な男を選りすぐって湘南へ出発するのですが、その十人は《我（＝小栗）に劣らぬ異国の魔王のようなる殿原《とのばら》達》です。照天とのメイクラブの後に小栗と共に大騒ぎをしていたのはこの十人ですが、となると、小栗の婿入りには「暴力的な侵略の要素」があった可能性も感じられるのです。

照天のところへ向かう小栗の一行には、道案内の役として手紙の仲立ちをした後藤左衛門が同行していますが、《横山殿》の屋形が見えるところに近づくと、彼は小栗の一行を小高い場所に上げ、敷地内の建物の配置と照天の住む屋形がどれかを教えます。そして、「もし敷地内に入る時、門番に見咎められたら〝いつもやって来る客の俺を知らないのか！〟と一喝すれば大丈夫ですよ」と言って去って行きます。王朝風の古い恋物語なら、仲立ちの後藤左衛門は照天の屋形のそばまで行って、そこで知り合いの女房を呼び出し彼女に小栗を預けることになるのですが、ここにはそんな段取りがありません。《異国の魔王のようなる》十人の男を引き連れた小栗は、門番になにかを言われても、「俺のことを知らないのか！」で、ずかずかと《横山殿》の敷地内へ入って行きます。そのように書いてあるからこちらも「そうなんだろう」と思ってしまいますが、それは《横山殿》の側からすれば、とんでもない乱暴狼藉だったのかもしれません。

七日七夜の大騒ぎを耳にした《横山殿》は、「小栗を殺せ！」と命を下すのですが、それを言う前に彼は、息子達と不思議なやりとりをしています。五人の息子を呼び出した彼は、まず後継者たる長男に、「照天のところに初めての客が来ているようだが、お前は知っているか？」と尋ねるのです。《横山殿》も息子達も「照天のところへ来たのは小栗」ということを知ってはいるのですが、聞かれた長男は「知りません」ととぼけます。それで《横山殿》は「殺せ！」と言うのですが、《横山殿》は「俺の方には挨拶がなかったが、息子達の方にあったかもしれない」と思って、慎重に確認を取っていることになります。

《横山殿》の「殺せ！」は、「勝手なことをした娘が悪い、その相手を消せ」でも「大事な娘を汚した小栗を消せ」でもなく、「小栗は婿取りの作法を欠いた侵入者だ、だから殺す」ということであるらしいのです。そのルール違反以外に閻魔大王が《大悪人》と言う理由は見当たらないのです。

5

《横山殿》を動かすのは、我々からすれば不思議な論理です。というのは、小栗を殺してしまった後で、《横山殿》は鬼王《おにおう》、鬼次《おにつぐ》という家来の兄弟を呼び出して、こう言うのです――。

《やあ、いかに兄弟よ、人の子を殺《ころ》いてにわが子を殺さねば、都の聞けいもあるほどに、不便《ふびん》には思えども、あの照天の姫が命をも、相模川やおりからが淵に石の沈めにかけて参れ》

「他人の子を殺しておいて自分の子を殺さずにおくのは都の聞こえが悪いから、照天姫を相模川辺の《おりからが淵》に石を付けて沈めてしまえ」です。「都の聞こえが悪いから、バランスを取るために娘を殺す」というのはすごい発想ですが、この「外聞の悪さ」を恐れるのは《横山殿》だけではありません。小栗の父親の二条の大納言だって、息子が深泥池の大蛇と関係を持っていることが都で噂になると、「こんな息子は都に置いておけない」です。不思議なことに、ジャンルとしては古浄瑠璃にもカウントされる説経節で問題になるのは、「外聞の悪さ」というかなりに俗で現世的なものなのです。

うっかりすると我々は、貞享二年（一六八五）の近松門左衛門と竹本義太夫による新浄瑠璃『出世景清』を近世的な達成と思い、それ以前のものを「中世的なドロドロとした情念丸出し」であるように思ったりもしますが、実はそんなことはないのです。だから、「小栗と照天は激しく愛し合いました」なんていう記述抜きで二人はベストカップルの夫婦になり、その妻だからこそ、照天は「小栗のため」を思うのです。

話はちょっと飛びますが、死んで地獄に行った小栗は墓から蘇ります。西洋風のゾンビではなく、日本風の「餓鬼」のような姿になって現れ、「熊野の湯に入れば人間の姿になれる」というので、熊野までボランティアの助けを借りて行き、湯に入ります。そこで元の姿に戻った小栗は熊野三山を参詣するのですが、それを見た熊野権現は、《あのような大剛の者に金剛杖《こんごうづえ》を買わせずは、末世《まつせ》の衆生《しゆじよう》に買うものはあるまい》と思って、土地の樵夫《きこり》に姿を変えて小栗の前に現れます。どうして熊野権現が将来的な金剛杖の売り上げを心配しなくちゃいけないのかは分かりませんが、熊野権現は「熊野に参った記念に金剛杖を買いなさい」と言うのです。それを小栗が断ると、「金がないんだったらやるよ」と言って、金剛杖を置いて姿を消します。

一体このエピソードはなんなのでしょう？　やっとのことで元の姿に戻った小栗は山道を歩いているわけですから、「感心だな、これをやろう」でいいはずなのですが、熊野権現は「記念に買いなさい」で、「ああいう奴が金剛杖を突いてるといい宣伝になる」という動機から、それをするのです。これはやっぱり「宗教的」なんでしょうか？　へんなところで「世間体」を持ち出す説経節は、設定ばかりはぶっ飛んでいるのに、随所でフラットに「世俗的」で「現世的」なのです。

たとえば、《横山殿》に「小栗を殺せ」と言われた長男は、「それは無理だ」と言います。《小栗と申するは、天よりも降《ふ》り人の子孫なれば、力は八十五人の力、荒馬乗って名人なれば》婿に取って味方にする方がいいと言うのですが、なんで小栗は「百人力」ではなくて、中途半端な《八十五人の力》なのでしょうか？　答は簡単で、《横山殿》に仕える武士の数が《八十三騎》だからです。「こっちより小栗は二人分強いからやめましょう」という理屈なのです。

『をぐり』は説経節の作としては比較的新しいものであるらしく、だからこそ「現世的」で「現実的」なのですが、それは「外聞の悪さを気にする」とか、「妙な辻褄合わせをする」という質のもので、「人の心理が現実を動かす」という質のものではありません。「心理と結びついた激しさ」が登場するのは、近松門左衛門と竹本義太夫の『出世景清』になってからで、説経節の段階では「ここが山場！」とばかりに簓《ささら》が激しく擦られたり、三味線が激しく掻き鳴らされることはありません。音源もないのにどうしてそんなことが分かるのかと言えば、説経節の詞章が掛け詞や枕詞を使うような凝ったものではない淡々としたもので、「激しくドラマを盛り上げる」ではなく、「淡々とした語りを悠然と続ける」という聞かせ方をするようなものだからです。

小栗判官は後に浄瑠璃や歌舞伎に取り入れられて「小栗判官物」というジャンルを作りますが、「小栗判官物」を成り立たせるためには、小栗が馬の名手であること、乗りこなす馬の名が「鬼《おに》鹿毛《かげ》」であることと、小栗が途中で死んだり歩けなくなったりすること、献身的な妻の照天が小栗を乗せた粗末な車を引いて歩くことと、敵役の名が「横山某」であるという要素が必要になります。だからこの設定を使えば「死んだ小栗判官の家来達が、主君の仇の横山を討つ忠臣蔵」だって出来上がります。近松門左衛門と同時代の紀海音《きのかいおん》の作になる『鬼鹿毛無佐志鐙《おにかげむさしあぶみ》』というのは、そういう「小栗判官版の忠臣蔵」です。

小栗判官と言えばすぐに出て来るのが「鬼鹿毛」であったりするのですが、この馬は別に「小栗の愛する名馬」ではありません。『をぐり』に登場する鬼鹿毛は、凶暴なる「人喰い馬」です。もちろん、草食動物の馬が人を食べたりするわけはありません。だから「人喰い馬」というのは、人を蹴殺したり踏み殺したりする荒馬の比喩的表現ではないかと思ったりもしますが、さにあらず、これは本当に人を喰う肉食の馬で、《横山殿》の敷地内の厩《うまや》に頑丈な鎖で繋がれ、人を餌として与えられているのです。

無断で婿入りをしてしまった小栗に腹を立てた《横山殿》は、彼を「殺せ」と言いますが、《大剛の者》である小栗はそう簡単に倒せません。だから長男は「小栗の存在を認めて味方にしよう」と言うのですが、その弟の三男は悪い奴なので、「小栗を鬼鹿毛の厩に入れて喰わせてしまえばいい」と提案します。『山椒太夫』でもそうですが、説経節に五人兄弟が出て来ると、長男は「悪い親に意見する良識ある息子」で、三男は「悪い親の言うことを引き受ける悪くて狡賢い息子」ということになってしまうようです。

三男の提案は、小栗を正式の婿として認める宴会を《横山殿》の主催で開き、やって来た小栗に「特技を見せてほしい」と言って乗馬の技を所望し、騙して人喰い馬に近付けて食わせてしまうというものです。

鬼鹿毛の厩は、敷地内の別区画に濠を掘って隔てた広い野原の先にあるのですが、その野原には《人秣《ひとまぐさ》》として鬼鹿毛に与えられた人の死骸や白骨がごろごろと転がって、髪の毛が草のように風に靡いています。まるで死人の原のような所に小栗は入って行って、化け物のような馬を乗りこなすのですから、ギリシア神話のヘラクレスの試練みたいですが、ここがまずは『をぐり』の聞かせどころでしょう。

6

後には「小栗と言えば鬼鹿毛」ということになるのですから、小栗はこの馬を手なずけるわけですが、どうやって手なずけるのかと言うと、まずは「教化」です。鬼鹿毛を見て「こういう馬に力業では乗れない」と理解した小栗は、まず馬に教えを垂れます。

「なァ、鬼鹿毛よ、世間の馬というものは当たり前の厩に繋がれて人の与える餌を食うものだぞ。

そうやって人に飼われればまともなことを考えるようになり、寺の門外に繋がれればお経や念仏を耳にして〝来世はもう少しましな境涯に生まれたい〟と思うものだぞ。それなのにお前は人間を食っている。それは獣界の鬼だぞ。生あるものが生あるものを食って、それがいい結果を生むと思うのか」と言います。もしかしたらこれは、鬼鹿毛に対するものばかりでなく、当時の一般人に対する教えでもあるのかもしれません。仏教的です。

小栗は馬に「来世を思うことの大切さ」を説いて、「ついてはちょっとだけ乗せてくれないか」と言います。《横山殿》の前で「そんなもの簡単だ」と引き受けてしまった小栗としては、鬼鹿毛に乗ってみせなければならないので、「乗せてくれたら、お前が死んだ後でお前の体を漆で固め、黄金の堂に安置して馬頭観音にしてやるぞ」という交換条件を出して、「乗せろ」と言うのです。

言われた鬼鹿毛は、小栗の顔を見ます。すると《小栗殿の額に米《よね》という字が三行《みくだり》すわり、両眼に瞳の四体御ざあるを、確かに拝み申》した鬼鹿毛は、前脚を折って両眼から涙を流し、小栗に「乗れ」という合図をします。「米」という字は菩薩を表して、眼に瞳が二つあるのは重瞳《ちょうどう》という貴人の相なので、これを理解した馬は素直に言うことを聞くわけなのです。

死骸がゴロゴロ転がっている野原の先にある鬼鹿毛の厩は、これまた濠で隔てられて、ぶっとい丸太の柱に鉄格子がはまっていて、そこに四方から鉄の鎖で繋がれているのが鬼鹿毛ですが、そんな風な「こわいぞ、こわいぞ」という触れ込みで登場したわりに、鬼鹿毛はあっさりとおとなしくなってしまいます。ここら辺が「信仰の偉大さ」を説く説経節のあり方かもしれませんが、小栗が特殊な人相を持っているのは、別に鞍馬の申し子だからではなくて、後の記述によれば二条の大納言一族に共通するものだそうで、そうなると「鞍馬の申し子」という設定はなんだったんだという気にもなりますが、あまり気にしないでおきましょう。

おとなしくなった鬼鹿毛に乗った小栗は、横山方の人間達の見る前で、様々の曲乗りを実演してみせます。ただ駆けたり止まったりするだけではなく、屋根に掛けられた梯子を登って屋根の上を走らせ、碁盤の上に鬼鹿毛の四つ脚全部を載せたり、馬に乗ったまま木登りをさせたりします。詳しい記述はありませんが、鬼鹿毛はかなり巨大な馬のようで、それが屋根に上がったり碁盤の上に乗ったりするのですから、人々は「見事、見事」の大興奮で、これを語る太夫も大張り切りでしょうが、延々と語られるのは「小栗の軽やかな乗馬の妙」ばかりで、「化け物馬と格闘して乗りこなすようになった小栗」という描写は存在しないのです。

鬼鹿毛は小栗の言うことを聞いて、淡々と乗りこなされます。そうなると、小栗に乗りこなされる鬼鹿毛は「小栗の愛馬で名馬」ということにもなるはずですが、鬼鹿毛を乗りこなした小栗は、この馬を元の厩に入れます——ただそれだけです。この後、殺されて蘇った小栗は横山勢を滅ぼそうとするのですが、その時に指笛かなんかで鬼鹿毛を呼び出し、これに乗って敵を殲滅させてしまうような展開があってもいいんじゃないかとは思いますが、そんなことはあり**ません**。厩に戻された鬼鹿毛は、そのままなんの活躍をすることもなく、最後はめでたく漆で固められ馬頭観音として祀られます。ただそれだけのことで、「鬼鹿毛を人々の目の前で乗りこなす小栗」を語るだけの説経節には、そのことによって物語を盛り上げようという気がないのです。

小栗は鬼鹿毛に食い殺されぬまま無事です。《横山殿》は怒って、「なんとかしてあいつを殺せないか」と言って、悪い三男が今度は「毒殺」を提案します。またしても小栗は宴会に招かれて毒の酒を飲まされて死んでしまい、小栗を殺した《横山殿》は、「照天も殺さないとバランスが取れない」と言って、娘を相模川の河口辺の深みに沈めさせます。言われた家来はさすがにあんまりだと思って、重石をつけることだけはしませんが、でもやっぱり照天姫は水の中に捨てられます。《あらいたわしやな》ですが、それでも話はまだ続くのがすごいところです。

7

重石こそ付けられませんが、照天姫は牢輿《ろうこし》に乗せられたまま水の中に沈められます。ここから照天姫の人生の転変が始まるのですが、「自分の娘も殺さなければ都での評判が悪くなる」だけで父親に殺されてしまう照天姫は、なんにも言わずに父親の命令通りになってしまうのかというと、そうではありません。求婚者からの手紙を全部引き裂いていた照天姫は、かなりはっきりした性格の持ち主なので、一言あります。

実は照天姫は、《横山殿》の宴会に行って小栗が殺される前日、小栗の死を夢に見ます。照天姫は「行かないで」と小栗を止めたけれども、小栗は行ってしまった。その悔いがあるので、「小栗は殺されました。ついてはあなたも――」と言われた時に、ちょっと変わった悔しがり方をします。「父親の座敷で殺されるのがはっきり分かっていたのなら、私もそこへ行って、小栗が最期に抜いた刀を使って自害していたのに、私だけ別に殺されるなんて悔しいわ」です。分かるような分からないような、微妙な照天姫の胸の内ですが、照天が「夫に殉じたい」と思っている妻だということだけは分かります。「夫と共にありたい」は、今なら「夫を愛しているから」ですが、照天姫の昔にそれは、ただ「私の夫だから死ぬ時も一緒でありたい」です。それも封建道徳が強まって来た江戸時代ゆえかなとは思いますが、でも『をぐり』の封建道徳はかなりゆるゆるです。

まァ、それで観念した照天姫は牢輿ごと水に落とされ、沈みもせず《ゆきとせが浦》まで流されて来ます。これを見た漁師達は「どこかの祭りの飾り物が流されて来たか？」と思って引き上げますが、中には美しい姫君が閉じ込められています。そこで漁師達は、「ここんとこ不漁だったのはお前のせいだ！　魔性の女め正体を明かせ！」と櫓《ろ》や櫂《かい》で殴りかかるという、いかにもの展開になります。

そこへ《村君《むらぎみ》の太夫《たゆう》殿》という慈悲深い爺さんがやって来て、「この悲しそうに泣いている姫は魔性のものではない。継母《ままはは》にいじめられて流されて来たものだろう」と勝手なことを言って、「私には子供がないから養子にする」と照天を連れて行ってしまいます。余分なことですが、当時の継母というものは、邪魔な子供を当たり前に海へ流すような存在だったのかもしれません。

そうしておいて、いよいよお待ちかねの「継母」の出番です。《村君の太夫殿》には妻なるババァがいます。ジーさんは、「この子を養子にするからね」と言うのですが、照天の継母になるこのババァは、「養子というのは、山へ行っては木を伐り、海へ行っては漁の手伝いをする十七、八の若者がいいので、こんな役にも立たない娘は、ここら辺にやって来る商人に売り飛ばしてしまうのがいい」と言います。継母のみならず、説経節に登場する年増以上のババァ系の女は、みんな悪い奴です。ジーさんの《村君の太夫殿》は、バァさんの根性の悪さを知っているので、「そんなことを言うんなら離婚だ。財産はみんなくれてやる。俺はこの姫と諸国修行の旅に出る」と言います。今とは違う昔のこのバァさんは、「ジーさんはいなくなる、財産はもらえる、なんて私はラッキー！」とは考えずに、「今のは冗談ですよ、ごめんなさいね」と謝りますが、もちろん、根性なんか改めません。

色の白い照天を見て、バァさんは「男というものは、色の黒い女は好きにならないというから、あの女の色を黒くしてしまえ」と思って、照天を製塩用のかまどのところへ連れて行って、一日中煙で燻《いぶ》します。若い照天は煙に苦しめられて燻製になるところでしたが、照天は《照る日月の申し子》だったので、「千手観音がお守り下さって、なんともありませんでした」ということになります。照天が《照る日月の申し子》というのはここに来て初めて聞く後出しじゃんけんのようなものですが、まァ、気にしないでおきましょう。

照天の美貌は変わらなくて、一日中無駄に生の松葉を焚いて煙を起こしていたバァさんは頭に来て、「ちょうどジーさんは漁に出ているから、その隙に売り飛ばしちまえ」と考えて、照天を《もつらが浦の商人《あきびと》》に売り飛ばしてしまいます。

漁から戻ったジーさんは照天がいないのに気づいて「どうしたんだ？」とバァさんに問うと、「あんたの後を追って出てったけど、若い者のことだから海に溺れたか、商人にさらわれたか」

と言って、バァさんはうそ泣きさえします。バァさんの性格の悪さを知っているジーさんは、すぐに嘘と見抜いて、《御身《おんみ》のような邪見《じゃけん》な人と連れ合いをなし、共に魔道へ落ちようより》と言って髷《まげ》の元結《もとゆい》を切り、「財産はやる！」で墨染めの衣に着替えて山へ入り、念仏三昧の日を送るようになります。これを聞いた村人は、みんなジーさんを褒めたというわけですから、バァさんのどうしようもなさは既に周知の事実で、もしかしたら、そんなバァさんと結婚して一生を暮らす夫が多かったからこそ、「愛情」などという個人的事情を抜きにして「夫を思う妻」になりきっていた照天姫の物語はヒットしたのかもしれません。

こうして照天はまた新たなる流浪の旅に出るのですが、その前にこの悪いバァさんがどうなるのかに触れておきましょう。地獄から戻って人間の体にも戻った小栗は、最後、照天を連れて自分の領地である常陸へ向かいますが、その途中でこのババァのいる浜へ寄って、ババァを鋸挽《のこぎりび》きにしてしまいます。バァさんの体を土に埋めて首から上だけを出させて、その首を目の粗い竹製の鋸でギコギコと挽かせるのです。昔の刑罰はシンプルで残酷です。

バァさんはそのような最期ですが、《殊《こと》に哀れをとゞめたは、もつらが浦に御ざある、照天の姫にて》で、《あらいたわしやな照天の姫を、もつらが浦にも買いとめず、釣竿《つりざお》の島にと買うて行く。釣竿の島の商人《あきびと》が価《あたい》が増さば売れやとて、鬼《おに》が塩谷《しおや》に買うて行く》と、彼女はやたらと転売されて行くのです。《鬼が塩谷》はどうやら一語の地名で、鬼が照天を買って行くわけではありません。湘南の海に沈められた照天は、いつの間にか日本海側に売られていて、鬼が塩谷から先、岩瀬《いわせ》、水橋《みずはせ》、六渡寺《ろくどうじ》、氷見《ひび》と富山県内を転売され、石川県に入り、更に福井県から琵琶湖のある滋賀県に進んで、そこから東へ戻って岐阜県の青墓《あおはか》にある《万屋《よろずや》》というところに落ち着きます。

最初に言いましたが、この『をぐり』は「美濃の国の墨俣辺のどこかにある神様の人間時代の話」ですが、照天が至り着く青墓は、この墨俣の近くにある、昔から遊女宿で有名な場所です。源頼朝の父の義朝《よしとも》の愛人は、この地で遊女宿を経営した女で、その姉は義朝の父為義《ためよし》の愛人です。青墓はまた今様《いまよう》を聞かせる「傀儡子《くぐつ》」と呼ばれる遊女達の拠点のような場所で、ここから上皇御所に呼ばれて今様を聞かせていた女達もいます。照天が各地を売られて行ったのは、もちろん遊女としてで、その彼女が最後は青墓の地へ落ち着いたというのは、この説経節を成立させる背後に、青墓を拠点とする放浪の遊女達が関係していたことを暗示しています。だからこそかもしれませんが、《あらいたわしやな》で売られ売られて行く照天姫を語る声には、不似合いなくらいの「嬉しそう」が隠れています。北陸の地を転売されて行くその地名を続ける途中に、なんと《あらおもしろの里の名や》という言葉があるからです。遊女として売られて行く悲惨なはずの道行が、ほとんど「名所廻《めぐ》り」のような調子で語られるのです。

《あらいたわしやな》とは言いながら、放浪を当たり前にする人達にとっては、そのことが格別につらいことではない。それをしている内に、つい《あらおもしろの里の名や》という気分になってしまうのでしょう。事実、この照天の流転を語る部分は、へんにリズミカルです。やたらと《買うて行く》が接続詞状態で入り、《価が増さば売れやとて》も、囃し言葉のように何度も繰り返されます。初め照天は銭二貫文で売られたのですが、青墓の万屋に買われた時は、六・五倍の十三貫文になっている。転売の度に利益が出ているわけですから、《価が増さば売れやとて》の声もだんだん陽気なものに変わって行くのでしょうが、そこで一つの疑問というのは、なんで照天姫が「遊女転がし」のような高値で取り引きされるようになったかです。

青墓の万屋ではっきりすることですが、照天を買った万屋の《君《きみ》の長《ちょう》》は、《百人の流れの姫を持たずともあの姫一人持つならば、君の長夫婦は楽々と過ぎよう事の、うれしや》と思っているのですが、照天はしかし「客を取るのはいやだ」と言うのです。

夫を思う照天は、「この店の女は生まれた国の名で呼ぶ。お前の国はどこだ？」と問われて、相模の出身であるにもかかわらず、《たゞ夫《つま》の古里なりとも名に付けて、朝夕さ呼ばれてに、夫に添う心をしょう》と思って、「生国は常陸」と答え「常陸小萩《ひたちこはぎ》」の呼び名を付けられます。そうしておいて、「頑張って客を取れよ」と十二単《ひとえ》を渡されるのです。そこで照天は初めて自分が客を取らなければいけないことに気がついて、「ノーです」と言うわけですが、「だったらお前は、長い転売道中の間に自分の置かれている立場に気がつかなかったのか？」ということにもなります。買った方は、「こりゃ上玉だ」と思って買いはしたものの、その女が「客を取るのはいやだ」と言うのを聞いて、買い値より高い価格で売り飛ばしたのかもしれませんが、しかしもしかしたらそうではなくて、照天が転売されて行く経過を語る部分は、美濃の青墓へ売り飛ばされるだけの照天の境遇を語る修飾の道行文なのかもしれません。

そういう可能性がないとは言い切れませんが、もしかしたら照天は、百戦錬磨の遊女宿の主人達を欺いてこの青墓の宿に至ったのかもしれません。では、どうしたらそんなことが可能になるのか？　照天は嘘をつきます。

「私は、幼い時に両親に死なれ、一人で善光寺参りに出掛けた途中でさらわれて、各地を転売されて来ました。私は悪い病気を持っていて、男に肌を触れられるとその病気が出るのです。だから、病気になって値が下がる前に、次から次へと転売されたのです」で、「なるほどね」なんですが、それを万屋の《君の長》に言う前に、照天は一人こう思います――。

《さては流れを立ていとよ、今流れを立つるものならば、草葉の蔭に御ざあるの、夫《つま》の小栗殿様のさぞや無念に思《おぼ》すらん。なにとなりとも申てに、流れをば立てまい》

「流れを立てる」というのは、遊女が客を取ることで、「死んだ夫の手前それは出来ない」と照天は思うのですが、「そんなこと、今ここで初めて思うの？」という疑問も生まれます。まァ、そんなことはどうでもいいようなものですが。

照天は嘘をついて遊女のつとめを拒もうとするのですが、《君の長》はその嘘を見抜いて、「両親に死に別れたんじゃない。夫に死なれて、そいつに操を立ててるんだな」と思い、「客を取らなければもっとひどいところに売り飛ばしてやる」と脅しますが、照天は相変わらず「ノー」で、仕方なしに《君の長》は「ここにいる十六人の遊女の姫の食事の仕度からなにからなにまで、雑用を全部させるぞ」と言います。照天は気が強いので「そんなこと一人で出来るわけないでしょ」と言うのですが、結局はそれをさせられて、「常陸小萩」となった照天は、それでも念仏を唱えながらハードワークをこなし、ついに宿の遊女達から「念仏《ねんぶつ》小萩」と呼ばれるようになってしまいます。

8

死んだ小栗判官より、生きたままの照天姫の方がよほど大変ですが、その頃、地獄へ行った小栗はどうなっているのでしょう?

ご承知のように閻魔大王は小栗を《大悪人》と決めつけておりますが、地獄には小栗と一緒に殺された《十人の殿原《とのばら》達》も来ております。閻魔大王は、「小栗を修羅道に落とすのは決まりだが、従う十人は小栗のとばっちりで死んだだけだから、娑婆に戻してやる」と言います。どうも閻魔大王は小栗が根っから嫌いであるらしいのですが、《十人の殿原達》は、「私達が娑婆へ戻っても仇討ちをするのは無理ですから、主人の小栗殿を戻して下さい。それが私達の望みです」と訴えます。閻魔大王は主人思いの十人に感心して、「小栗を含めて十一人全員を地上世界に戻してやる」と言うのですが、しかしそれには条件が一つあります。それは、現世に復活するためには、戻るべき死体が残っていなければならないということです。

そこで閻魔大王は、閻魔庁の役人である《視《み》る目とうせん》なるものを呼び出して、《日本《にんほん》に体があるか見て参れ》と言います。説経節では、他にも「体があるか見て参れ」というフレーズは登場して、どうやらこの頃の地獄は、今の我々が思うものとはいささか様子の違ったものらしいです。

《視る目とうせん》は地獄の高い山に登って不思議な《にんは杖《じょう》》という杖で虚空を叩きます。

するとあら不思議で、日本はグーグルマップのように一目で見えます（なんだかドラえもんのようでもありますが）。《視る目とうせん》は、「十人は火葬にされてもう遺体がありませんが、小栗だけは名のある武将なので、土葬にされて残っております」と報告します。それで閻魔大王はしょうがなしに小栗一人を娑婆の現世に戻し、小栗一人が墓の中から腹が膨れて手足が痩せ細った餓鬼のような姿になって現れ出るのです。

「許してやる」になると閻魔大王も気前がよくなって、筆を取って木札に「この者を藤沢のお上人に預ける。この者を熊野本宮湯《ゆ》の峯《みね》の湯に入れれば、浄土から薬の湯を注いで元の体に戻してやる」と書いて、小栗の首に掛けます。小栗が殺されたのは湘南の相模川の近くですが、一遍上人の時宗《じしゅう》の本拠地でもある藤沢はこの近くです。だから、墓から復活したゾンビ小栗は、ここで時宗の高僧と出会うわけです。

　藤沢のお上人は、墓から出て這い回るだけのゾンビ小栗の髪を剃って「餓鬼阿弥陀仏《がきあみだぶつ》」と名を与えられ、閻魔大王の書いた木札の文章も読みます。それで「ああ、分かった」と思うお上人は、その札に「この者の乗る車を一回引けば、千人の僧を集めて経を上げさせるのと同じ供養、二回引けば万人の僧の経と同じ」と書き足して、ゾンビ小栗を粗末な車に乗せます。車に二本の引き綱を付けて「有志諸君、これを交代で熊野まで引いて行ってくれ、ご利益があるよ」というわけです。ここから再び、照天姫の転売道中と同じような、熊野までの小栗判官の道行が始まります。

　どうやら説経節というのは、「よく分かっていない当人が、宿命に乗って流されて行く、そのことを語るもの」らしいです。だから淡々として「ドラマの山場」というものがないのでしょう。

小栗の道行は照天のそれよりも本格的で、結構陽気です。というのは、「えいさらえい」という車を引く掛け声と共に、東海道を西へ向かうからです。もう有名な宿場だらけで、《あらおもしろの里の名や》どころの騒ぎではありません。ゾンビ小栗と共に、聴衆は東海道の観光旅行をするのです。

ボランティアが交代で引く小栗の車は、やがて愛知から北上して岐阜の青墓にやって来ます。「常陸小萩」の照天はこれを見て、乗っているのは小栗と知らぬまま、この車を引くボランティアを志願します。もちろんそれは、死んだ小栗の供養のためですが、《君の長》に「両親は死んだ」と言っている手前、「父親の供養のために一日、母親の供養のために一日車を引きたい。二日引いた距離は一日で戻って来るから、計三日の休みを下さい」と哀願します。《君の長》は「客を取らない女がなに言ってんだ」と相手にしませんが、隠れて教養のある照天は漢文的なむずかしい例を出して主人を説得し、その末には「三日の暇をくれたら、いざという時には私がご主人夫婦の身代りになります」と言って、ようやくOKを取ります。

色白の照天ですから、「途中へんなことがあったら」と思って、顔を煤で黒く塗り、物狂いのような恰好で車を引いて出発します。小栗はともかく、照天は賢明な女です。

照天は車を引いて瀬田の唐橋を渡り、もうすぐ京都というところまで着きます。明日は青墓へ戻らなければいけない照天は、その夜、小栗を乗せた車の轍《わだち》を枕にして、泣きながら眠ります。義理堅い照天は、「自分の体が二つあったら、一つは青墓へ戻り、もう一つは熊野まで引いて行きたいのに」と思うのですが、耳も聞こえず目も見えず口もきけない小栗には、そんなことが分かりません。小栗とは知らずに「餓鬼阿弥陀仏」に馴染んだ照天は、小栗の掛けている札に「この車を引いた人は多いだろうが、美濃の青墓の万屋で雑用係を勤める常陸小萩は青墓から大津まで車を引きました。熊野の湯で本復《ほんぷく》したお帰りには必ず寄って下さい。お泊めします」と書き足します。たぶん、『をぐり』で唯一の山場、聞かせどころとなるのは、この部分でしょう。

そうして照天は小栗と別れて青墓へ戻り、小栗はなおも「えいさらえい」と車を引かれて熊野の湯に辿り着きます。熊野の湯に入って「元の小栗」に戻った彼は、熊野三山を詣でて歩き、「あいつに金剛杖を買わせたら売り上げアップになるな」と思う熊野権現から金剛杖をもらって、帰途につきます。

まず小栗は、京都の両親の家に行きますが、どういうわけか両親は、その顔を見ても「我が子」だとは分かりません。そこで小栗は自慢の武術を披露して、やっと「おお我が子か」と認めてもらえます。

「顔を見ても分からない」というのは、小栗だけではありません。不思議なことに、照天の方も小栗の顔を見て誰だか分からないし、小栗にも照天が分からないのです。

両親と再会した小栗は帝にも対面出来て、畿内の五カ国と美濃の国を所領として賜ります。立派になって大行列を従えた小栗は、照天の書いた文言通りに、美濃の青墓の万屋を訪ねます。照天は相変わらず下女で、「常陸小萩という女を呼んでくれ」と小栗に呼ばれても、「客を取るのはいや！」と言って出て来ません。困った《君の長》は、「お前が三日の休みをくれと言った時、いざとなったらご主人達の身代りになりますと言っただろう。今がその〝いざ〟という時だ」と言って、汚ないままの照天を小栗のいる座敷に上げます。

小栗は照天の顔を見ても誰だか分からずに、「お前の出身はどこだ？」と尋ねます。照天も相手の顔が分からず、「自分のことを棚に上げて他人に生国を尋ねるのは失礼だ」と突き返し、小栗は「なるほど分かった」と言って正体を明かします。

言われて照天も「私は常陸の人間ではなくて、相模の――」と、自分の正体を明かします。夫婦であるはずの二人は、「顔を見るなり驚いて走り寄り」ということはせずに、冷静に名乗り合ったりするわけで、まだ「近世」になりきらない段階での夫婦というのは、こんなものらしいです。

『出世景清』という新しい浄瑠璃

1

今回は貞享二年（一六八五）に登場して、それ以前の浄瑠璃を「古浄瑠璃」にしてしまった近松門左衛門作の『出世景清』です。この作品のエポックメイキングさに関しては、第一回の最初の方でも言いましたが、私自身は「なにがエポックメイキングなのかな？」ということがよく分かりません。『出世景清』は、近松門左衛門が浄瑠璃の語り手である竹本義太夫のために書いた最初の作品で、その後には「人形浄瑠璃と言えば義太夫（節）」ということになってしまう、その記念すべき提携の第一作というエポックメイキング性の方が大きいのじゃないのかな、などと勝手に考えます。

古浄瑠璃とそれ以後の浄瑠璃の区別は、簡単です。「扨《さて》も其後《そののち》」で始められるのが古浄瑠璃です。その前になにがあるわけでもないのに、「今までの話は置いといて、その後なんですが——」

と始めるのは奇怪なようですが、「そういう風に語り出すもんだ」ということになっていたので、理屈もへったくれもありません。近松門左衛門だって「おそらくは彼の作」とされる『出世景清』以前の作品の中で「抑も其後」を使っていますが、でも「古浄瑠璃」の時期を脱してしまうと、そういう「始まりの決まり文句」がなくなります。だから、『出世景清』の冒頭は、《妙法蓮《みようほうれん》華経《げきよう》観世《かんぜ》音菩《おんぼ》薩《さつ》。普《ふ》門品《もんぼん》第廿五は大乗八軸《だいじようはちじく》の骨髄《こつずい》。》と始まります。なんのことやらよく分かりませんが、「清水寺の千手観音のご利益」というのがこの作のテーマにもなっているので、このように始まります。

「抑も其後」を捨てたところで『出世景清』は新しいのですが、『出世景清』の二年前、宇治加賀掾のために近松門左衛門の書いた『世継曽我』だって、もう「抑も其後」では始まりません。《五月闇《さつきやみ》峰に照射《ともし》のかり衣《ごろも》。裾《すその》野の草の葉末《はずえ》まで。靡《なび》かぬ方《かた》もあらざりし源氏の御代《みよ》こそめでたけれ。》で始まります。第一回で言ったことですが、竹本義太夫にではなく、宇治加賀掾に書いたために『世継曽我』は「古浄瑠璃」になってしまうのですが、しかし「新浄瑠璃」である『出世景清』でさえ、その出版された複数のテキストの中には、《妙法蓮華経観世音菩薩》の前に「抑も其後」という決まり文句を置いているものもあるのです。「古浄瑠璃」と「新浄瑠璃」の境界線というのは、その程度に微妙なものだとは思うのですが、そんなことより重要なのは、「抑も其後」という決まり文句を捨ててしまったそのことが、中世的な民衆芸能からジャンプする、近世的な新しいあり方だということでしょう。

やがては「古浄瑠璃」というジャンルに飲み込まれてしまう説経節だって、語り出しの文句は決まっています。こちらは「只今語り申し候物語、国を申せば○○の国」というスタイルで始まります。だから内容は「その某国にある神仏の人間時代の物語」に限定されてしまいます。「扨も其後」を捨ててしまうということは、自由な言語表現を獲得出来るという喜ばしいことではありますが、しかしだからと言って、「扨も其後」を捨てた（であろう）『出世景清』が目覚ましくも新しい作品になったかどうかは分かりません。

2

『出世景清』は、『平家物語』に登場する平家方の武者、悪七兵衛《あくしちびょうえ》景清を主役にした作品ですが、今この人にどれくらいの知名度があるかは分かりません。景清は、江戸時代の浄瑠璃や歌舞伎に登場する頻度の高い人物で、『景清』という演目は『勧進帳《かんじんちょう》』に並んで市川団十郎家の認定する歌舞伎十八番の一つになったものです。「悪七兵衛景清」という役名は、江戸歌舞伎の華である荒事で演じられる重要なものでしたが、今では大勢の役者が登場して筋があるんだかないんだかよく分からない「だんまり模様」を演じて見せる「お目見得《めみえ》だんまり」というジャンルの演し物の中に、その役名を見ることもある程度です。それを見ても、「悪七兵衛景清」という人物が、いかなる人物なのかということは、さっぱり分かりません。

　現在の歌舞伎や人形浄瑠璃で上演される「景清物」と言ったら、「阿古屋《あこや》の琴責《ことぜ》め」で有名な『壇浦兜軍記《だんのうらかぶとぐんき》』だけです。行方をくらましているお尋ね者の悪七兵衛景清の居場所を「知っているだろう？」と問われた妻である遊女の阿古屋が「知りません」と答え、「嘘をつくんじゃない、拷問にかけてやるぞ」と言われて、お白洲で琴、三味線、胡弓の演奏をさせられる。阿古屋は、数ある遊女役の中でも最もゴージャスな打掛け衣装で現れ、音色の善し悪しが分かる「智勇の人」である白塗りの畠山重忠《はたけやましげただ》に、「音色に乱れがないから、阿古屋の言うことに偽りはない」と許される。女方中心の優美な一幕です。

実際に女方役者が舞台で琴、三味線、胡弓の演奏をして見せる優雅な歌舞伎の舞台と、人形に楽器の演奏をさせて音もかなり華やかに盛り上げる人形浄瑠璃の舞台とでは、そのニュアンスが少し違いはしますが、女方中心の舞台であることに変わりはありません。舞台の中心はあくまでも阿古屋で、「夫の行方は知らない」と言い張る阿古屋を愛をもって見守るイケメン武士の畠山重忠がそのそばにいると、「阿古屋と畠山重忠の物語」と思われ、「そこには恋愛感情が存在してるんじゃなかろうか？」というような勝手なことをうっかり考えたりもしてしまいますが、そんなのはもちろん間違いで、『壇浦兜軍記』の主役は、琴責めの場に姿を現さず、へたをすると「阿古屋の夫」であることも忘れられてしまう、「平家の侍、悪七兵衛景清」です。しかし『壇浦兜軍記』で上演されるのは、三段目の口である「阿古屋琴責めの段」だけです。他の部分は上演されません。つまりは「景清なんか知らないよ」です。

夫の影は薄くなって、夫への愛を貫く妻の姿ばかりが強調されるという点で、いたって現代的なものではありますけれど、もしかしたら、そういう風にしてしまった元凶は近松門左衛門なのかもしれません。『壇浦兜軍記』は、『出世景清』から五十年ほど後になって作られた、『出世景清』の改作——別アレンジなのです。「もしかしたら、悪七兵衛景清の影を薄くさせたのは近松門左衛門かもしれない」というのは、それまでは「景清の物語」であったものの中に「女の物語」を持ち込むことによって、景清像を曖昧にしてしまったのが彼だからです。

悪七兵衛景清は、伊勢の地に土着した藤原氏——だから「伊藤」姓の一族の子で、父親は平家の侍大将になった伊藤忠清《ただきよ》。景清の名の上に「上総」の二文字がくっつくことがあるのは、父の忠清が上総介《かずさのすけ》の官にあったからです。しかし、この侍大将は「平家には他に人材がいないのか」と言いたいくらいの腰抜けで、源頼朝率いる源氏軍と平家軍が初めて対峙する富士川の合戦に、総帥清盛から「戦のことは忠清に任せておけばいい」と言われて、戦闘経験のない若い総司令官——清盛の孫の維盛《これもり》を補佐する侍大将として従ったのはいいけれど、夜の富士川で水鳥の羽音を「敵襲！」と勘違いして維盛と一緒に慌てて逃げ帰った男です。当然清盛は激怒して「死刑にしろ！」と言いますが、同僚達のおかげで侍大将のままに留められ、それでもやっぱりロクな働きは出来ません。この父に従って出陣する景清ですから、ロクな働きをしません。と言うか、「参戦した」というところに名前が挙がるだけで、「武勇に秀でた人」かどうかはよく分かりません。

悪七兵衛の「悪」の一字は、自分の叔父（あるいは伯父）を殺した結果で、力は強かったらしいのですが、名前の上に「悪」の一字を冠せられる他の人達が「すさまじいほどの武勇の持ち主」というのとは、ちょっと違うかもしれません。

その景清を有名にしたのは、『平家物語』の巻十一「弓流《ゆみながし》」に書かれる屋島の合戦のワンシーンです。嵐の中を四国へ渡った源義経軍は、屋島の内裏に拠る平家軍に戦いを挑もうとしますが、平家軍は船に乗って沖へ逃げてしまいます。その平家軍から、美女を乗せて開いた扇を高く掲げる小舟が一艘進み出て、女は「この扇の的《まと》を射落としてみよ」と挑発する。それを源氏方の那須《なす》の与一《よいち》が見事に射落としたというエピソードに続くものです。

「これで平家が負けたと言われちゃ癪だ」というので、何人かの平家の武者が岸にやって来ます。その中に大長刀《なぎなた》を抱えた景清もいて、一度は彼を迎え討とうとした源氏の武者達も、「こっちの短い刀じゃ勝てない」と逃げ出します。まだ戦闘の主体は弓矢で、刀は接近戦になって使われる「打物《うちもの》」と言われる雑多な武器ジャンルの一つです。長刀は「打物の雄」で、しかも「大長刀」です。源氏方の刀は「打刀《うちがたな》」という、後の脇差《わきざ》しのような小太刀《こだち》ですから、源氏方の男が「こりゃかなわん」で逃げ出すのは当たり前です。源平の合戦は、へんに大らかで人間的なのです。

それで、大長刀を左の脇に抱え込んだ景清は右手を伸ばし、逃げる源氏方の武者の一人を捕えようとします。景清は、逃げる相手の兜の錣《しころ》を引っつかみます。錣というのは首筋を守るために兜の脇から後ろに付けられた、鉄や革の板をしっかりと糸で何段かにつないだ「丈夫なビラビラ」です。景清にその錣をつかまれたのは三保谷《みおのや》の十郎——歌舞伎や人形浄瑠璃では「十郎」が「四郎」になりますが、彼も負けじと前に逃げ出ようとします。結果、三保谷の十郎は逃げ出し、景清の手には引きちぎられた三保谷の十郎の兜の錣ばかりが残るのですが、これが景清の名を高くした「錣引き」で、景清物には必ずと言っていいほどこれが登場します。「景清」と言えば「錣引き」で、景清の痕跡が絶たれた現在でも、この「錣引き」を我々が耳にすることは出来ます。『義経千本桜』の中の「道行初音旅《みちゆきはつねのたび》」です。

兄の頼朝と不仲になって追われる立場になった義経は、愛妾の静御前を都に残して旅立ちます。義経を乗せた船は難破して、義経一行は吉野に身を隠している――この話を聞いた静御前が、義経から警護役として付けられた佐藤忠信《ただのぶ》を連れて吉野を目指すのが、「道行初音旅」です。

静は義経から預けられた初音の鼓を持ち、忠信は義経から拝領の鎧を持って、二人はこれを「義経」と思って道の途中で飾り奉ります。義経は「万一の時にはこれを着けて私の身代わりになれ」と言って忠信に鎧を渡したのですが、忠信は「自分がそれだけ信用されるのは死んだ兄のおかげだ」と、兄の継信《つぎのぶ》（嗣信）の死の状況を語ります。

忠信の兄の継信は、錣引きが行われる以前、同じ屋島の合戦で沖から義経を狙って飛んで来た平家方の矢の前に盾となって立ちふさがり、身代わりになって死んだ人物です。だから、《この鎧を賜わりしも。兄継信が忠勤なり。》と言って、屋島の合戦（どういうわけか作中では〝壇の浦〟になっていますが）の話を始めます。それはいいのですが、《兄継信が忠勤なり》と前置きして語られるのは、静や忠信とは関係のない三保谷の四郎と景清の「錣引き」なのです。まずそれがあってから「継信戦死の状況」です。

今の「道行初音旅」はそのように語られますが、実はこの「錣引き」の部分、元の『義経千本桜』の道行の中には存在しません。後の時代の人が勝手に挿入してしまったもので、だからこそ唐突なのです。元の「道行初音旅」では、《兄継信が忠勤なり》の後にすぐ《八島の戦い我君の御ン馬の矢表《やおもて》に――》と、継信の戦死が続きます。それなのにどうして、後の人は余分なことをしたのか？

実は『義経千本桜』は、その派手なタイトルに反して地味で寂しい作品です。現在の「道行初音旅」は桜が満開の吉野山を背景にして演じられますが、元の文章を見ると、これは「まだ冬枯れの色の残る春の初めの野の道を、静御前が寂しい胸の内を抱えてたどり行く」という、派手さのかけらもないものです。義経との間に子を持たず、だからこそ義経を求めて野の道を行く静の心情は伝わって来ますが、結果、寂しいものになっています。だから、原作にある静の心情部分はかなりカットされ、背景も派手な「桜満開の吉野山」に変えられ、「三保谷と景清の錣引き」も挿入されたのです。どうしてかと言うと、これ抜きでいきなり「佐藤継信の戦死」になってしまうと、あまりにも寂しくてつらいからです。実のところ、「つらいけれども、仕方のないことは仕方がない」で貫かれているのが『義経千本桜』だから、まだ桜も咲かない道の途中で「継信兄さんは戦死しちゃったんだ」と、弟忠信と静が無念の思いを噛みしめていてもいいのですが、それだとやっぱりお客さんのウケは悪いでしょう。それで、「まず派手で陽気な錣引きを――」になるのだと思います。

「錣引き」は、「豪快で派手なもの」です。どうしてかと言うと、これを見ている源平両軍の武者達と当事者の二人が笑うからです。錣をつかまれた三保谷は逃げようとする。景清は力まかせに引っ張る。両者の接点である錣がちぎれたらどうなるのか？　二人は同時に倒れて尻餅をつくのです。だから笑いも起こるのです。おまけに、浜に転んで倒れた三保谷は「お前の腕の力は強いな」と言って、対する景清は「お前の首の方が強いんだ」と言います。お互いに相手を立てながら、ヘマをした二人は笑うのです。現行の「道行初音旅」は、このように語られます――。

《兜の錣を引っ摑み。跡へ引く足よろ〳〵。向こうへ行《ゆ》く足たじ〳〵。むんずと錣を引っ切って。双方尻居《しりい》にどっかと座す。腕の強さと言いければ。首の骨こそ強けれと》で、両者が「わっはっは」と笑い、おそらくはこれを見守っていた両軍の男達も笑った。そして《笑いしあとは入り乱れ。手《て》繋《しげ》き働き兄継信》と、保留になっていた本筋へ戻ります。まァ《笑いしあとは入り乱れ》の言葉通り、「錣引き」の後に継信の戦死が来るのは順序違いで乱れていますが。

「錣引き」は、血が一滴も流れず、当人達が「わっはっは」と笑って終わるものですから、派手で陽気で豪快です。だから、「錣引きの景清」も豪快なスターとして残るのですが、しかし「錣引き」のエピソードを伝える『平家物語』には、「そして二人は互いを褒め合って笑った」などという記述がありません。ここに「笑い」を持ち込んだのは後の人ですが、近松門左衛門ではありません。もっと意外な人物――能の世阿弥《ぜあみ》です。

3

世阿弥の作とされる『景清』という演目があります。ここで初めて、三保谷と景清は笑います。こうです――。

《何某《なにがし》は平家の侍《さむらい》悪七兵衛景清と。名乗りかけ名乗りかけ手どりにせんとて追うて行く。三保《みお》の谷《や》が着たりける。兜の錣を。取り外し取り外し。二三度。逃げのびたれども。思う敵《かたき》なれば遁《のが》さじと。飛びかかり。兜をおっとりえいやと引く程に錣は切れて。此方《こなた》にとまれば主《ぬし》はさきへ逃げのびぬ。遥かに隔てて立ち帰りさるにても汝《なんじ》。恐ろしや。腕の強きといいければ、景清は三保の谷が。頸の骨こそ強けれと笑いて。左右《そう》へ退《の》きにけり。》

これだと、三保谷があきれて、笑ったのは景清一人のようにも思えますが、「腕の強さと首の骨の強さで笑い合った」という「錣引き」の根本のあり方を支える要素は世阿弥から生まれるのです。なんで世阿弥はここに「笑い」を置いたのでしょう？　それは「ここで景清を笑わせなければあまりに可哀想だ」と、世阿弥が思ったからではないかと私は考えます。『景清』は、「英雄の悲惨なその後」を描く、能によくある暗い作品です。この作の景清は、源氏に憎まれて捕えられ、日向の国の宮崎に流され《盲目なる乞食《こつじき》》になっています。その哀れな景清の所へ、鎌倉から娘の人丸《ひとまる》がやって来るというのが、能の『景清』です。

父を慕う人丸は、景清の住む草の庵を訪ねますが、現在のありようを恥じる景清は「そんな人は知らない」と娘を拒絶します。「流人としてここに来ているはずだけど、その人はどこ？」と思う人丸は土地の人に尋ねて、「景清さんならあそこ――」と、同じ草の庵を教えられます。正体をばらされた景清は、仕方なしに娘に「父の景清だ」と名乗り、《麒麟《きりん》も老いぬれば駑馬《どば》に劣るが如くなり》と嘆きます。父を慕う娘は「昔は英雄でしょ？　その時の話をして下さい」と言って、わざわざ遠くからやって来た娘の心を思う景清は、「分かった。話してやるから、それを聞いたら帰れ」と、「錣引き」の話を始めるのです。

そうして語られた「錣引き」の最後の「笑い」には、複雑な意味があるはずです。まずは、「その栄光に引き比べて、現在の俺は」という自嘲も、この「笑い」には感じられます。がしかし、景清が笑ったのは、流刑先の宮崎ではなく、合戦の地の屋島の岸です。「俺はあきれて笑ってやった」という笑いではあるはずですが、やはりそれだけではないと思います。ここには「当人達も笑い出すようなエピソードだったのだよ」と言う世阿弥が、明らかにいると思われるのです。

世阿弥は若い頃にもてはやされ、やがては佐渡が島に流されます。「若い頃の自分は時分の花、その後に自覚すべきは、若さとは無縁の真の花」なんてことを言っていますが、その彼の作である『景清』には、自身の流刑体験を思わせる人への慈しみがあるように感じられます。「哀れな流人の景清」と突っ放すのではなく、その彼に「笑い」を与えたのは、世阿弥の慈悲でしょう。同じ世阿弥の作とされるものに『俊寛』があります。同じ『平家物語』を題材にした悲しい流人の話です。「平家打倒を謀議した」として、俊寛は藤原成経《なりつね》、平康頼《やすより》と共に九州の南の鬼界が島へ流されます。やがて中宮徳子《のりこ》の腹から安徳天皇が生まれたことから、恩赦の船が迎えに来ますが、赦されたのは成経と康頼の二人だけで、俊寛は取り残されます。この同じ『平家物語』の題材を近松門左衛門は『平家女護島《へいけにょごのしま》』で取り上げて、現在ではこちらの「俊寛」の方が有名でしょう。

一度は帰還の船に乗ることをあきらめて、それでもあきらめきれない俊寛は、《思い切っても凡夫心《ぼんぶしん》。岸の高見にかけあがり。つま立って打ち招き浜のまさごに臥しまろび。こがれてもさけびても》の激しさで遠ざかる船を追います。でも、世阿弥の『俊寛』は違います。こちらは、「都へ戻った私達がちゃんと帰還出来るようにするから」と言う、成経と康頼の言葉を信じて留まります。

《必ず帰洛あるべしや。これは真《まこと》か。なかなかに。頼むぞよ頼もしくて》というのが世阿弥の『俊寛』です。結局、船は見えなくなって、『平家物語』のその後の俊寛は鬼界が島で死ぬことになっていますが、世阿弥の俊寛は《頼むぞよ頼もしくて》です。そういう世阿弥だから、哀れな景清にも「笑い」を与えたんじゃないかと私は思うのですが、そんな回り道をしているから、肝心の『出世景清』がまだ姿を現しません。

4

能にはもう一つ、『大仏供養』という景清物の演目があります。平重衡《しげひら》によって焼失させられた東大寺が再建され、その大仏開眼供養に出席する源頼朝を景清が狙うという物語です。もちろんその襲撃は失敗して、景清は姿をくらましてしまうのですが、ここから「源頼朝を狙って神出鬼没の景清」という、もう一つの景清像が生まれます。

大仏開眼の式場で頼朝を狙った平家の残党というのは実際にいたようですが、それはどうも景清ではありません。『平家物語』の別テキストには、「壇ノ浦の合戦の後、景清は捕えられて出家し、大仏開眼供養があると知ると飲食を断って、供養当日に餓死した」という記述を載せるものもありますが、その死んだ場所は常陸とか足利とかの北関東で、「盲目の乞食になった」と能の『景清』が言う日向とは、まったくの方向違いです。しかし、昔の人はそんなことに頓着することなく、『景清』と『大仏供養』の二つをくっつけてしまいます。

頼朝を狙う景清は「平家の残党を代表する勇者」となり、日向へ行くにしても「捕えられて流される」ではなく、頼朝から日向の宮崎に所領を賜わってその地に下るということになります。しかし、敵と狙う頼朝に助けられた景清はジレンマに陥り、「この眼があって見るから頼朝を敵と思うのだ」と考えて、自らの手で両眼を刳《えぐ》り出してしまうのです。

そのようにして、日向で哀れな日々を送る能の『景清』は、「武勇にすぐれた人のめでたしめでたし物語」に変わってしまうのですが、そんな景清物語を作った「昔の人」は、近松門左衛門ではありません。誰だか分からない幸若舞の作者です。

第一回でも言いましたが、幸若舞は「語る芸能」です。能と並行して存在していても、こちらは謡いません。扇の拍子、あるいは鼓のリズムに合わせて、二人か三人の演者が交互に語るもので、能に比べて散文的なので聞いて分かりやすく、文字化して物語のように読むことが可能です（と言っても、現在の幸若舞は福岡県のある場所に伝えられているだけなので、そう簡単には聞けませんが）。

幸若舞の演目を文字化して江戸時代に出版されたものが『舞の本』と呼ばれるもので、ここに

「昔の人の作った景清物語」があります。近松門左衛門の『出世景清』は、この幸若舞の『景清』の別アレンジで、ストーリー展開はほぼ同じです。しかし、幸若舞は中世に発達した男の芸能で、浄瑠璃は近世的な大衆芸能です。ホントかどうかは知りませんが、桶狭間の戦いに出陣する織田信長は、《人間五十年、化天《けてん》の内を比ぶれば、夢幻《ゆめまぼろし》のごとくなり。》と、幸若舞の『敦盛《あつもり》』を謡うか舞うかしたということになっていますが、信長が立って幸若舞の一節を口にしたとしても、謡曲じゃないんだから、謡いながら扇を構えて舞うという大河ドラマにありがちの光景はないですね。まァなんであれ、幸若舞というのはそういうシチュエイションにふさわしいもので、男のあり方を語ります。これに対して近世的な浄瑠璃は、ここに「女の物語」をぶち込んで来るのです。

江戸時代の浄瑠璃ドラマでは、女が平気で男まさりの立ち回りをします。女が活躍するのが近世的な特徴ですが、そのドラマを確立してしまったのが、他ならぬ近松門左衛門です。近松門左衛門のドラマに登場する女達は、とても「激しく」て、だからこそ彼は心中物の浄瑠璃を書けたのでしょう。恋に対する激しさがなかったら、心中物なんか出来上がりません。女の激しさを書くことで、近松門左衛門はとても近世的な作家なのですが、だからと言って、その近松門左衛門の書く『出世景清』が、幸若舞の『景清』よりすぐれているかどうかは分かりません。

景清の物語は、まず第一に「戦に敗れた平家の豪傑の物語」であってしかるべきです。幸若舞の『景清』はまさにそういう作品なのですが、女――景清の妻のドラマを強調した『出世景清』の方では、肝腎の「英雄景清」の姿がぐらついて来るのです。

5

まず幸若舞の『景清』の方です。

上下二段に分かれた幸若舞の景清は、東大寺の大仏供養から始まります。大仏供養は壇ノ浦の合戦の十年後で、姿を消したままの景清は尾張の国の熱田にいます。なぜそんなところにいるのかと言えば、そこに景清と関係を持った女がいるからです。景清には妻といえる女が二人いて、一人は琴責めの阿古屋。もう一人が「熱田の女」です。能の『景清』で、日向まで父親を訪ねて来る人丸は熱田の遊女と景清の間に生まれた娘ですが、幸若舞の『景清』では熱田神宮大宮司の娘が景清のもう一人の妻になります。

ただの遊女から熱田神宮大宮司の娘にまで出世した景清の妻ですが、「熱田神宮大宮司の娘」と聞いて、思う人は思います。三十年以上前に死んだ、源頼朝の生母も「熱田神宮大宮司の娘」なのです。景清が実際に熱田神宮大宮司の娘と夫婦関係にあったのかどうかは分かりません。おそらくはフィクションのはずですが、「熱田の女」をフレームアップすることによって、平家の残党景清は、鎌倉の将軍源頼朝とひそかに肩を並べるような存在になるのです。だからと言って、「景清と頼朝は姻戚関係にある」というような言い方を、幸若舞の『景清』も『出世景清』の方もしません。どうやらどちらの物語でも、鎌倉方の人間は、自分達の将軍様のご生母がどういう人かを忘れているみたいです。

というわけで、熱田神宮大宮司の娘のところにいた景清は、鎌倉の頼朝が大仏供養のために都へ向かったことを知ります。近松門左衛門の『出世景清』も幸若舞と似たような始まり方をするのですが、幸若舞の『景清』が初めはただ《熱田》とだけ言って、「どういう熱田か」の説明を欠いているのに対して、『出世景清』の方は歴然と「熱田神宮大宮司の館」に景清はいて、舅の大宮司に「出発の決意」を語ります――。

《まことに某《それがし》無二の御懇志《こんし》に預りながら〳〵浪人仕《つかまつ》り。身は埋《むも》れ木と朽ち果てん末たのみなき身ながらも。せめて頼朝を一太刀窺《うかが》い君父《くんぷ》の恨みを散じ。その後《のち》は腹切ってとにもかくにも罷《まか》り成らんと空しき月日をおくり候《そうろう》。しかる所に今朝究竟《こんちようくつきよう》のことを聞き出だし候》（『出世景清』第一）

その日の朝、景清は「昨日の夕刻、上京する頼朝が熱田を通った」ということを聞いて、「私も都へ参ります」と言うわけですね。これはもう「出来上がってしまった英雄の物語」なので、大宮司も平宗盛《むねもり》から賜った痣丸《あざまる》という刀を贈って、景清の出発を祝います。しかし、幸若舞の『景清』はそうじゃありません。誰にも言わず、敵討ちの決意を胸に秘めて熱田を発ちます。幸若舞の景清は「既に出来上がった英雄」ではなく、《取り分きてもののあわれを留めしは、平家の侍《さぶらい》大将に悪七兵衛景清にて》という存在です。だから彼は、このように思っているのです――。

《あわれ、世の中に貧《ひん》ほどつらき事あらじ。親しき中は遠ざかり、疎《うと》き人には卑《いや》しまれ、貧者の家に生《うま》るゝほど、つたなかりける事あらじ。承《うけたまわ》れば、鎌倉殿、南都の供養と聞て有《あり》。法会《ほうえ》の庭とは存ずれ共《ども》、主君の敵でましませば、忍び都へ上りつゝ、頼朝を一刀《ひとかたな》切り申《もうし》、大臣殿の孝養に報ぜばや》（幸若舞『景清』上）

この景清は、時代に取り残された人です。景清の父親は、平家の侍大将で上総介だった人ですから、景清が《貧者の家》に生まれたとは思えませんが、そう言ってしまいたいくらい、平家滅亡後の十年間はつらかったのでしょう。とても勇気凜々の豪傑のモノローグとは思えません。景清は「哀しい人」で、だからこそ頼朝を討とうとする目的も《大臣殿》＝内大臣平宗盛の鎮魂のためです。

「西海で滅んだ平家一門の供養のため」というのは、能の『大仏供養』でも言われる敵討ちのモチーフですが、近松門左衛門の言う《君父の恨みを散じ。その後は腹切って》のアグレッシヴなまでの勇ましさに比べれば、《孝養》と言うこちらの景清のしみじみぶりは明らかです。おまけに、熱田を発つ『出世景清』の主人公の目的は「頼朝を討つこと」ではないのです。この景清の目的は、頼朝のそばにいる畠山重忠を討つことなのです。

幸若舞の『景清』は「この日に至るまでの十年」を語らぬままですが、近松門左衛門の景清は、これまでに《三十四度》頼朝を狙っていて、そのたびに畠山重忠に妨害されていたというのです。畠山重忠は「鎌倉時代の真田幸村」みたいな存在で、なんでも見通せる景清以上の能力を持った強敵だと近松門左衛門は解していて、「だからこそまず重忠を討つべきだ」ということになります。鎮魂や供養より先に「我より強い敵を倒す」というアクション物のような始まり方をするのが『出世景清』で、それならそのように一貫してもらえばいいのですが、そうはならないのが「女の物語」をからませてしまった近松門左衛門の作です。

というところでもう一度、幸若舞の『景清』に戻ります——。

6

熱田を発った景清は、奈良には向かわず、京都の清水坂《きよみずざか》へやって来ます。そこには『出世景清』で「阿古屋」と名を変えられる遊女の阿古王《あこおう》が住んでいて、彼女との間に二人の子供を作った景清は、これから赴かんとする南都の情勢を彼女に尋ねようとしたのです。

どうして清水坂の遊女が、遠く離れた南都の大仏供養に関する情報を知っているのかはよく分かりませんが、阿古王は《契る情《なさけ》の切なさに、有のまゝにぞ語りける。》です。もしかして彼女は、やって来た客から詳しい奈良情報を得ていたのかもしれませんが、重要なのはそんなことではなくて、「阿古王は景清を愛していたので知っていたことを話した」ということでしょう。どれほどのことを知っているのか分からない阿古王のところへ景清がやって来たのは、「奈良の情報を得るため」だけではないはずで、重要なのは、阿古王が住んでいたところが「清水坂」だったというところです。

幸若舞の景清は、清水寺の観音を深く信仰していて、この点は『出世景清』でも同じです。景清は清水寺に参拝して、その帰りに阿古王の宿に立ち寄ったのがそもそもの二人の関係の始まりかもしれませんが、阿古王や阿古屋を登場させる能から離れた景清物は、実は清水の観音による奇跡を語る霊験物語なのです。最後には清水の観音による奇跡が顕われて、景清は救われます。その点は幸若舞も『出世景清』も同じですが、神仏の救済が中世的な手段だとすると、近世的なものは「人の情による救済」にドラマの中心が移ります。そうなると「豪勇無双の景清も人の情に救われて」という方向に行くわけですが、でも、「豪勇無双の景清」を造型してしまう『出世景清』は、にもかかわらず清水の観音のお力で――ということになってしまって、落ち着きが悪いのです。

清水観音のご利益が宿って救済が意味を持つのなら、それは《もののあわれを留めしは》と言われる、哀しい幸若舞の景清の方でしょう。幸若舞は中世的な芸能で、浄瑠璃は近世的な芸能です。「神仏による救済」という中世的なテーマは、中世的なものの方にふさわしいということで、だからこそ幸若舞の景清は「悲劇的色彩を背負いながらも武勇の人」というあり方を一貫させて、意外なことに古い幸若舞の方が、新しい近松門左衛門の浄瑠璃よりも、「男の悲劇」を描いて新しいのです。

新しいものだから新しいというのは単純な理解で、作者不明の幸若舞の詞章の方が、近松門左衛門の凝って諂い上げる詞章よりも、古拙である分、ストレートに分かりやすく、新鮮かつ現代的であったりもします。

というわけで、阿古王がどれほどのことを景清に語ったかは知りませんが、景清は喜んで南都へと出発します。「出発する」というよりも、晴れの衣装に身を包み、平宗盛から既にもらい受けていた痣丸を腰に差すと、もうそこで話は「畠山重忠が守る東大寺の転害門《てがい》」です。ある意味、景清が奈良へ行く前に都の清水坂へ寄る必要はないのです。

『出世景清』の方は、熱田を出た景清が、そのまま奈良へ行って、工事人夫に変装した末、見破られて畠山重忠の一党と大立ち回りになって遁走します。そこまでが『出世景清』の序段で、その後に清水坂の阿古屋の住居に移ります。でも幸若舞の『景清』は、そうなる前に阿古王をわずかだけ出して、景清を奈良へ素っ飛ばします。「十分に書き込んでいない」ように見えて、実は「景清の物語」だけをストレートに追う幸若舞は、後の悲劇の伏線として「清水坂の阿古王」を出すのです。そのやり方は効果的で、古いからと言ってバカにしたものではありません。

近松門左衛門の景清は、工事人夫に変装して東大寺に入り込みますが、幸若舞の景清は清水坂以来の《萌黄匂《もえぎにおい》の腹巻を、草摺長《くさずりなが》にざっくと着》という、武者の晴れがましさのまんま転害門を通り抜け、すぐ不審人物であることがばれて大立ち回りになります。

景清は逃げのびて、「明日は頼朝は東大寺近くの般若寺《はんにゃ》へ行く」と知って、山伏に変装して頼朝を再び狙いますが、畠山重忠に「あの山伏は偽物だ」と見破られて、またしても大立ち回りの末に逃亡します。熱田を発つ時には《大臣殿の孝養に報ぜばや》と殊勝なことを考えていた景清も二度の失敗で燃えて来たのでしょう。逃げて京都に戻った景清は、「景清という正体は判明していないらしいが、もう自分の存在は敵にマークされている」と思って、かつて木曾義仲に付いた南都の僧覚明《かくめい》が、顔に漆を塗ってただれさせ、平家の追っ手の目をくらませた先例に従って、顔や体に漆を塗ります。耐えがたさに耐えて姿を変えた景清は、今度は物乞い達の中に混って、清水寺に参詣する頼朝の一行を狙います。

　顔や体に漆を塗った景清は、ただれた我が身を見詰めて《かくなり果つるも誰《たれ》ゆえぞ。主君の為と思えば、恨みとはさらに思わず》と言います。復讐心を高めるために我が身をあえていたぶるという手法ですね。でも、そういうことをしても畠山重忠は「あの声は平家の景清だ」と、見破るではなく聞き破ってしまいます。そうなると、景清は重忠の方へ向かって、重忠も景清に太刀を抜きますが、景清は重忠の近習に阻まれて、またしても大立ち回りの末に逃げます。景清の勇武の気は十分に昂《たかぶ》っているので、幸若舞の語り手もついに、「景清が頼朝を狙ったのは今度が初めてではない。清水詣の頼朝を襲うまで、三十七度もやっている」と、過去の履歴を語るのです。うっかりすれば後出しジャンケンみたいな言い方ですが、大仏供養の時までに三十四度の襲撃をしていても、熱田を発った時の景清は既に疲弊していたと考えれば、その哀れな人が徐々にヒートアップして来た末に、「この人はそれ以前に三十七度も襲撃していた」と語るのは、景清のあり方に即したリアルな語り方ではないかと思われるのです。

『出世景清』には、東大寺での頼朝襲撃に失敗した景清が二度三度と頼朝を襲おうとするエピソードはないのです。しかし幸若舞は、その後の更なる二度の失敗を語ってから、「実は彼はこの以前の分と合わせて三十七回も襲撃をしているんだ」と語ります。ぶっきらぼうではありますが、この方が徒労に生きる景清の哀しさは伝って来るように思います。こうです――。

《一度ならず二度ならず、三十七度に及《およん》で、心を尽し肝《きも》を消し、君《きみ》を狙い申せ共《ども》、果報いみじくましまして、秩父殿（畠山重忠）に悟られ申《もうし》、前後に叶う事もなし。景清心に思うよう。いや〳〵、かゝる事騒〴〵しき時の景清が京住居《ずまい》は無益《むやく》なり。所詮、舅の大宮司《ぐじ》を頼み下らばやと思い、尾州熱田に下る。》（幸若舞『景清』上）

去って行く景清の力んではいても哀れな後ろ姿が、この語りの中から見えて来るようです。

7

幸若舞の景清は熱田に去りますが、まだ京都に留まっている頼朝一行はこのことを知りません。そこで頼朝は、《平家の侍大将に悪七兵衛景清を、討っても搦《から》めても、六波羅《ろくはら》殿へ参らせたらん輩《ともがら》に、勧賞《けじよう》望みたるべし》という高札を立てさせます。かつて平家の本拠地だった六波羅が今や頼朝の館になっているのが哀れなところで、高札も京都の中心部ではなく、六波羅に近い白川の辺に立てられます。これを外出した阿古王が見るのです。

《九年連れたる我が夫《つま》の、悪七兵衛景清を、討たんと書て立てて有《あり》。阿古王余りのもの憂さに、この札を盗み取り、鴨川、桂河へも流さばや》（同前）と思うのですが、その先が素敵に現代的です。「高札を捨ててしまおう」と思った阿古王はその心を思い止まって、《待てしばし、我心。》と自分に言うのです。

この決断をためらう《待てしばし、我心。》は、後になって景清も使いますが、中世的であるくせに人の心を固定的に捉えないこの表現は、新鮮で大胆で魅力的です。ずっと後の幕末になって上演された河竹黙阿弥作の通称『十六夜清心《いざよいせいしん》』という歌舞伎では、遊女十六夜と心中しそこねた修行僧の清心が、飛び込んだ川の中から上がり、たまたま通りかかった若衆が持っていた金を奪い取って殺してしまい、罪滅ぼしに自殺をしようと思ったところ、「しかし待てよ」と変心して、本格的な小悪党になってしまうことで有名ですが、幸若舞はそのずっと前に、もっとあっさり変心を実現させてしまいます。

《待てしばし、我心。》と思った阿古王は、こう考えます——。

《日本六十六ヶ国に、平家の知行《ちぎょう》とて国の一所もあらばこそ。平家一味の者とては、夫《つま》の景清ばかりなり。包むとすると、此事《このこと》遂には洩れて討たりょうず。景清討たれて、其後に不慮に思いをせんよりも、九年連れたる情《なさけ》には、二人の若のあるなれば、この事敵《かたき》に知らせつゝ、景清を討ち取らせ、二人の若を世に立てて、後の栄華に誇らん》(同前)

幸若舞は、《と思いすました阿古王が、心の内ぞ恐ろしき。》と語ってしまいますが、阿古王の考え方自体はそれほど間違ってはいません。夫の景清は、もう先が見えています。だったら、景清の所在を訴え出て褒美をもらい、それで我が子を育てるというのは、現代ではともかく、昔的にはそうそう間違ってはいません。なにしろ、昔の武士達は「私はこの合戦で死ぬかもしれない。お前は私の息子を立派に育ててほしい」と妻に子を託して、戦地に赴いて行ったりもしたわけですから。昔の武士にとって、「自分の命」と「自分の血筋」のどちらが大切かと言ったら、「血筋を伝える我が子」の方で、阿古王の発想は、これを夫に無断で先取りしたようなものでもあるのです。

まァ、「夫を犠牲にしても我が子を育てる」という考え方は、昔的には間違ってはいないのかもしれませんが、阿古王の《心の内ぞ恐ろしき。》というのは、彼女が二人の子供を方便に使って「自分の栄華」を考えているところですね。阿古王が子供のことをどう思っているかの答は、この後で景清が改めて出しますが、とりあえずは阿古王がどうなるかです。

阿古王の訴人で景清は窮地に陥りますが、これを逃げのびてまたしても熱田に行きます。すると阿古王はまたしても訴人をして、「景清は熱田の女のところにいるはずです」と言います。これを聞いた頼朝は、《九年迄契りし者が、重々訴訟する心の内の憎さよ》と言って、阿古王は捕えられ、荷車に乗せられて都中を引き回され、挙句は賀茂川と桂川の合流点に簀《す》巻《ま》きにされて沈められます。説経節同様、いかにも手っ取り早いご処置ですが、幸若舞の『景清』と『出世景清』が大きく違うのは、この阿古王＝阿古屋の描かれ方です。

8

頼朝の立てさせた高札を見て、結局は《待てしばし、我心。》と思ってしまった阿古王は、頼朝のいる六波羅殿へ行って、「景清は今、尾張の熱田にいます。でも明日は観音の斎日《さいにち》ですから、清水寺の観音を信仰する景清は、私のところへ来て参詣をするはずです。私は酒を飲ませて酔わせて、眠ったところを見計らってお知らせに来ますから、大勢で押し寄せて景清を討って、私にご褒美を下さいね」と訴え出ます。

後に明らかになることですが、幸若舞の『景清』では、景清と熱田神宮大宮司の娘との間には、男の子が二人いますが、「景清は熱田にいるはず」と言う阿古王がこの事実を知っていたのかどうかは不明です。近松門左衛門の『出世景清』で阿古屋が訴人をしてしまう最大の理由は、《小野の姫》の名を与えられた熱田神宮大宮司の娘への嫉妬によるものですが、幸若舞の阿古王にそうした気配はありません。阿古王の目的は訴人への報酬で、景清の行く熱田に「もう一人の女」がいるかどうかさえも考えていないようですが、どうやらこれは「阿古王がうっかりしていたから」ではなくて、幸若舞の作者が景清の女性関係を語るのをめんどくさがった結果のようです。

『出世景清』で、阿古屋は二人の子持ちで、小野の姫はまだ若い女です。だから阿古屋は、《此の頃聞けば大宮司の娘小野の姫とやらんに深い事と承る。尤《もっと》もかな自《みずか》らは子持筵《こもちむしろ》のうらふれて。見る目にいやとおぼすれども子にほだされての御出でか。》（『出世景清』第二）とすねます。

一方、小野の姫は熱田から都まで出て来て捕えられ、「景清の行方を吐け」と六条河原で拷問にかけられます。《いたわしや小野の姫荒き風にもあてぬ身を。裸になして縄をかけ。十二子(十二段)の梯《かけはし》に。胴中《どうなか》をしばりつけあわれも知らぬ雑人《ぞうにん》共。湯桶《ゆとう》に水をつぎかけ〳〵落ちよ〳〵と責めけるはたゞ瀧津瀬のごとくにて、目もあてられぬ気色《けしき》なり。》(同前・第三)

後の改作の『壇浦兜軍記』では、ソフィスティケイションも働いて、拷問にかけられるのは阿古屋で、豪華な打ち掛けを着たままの琴責めになりますが、近松門左衛門の方針は「裸で拷問にかけられるなら、古女房の阿古屋ではなく、妙齢の小野の姫」とはっきりしています。

近松門左衛門は、そのように二人の女を書き分けているのですが、幸若舞の方で重要なのは、景清の舅の熱田神宮大宮司の方で、その娘はただ「景清の男の子二人の母」とあるだけで、姿を現わしたり声を発したりすることはありません。幸若舞の『景清』はあくまでも「男のドラマ」で、姿を現わす唯一の女である阿古王は、「そんな女と関わりを持ってしまった景清の悲劇」を浮かび上がらせるような存在なのです。

9

六波羅に訴人した阿古王は、褒美として砂金三十両をもらって家へ帰りますが、《あら無残や景清。是をば夢にも知らずして》(幸若舞『景清』上)その日の暮方に阿古王の家にやって来ます。長い間不在だった父を見た二人の男の子は父のそばに寄り、阿古王は景清に酒を勧めて、その家族の情景に安堵した景清は酔って、「明日は清水寺に参詣だ」と言って早々に寝てしまいます。これを思う壺とする阿古王は、寝ている景清に「清水寺へは私が参ります」と言って六波羅へ向かい、頼朝の軍勢三百騎を案内して帰って来ます。

阿古王の家は、しっかりした門構えのクラシカルで立派な屋敷のようですが、その門の外に三百騎の兵を隠した阿古王は家に入り、寝ている景清に「ただ今戻りました」と言って起こします。こちらの阿古王は古女房ではなく、《形を見れば春の花、姿を見れば秋の月、眉目《みめ》も形もならびなき、洛中一番の美人》（同前）です。「そういう女が、夫を殺す兵士を連れて来るんだから、とんでもないことだ」と幸若舞は続けますが、起こされた景清はすぐに正気づき、平家に伝わる名刀痣丸を引き寄せて、「お前は清水寺に行ってないだろう。俺を敵に売るために通報に行ったのだ」と言います。

言われた阿古王は当然これを否定しますが、その顔は紅らんでいます。用心深い景清は、「七人の子を生すといえども女に心許すな」と言われていることを思い出して、阿古王にカマをかけたのですが、阿古王の驚いた顔の色が真実を語っています。

景清は部屋を飛び出し塀に手を掛けて外の様子を窺います。果して外には敵兵が犇《ひし》めいています。これを見た景清は中に戻り、「お前は〝通報していない〟と言ったが、敵は取り巻いているぞ。女房、最期の別れだ！」と阿古王に言いますが、返事に窮した阿古王は二人の息子を連れて、障子一枚隔てた隣室の簾《すだれ》の内へ逃げ込んでしまいます。

平安時代的常識としては、簾の下りている内側は「女の領域」で、男は簡単に入り込めません。

それで阿古王は簾の内へ逃げ込んだのですが、その常識を知る景清は、《紙障子の一重、破らん事はやすけれども、日ごろの情《なさけ》、当座の会釈、九年連れたる情に、吾御前《わごぜ》は心変るとも、景清は心変るまじ。》（同前）と言って、中へ入ろうとはしません。その代わり、《いかに二人の若共よ。母こそ辛くとも、これが限りの事なれば、父が姿を出でて見よ》（同前）と子供達に訴えます。

既に景清の心は阿古王から離れて、二人の息子へと向いています。女への恨みや執着よりも我が子への愛が先に立つところが、江戸時代よりも古い時代の「武者」なる男のメンタリティですが、だからこそその先がすごいことになります。

父に呼ばれて二人の息子は走り出て、《父よ〱》と言って景清の顔や髭を撫でます。景清は二人の子供を両膝に置き、髪の毛を撫でながら恐ろしいことを言うのです。いわく――「お前達の母親ほどひどい女はいない。俺を訴えて褒美を得て、お前達を世に出していい暮らしをしようと考えているのだが、世の中はそんなに甘いものではない。そんな根性の女がまともに生きて行けるわけもないし、お前達の将来もない。もしあの女がお前達を連れて再婚をすれば、お前達は世に容れられない平家の落ち武者の子で、再婚相手の手前、なにかあればお前達を打ち叩くだろう」と。

それでどうなのかというと、《邪見《じやけん》の杖にて打つ時に、「父よ〱」と呼ぶならば、草の陰にて景清が、見んずる事も無残なり。いかに聞くか、若共よ。恨めしき母に添わんより、閻魔の庁に参り父を待てよ》と言って、膝の上の兄を引き寄せて刀で刺し殺します。

弟は驚いて立ち上がりますが、《余所《よそ》へも行かずして、殺すべき父に縋り付く》（同前）というところが哀れです。景清はその子に向かって、《殺す父は恨みそ。殺す父は殺さずし、助くる母が殺すぞ。同じくは兄とうち連れて、死出、三途を嘆き越し、閻魔の庁にて父を待てよ》と言って、心臓を一突きにします。そして兄弟の遺体を同じ枕に並べて寝かせると刀を投げ捨て、なんとも言いようのない声を上げます。《刀をかしこへからりと捨て、番《つが》わぬ鴛鴦《おし》のえいや声、浮かれ恋の風情《ふぜい》にて、我身を抱いて立たれたり。》(同前)

鴛鴦は、雌雄の一対が常に離れぬものと思われていました。ところが阿古王に裏切られた景清は《番わぬ鴛鴦》です。登場人物の心理にあまり立ち入らない幸若舞が、珍しく《浮かれ恋の風情にて》と、景清の嘆きを残酷に表現します。義太夫節なら「大《おお》落とし」と言うような、三味線を激しく叩きつける悲劇のクライマックスですが、ここで一瞬だけ「妻に裏切られた男の嘆き」を語らせて、景清をその場に棒立ちにさせます。「英雄景清」のドラマはここに極まったようなもので、後の浄瑠璃作品『菅原伝授手習鑑《すがわらでんじゅてならいかがみ》』の松王丸や『一谷嫩軍記《いちのたにふたばぐんき》』の熊谷次郎直実《なおざね》の原型はここにあります。

でもここで、まだ景清は大泣きしません。ただ《我身を抱いて立たれたり》の茫然自失状態で、そして思います。浄瑠璃なら「ややあって、景清顔を上げ」などと言うところで、景清は「ぼうっとしていられない、押し寄せた敵を相手にして討死をしなければ」と、覚悟を決め、外へ走り出ます。息子達を殺したのも、「死んで一緒になる」と景清が思っていたからです。

景清の名乗りに対して敵も答えて名乗りますが、景清の姿に怯えてかかって来ません。景清が進み出れば逃げて、それを追って景清は七、八十騎の敵を切り伏せはしたものの、敵に逃げられて討死をすることが出来ません。逃げた敵に対して景清は家の門を鎖し、部屋に上がって子供の遺骸に抱きつき涙を流します。《殺《ころ》いて置いたりし若どもにすがりつき、はら〳〵と泣いて立たりけるかの景清が心中をば、貴賤上下おしなべ感ぜぬ人はなかりけり。》（同前）で『景清』の上は終わりますが、演者が立って語る幸若舞だと、やっぱり「すがりついて泣く」のままでは終われずに、きちんと立つんですね。幸若舞のテキストを読むと「男の姿が立ってる」という気がしますが、「泣く」で終わらずに「立つ」というところまでするのが、昔の男の哀しさなのではないかと思います。

10

景清がすさまじいことになっている間、奥の部屋に籠った阿古王はうんでもなければすんでもありません。そんな阿古王に景清は、「敵が臆病なので討死出来なかった。さらば」と声を掛けて去って行きます。清水坂の民家の屋根伝いに逃げ、辺りの様子を窺ってから清水寺に参詣した景清は「どこへ行こう？」と自問するのです。

景清としては、息子を殺した後、敵と戦って討死するつもりだったのが、出来ませんでした。だからこそ、敵が逃げ去った後で息子達の遺骸を抱いて泣くのです――「すぐにお前達のところへ行くつもりだったのが、行けなくなったなァ」と。そう思って、景清はぼーっとしています。だから「どこへ行こう？」と迷うのです。しかし、景清の行くべき先は熱田神宮大宮司の家しかないので、景清は再び熱田へ向かいます。ここのところはかなり長い道行文ですが、だからこそ流浪の景清の哀れさが浮かび上がります。

夜半に都を発った景清はその夜の内に熱田へと辿り着きますが、その道行文の最後はこうです――《尾張の国に聞えたる熱田の宮に参り、三十三度の礼拝を参らせて、つっ立上がって景清は東をきっと見てあれば、まだ横雲は引かざりけり。》（幸若舞『景清』下）

「社前に額《ぬか》ずいて立ち上がり、東の空を見たら、まだ夜は明けきっていなかった（まだ横雲は引かざりけり）」です。一晩の間に京都から名古屋まで歩いてしまった、そのことをすごいと言っているわけではありません。「熱田まで来ても、景清の長い夜は明けない」です。その状況が景清のつらさを語ります。

熱田神宮大宮司の館には、景清のもう一人の妻とその腹の息子二人がいますが、幸若舞は景清の「その妻への関心」を語りません。語るのはただ、幼い息子二人をそばに引き寄せて泣く景清の姿だけです。

《今夜、某《それがし》都にて、汝らが兄弟の若どものありつるを、女の心が憎きにより、害してこれまで下りたり。不便《ふびん》なるぞ若どもとて、涙ぐみてぞ居たりける。》

景清は立ちません。《涙ぐみてぞ居たりける》まま、立てません。微妙なところですが、景清の嘆きはそのように深いのです。

その一方で都の阿古王は、前にも言った通り六波羅へ再び出向いて、「景清は色好みで尾張にも女がいます。きっとその熱田神宮大宮司のところにいるはずです」と言って、「なんという女だ」と頼朝の怒りを買い、簀巻きにされて水の中です。景清が言ったように、「そんな根性で生きて行けるような世の中ではない」のですがしかし、頼朝は景清の潜伏先を知ってしまいました。すぐに追っ手を向かわせようとは思いますが、「豪勇無双の景清はそう簡単に討てないから、まず舅の大宮司を上洛させて捕えるのがいいだろう」との側近のアドヴァイスを受けて、なに食わぬ顔で大宮司に「上洛せよ」という手紙を送ります。天下の覇者である源頼朝の呼び出しを受けた大宮司は、大喜びで出立して、「ようこそおいで」とばかりに牢へ入れられてしまいます。

「景清を差し出せ」と言われた大宮司は、牢の中で「だったら簡単だ。知らん顔して景清を呼び寄せればいいのだ」と考えますが、ここでまたしても《待てしばし、我心》です。「〝景清を売った〟と言われるのは外聞が悪くてやだな。そんなことしたら娘も嘆いて自殺しちゃうだろう。孫はもっと可愛くて不憫だから、このまま私は牢に入れられて殺されることになるかもしれないけど、景清を売るのはやめよう」と決断します。それで大宮司は殺されることになるのですが、彼は景清に「都へ来い」とは言わずに、「私は殺される。そうすれば討手がそちらへ向かうだろうから、さっさと奥州へ逃げろ」という手紙を書き送ります。ことのついでかどうかは知りませんが、大宮司は東北の兵を率いた景清が、再び平家の紅旗を翻すことを夢見ているようです。

景清はこの手紙を見て東北へ向かいますが、すぐに足を止めて方向を変え、大宮司が捕われている都へと向かいます。《待てしばし、我心》と言いたいところですが、別に景清は悪いことを考えていたわけではないので、それはなしです。景清は、「奥州に行ったって知り合いはないしな」と冷静に判断して、「だったら都へ行って、大宮司の代わりに捕まってやろう」と判断するのです。

景清は都で捕えられ、特別製の頑丈な牢に入れられ体を動けないように縛り上げられた上で、大木を体の上に載せられます。景清が牢に入れられてどうにも動けないことを知った都の人間は、牢の前を通って景清を嘲ります。癪にさわった景清は牢破りをしようとするのですが、身動きが出来ません。それで清水の観音の名号《みょうごう》を唱えると、拘束されて動けなかった景清の体が動き、縛っていた大縄も切れて、景清は牢を抜け出てしまいます。景清は剛力で牢を破ったというよりも、「観音への信仰によって牢を抜け出た」で、この先の話の中心は「清水の観音の利益」です。

牢を出た景清は「この際だから」で清水寺に参詣して、「さてどうするか?」と考えます。「西の方に逃げてもいいんだが」とは思いますが、「そうなると折角釈放された大宮司に迷惑がかかるな」と思って、またしても牢の中に逆戻りです。なんのために牢を破ったのかが分かりません。

そんなことを知らない頼朝側は、景清の処刑を決定し、景清を牢から出して六条河原で首を斬ってしまいます。だから、その牢にはもう誰もいないはずなのですが、処刑に立ち合わなかった畠山重忠が前を通りかかると、牢の中から景清の呼ぶ声がして、「私は最期、あなたの手にかかって死にたい」と言います。畠山は了承するのですが、「いつまで景清を牢に入れておくのだろう?」と思って六波羅へ行き、そのことを言います。すると、「景清はもう処刑した。その首はここにある」と言われて「景清の首」を見せられますが、その首は重忠の見る前で様相を変え、清水寺の千手観音の首になってしまうのです。清水の観音が景清の身代わりに立ったのです。

信仰心の篤い頼朝は「これほどの利益に与るものがいるのか」と思って、景清を牢から出し

「領地を与えるから私に仕えろ」と言います。景清はその恩を感じて、なんと自分の両眼を刳《えぐ》り出してしまいます。どうしてかと言えば、頼朝を「一門の敵」と思う心は失せていず、頼朝を見れば、自分に恩をかけてくれた人を殺めそうになってしまうから、「見る眼を捨てた」なのです。

かくして盲目となった景清は、頼朝から日向の国に領地を与えられ、話は能の『景清』へ連結するのですが、しかし景清の悲劇をしっかりと語った幸若舞は、最後にもう一度景清を救います。日向へ向かわんとする景清は、盲目のまま再び清水寺へ参詣するのですが、ここでまたしても観音のご利益で、なくした両眼が戻って目が見えるようになります。能の『景清』へと続いて、しかしこの『景清』は悲惨な終わり方をしないのです。

11

さて、近松門左衛門の『出世景清』について語るつもりで、私はそれを全然やっていません。初めからそのつもりの確信犯です。なんでそんなことをしたのかと言うと、浄瑠璃史上のエポックメイキングな作品であるはずの『出世景清』に「語るべき内容はない」と私が思ってしまったからです。『出世景清』のストーリー展開は幸若舞の『景清』とほぼ同じで、そこに父の大宮司が捕われたことを知って身代わりになろうと都へやって来た小野の姫の拷問シーンが加わるだけですが、そうなって、「景清の物語」であるはずの『出世景清』に、明確な景清像が見当たらなくなるのです。幸若舞『景清』の最大のドラマは、妻阿古王に裏切られた景清が、嘆きの内に我が子を手にかけるところです。嘆き迷ってさすらうような景清だからこそ、最後に清水寺の観音が手を差し伸べて、こちらも安堵するのです。幸若舞の『景清』は、悲惨なる孤独な英雄景清の救済の物語なのです。ところが、それと同じような段取りを踏んで、近松門左衛門の『出世景清』は、景清の救済譚になりません。ご都合主義の「めでたしめでたし物語」です。その理由はなにかと言えば、『出世景清』で、景清が我が子を殺さないところにあります。

『出世景清』で二人の子供を殺すのは、景清ではなく、その妻であり子供の母である阿古屋です。小野の姫への嫉妬から景清を訴人してしまった阿古屋は、景清が捕えられたことを知って、二人の子を連れ牢に会いに来ます。景清の訴人に関しては、欲にかられた阿古屋の兄の十蔵という人物が「訴えろよ、居所教えろよ」とそそのかした事情もあって、兄が六波羅へ報告に走ったその瞬間から、阿古屋は自分のしたことを後悔しています。それで、「近松門左衛門の書いた阿古屋には、ステロタイプの幸若舞の阿古王とは違うリアリティがある」と評価されたりするのですが、私はステロタイプにはステロタイプなりのリアリティがあると思っています。阿古王はリアルに、世によくあるああいう女なのです。だから、阿古屋にへんなリアリティを持たせてしまった近松門左衛門は苦しくなります。「景清の二人の子供が殺される」というのがドラマの眼目なのに、二人の子供は母阿古屋と共に健在なのです。昔風のドラマの作り方だと、景清の子供達が殺されないと「景清物のドラマ」になりません。景清は牢の中にいてなにも出来ません。それで、二人の子供を殺す役目は阿古屋のものになるのです。

子供を連れて面会に来た阿古屋は景清に詫びますが、景清は許しません。「お前を妻とも思わないし、お前が産んだ子も子とは思わない」と拒絶します。言われて阿古屋は、《此の上は父親《てておや》持ったと思うな母ばかりが子なるぞや。みずからも長らえて非道のうき名流さんこと未来をかけて情なや。いざ諸共に四手《しで》（死出）の山にて言訳せよ。》（『出世景清』第四）と言って、持った刀で兄を殺すと、「父上助けて！」と逃げ惑う弟を捕え、《殺す母は殺さいで助くる父御に殺さるゝぞ》と、幸若舞の景清の台詞を流用して殺します。自分の喉にも刀を刺して、二人の子供の上に重なって阿古屋は死ぬのですが、これはどう考えても、「男に捨てられた女の当てつけ無理心中」です。牢の中でこんな「女のリアリティ」を見せつけられる景清はたまったものじゃないでしょう。

浄瑠璃の劇作術の一つに「既知の事柄を無理にこねくり回す」というのがありますが、浄瑠璃史にエポックメイキングな『出世景清』は、その無理なこねくり回しの第一例でもあって、だからこそ肝腎の景清の姿が見えなくなるのです。それで私は景清のために、幸若舞の方ばかりを専らに語ったのです。

恋のはじめの『曾根崎心中』

1

今回は近松門左衛門作の『曾根崎心中』でございます。知っている人は知っている。「近松門左衛門」と言えば『曾根崎心中』と返って来るように、学校の教科書にも載っております。名前が知られているだけではなく、歌舞伎や文楽の人気狂言でもあって、しかもそうそう入り組んだ筋立ての作品ではありません。ある時、大阪の府知事で市長でもあった人が、大阪の伝統芸能である文楽への補助金をカットしようとした。この人は文楽をほとんど見たことがないらしいので、財政状況の苦しい文楽協会は「一度見に来て下さい」と訴えてご覧に供した演目が『曾根崎心中』でしたが、哀れなえらいお方はご観劇後「つまらない」という趣旨のことをおっしゃったとか。

『曾根崎心中』は、そのように演者の方で「これぞ文楽の代表作」と胸を張って言うようなものですが、しかし意外や意外、この『曾根崎心中』はとても新しい作品なのです。

「世話浄瑠璃の初め」と言われる『曾根崎心中』の初演は、『出世景清』初演の十八年後――赤穂浪士が吉良邸に討ち入った翌年の元禄十六年（一七〇三）で、モデルとなった実在の人物、平野屋の手代・徳兵衛《とくびょうえ》と天満屋《てんまや》の遊女・お初が心中事件を起こした四月七日のちょうど一月後に初日の幕が開きます。上演された『曾根崎心中』は観客の人気を集めて空前の大ヒットを記録するのですが、しかしこの作品はやがて「忘れられた作品」のようにもなります。

近松門左衛門の浄瑠璃作品の多くは、「テキストは残っていても、ほとんど上演されない作品」になってしまいますが、『曾根崎心中』もその一つです。近松門左衛門の作品があまり上演されなくなってしまう理由というのは、既に単行本『浄瑠璃を読もう』の『国性爺合戦』を扱ったところで説明しているので、ここではそれを繰り返しませんが、『曾根崎心中』が「忘れられた作品」になってしまったのには、それとは別の理由がもう一つあるのだと思います。初演の時に大ヒットした『曾根崎心中』は、やがて「シンプルすぎる作品」になってしまうからです。

『曾根崎心中』を第一作として、その後に近松門左衛門は世話浄瑠璃の新作を次々と発表して行きます。書き進むに従って、近松門左衛門の筆は作中人物の心理をより深く掘り下げ、心中へと追い込まれる男女を巡る状況も複雑で緻密なものとして描写されます。そのように世話浄瑠璃が進化してしまうと、第一作の『曾根崎心中』のストーリーがあまりにも単純なものに見えてしまうのです。

2

醬油を商う平野屋の手代で二十五歳の徳兵衛は、堂島新地《どうじま》（現大阪市北部）にある天満屋の十九歳の遊女お初と馴染んで恋仲になっています。平野屋の主人は徳兵衛の叔父で、自分の女房の姪と徳兵衛を結婚させようと考えていますが、お初を愛する徳兵衛はこの申し出を受け入れようとはしません。徳兵衛の両親はもう死んでいて、生まれ故郷の田舎（在所）には徳兵衛の継母しかいないのですが、結婚を機に徳兵衛を独立させてやろうと考えている叔父は、結婚相手の姪に持たせて徳兵衛に贈るはずの持参金――銀本位制の大坂《おおざか》ですから小判ではなくて銀を二貫目です――これを徳兵衛に内緒で継母に与えてしまうのです。

叔父にすれば「これでもう結婚の段取りは整った」ですが、徳兵衛にとっては「知らない話」です。徳兵衛は怒って、叔父と甥の仲は険悪になり、怒った叔父は「姪は嫁にやらない！　継母に渡した持参銀は四月七日の決済日にまで返せ！　それだけでは許さない、お前を大坂から追い出してやる！」と言います。

徳兵衛は田舎へ帰って、しぶとい母親からやっとの思いで二貫目の銀を取り戻します。「大坂から追い出される」という危険性はありますが、さっさとその金を叔父に返してしまえば、とりあえず問題は解決します。ところが徳兵衛は、どういうわけかそれをしません。せっかくの銀を手許に置いたままにしておき、そこへ油屋の九平次《くへいじ》という親しくしている男が現れて「入用だから貸してくれ、すぐに返すから」と言うので、貸してしまいます。

こう書くと「それほど単純な話ではないじゃないか」と思われるかもしれませんが、これはドラマを始めるために用意されたプロットです。しかもそれを、徳兵衛が幕開き早々に自分の口からほとんどすべてを語ってしまいます。主役の口から「自分の置かれている状況」を早々に全部語らせてドラマをスタートさせるというのは、あまり上手な劇作術ではありません。主人公にそんなことをさせるのなら、「主人公はそのように理解をしているが、実際はそうではなくて――」という展開を後に用意するのが普通で、ドンデン返しの多い浄瑠璃のドラマなら特にですが、しかしこの『曾根崎心中』にはそうした意想外の展開がありません。主人公が口にする「設定」をそのままにして話は進んで行きます。シンプルというのはそのことです。

『曾根崎心中』の幕が開くと、舞台は生玉《いくだま》の社の前で、丁稚《でっち》を連れて得意先の集金に歩いている徳兵衛が日除けの編笠をかぶってやって来ます。そこには茶店があって、田舎の客に連れられて大坂市内の三十三箇所の観音廻《めぐ》りをしているお初が、一人離れて休憩をしています。お初は通りかかった徳兵衛に声をかけ、このところ店にやって来なかった徳兵衛にそのわけを尋ねます。問われて徳兵衛が口にするのが、先に述べた「事情」です。

「すぐに返す」と言った九平次は貸したものを返さず、しかも連絡もつかないまま日数ばかりがたって、「今日」はもう返済期日の前日である四月六日です。事情を聞いたお初はやきもきしますが、徳兵衛はのんきに構えて、「晩にあいつのところへ行って返してもらうのだから、心配ないさ」です。

　このように私はドラマの段取りばかり語っていますが、重要なのはその「長い段取り」を一人で語ることによって現れる徳兵衛の性格です。

　徳兵衛は真面目な大坂の商人ですが、同時に彼は饒舌なお調子者です。自身を取り巻く状況を長々と語る内、聞く人を飽きさせないようなサーヴィス精神を発揮して、余分なことも言います。だから、お初に対して「俺はこんなに困ってるんだ」と言っているはずの徳兵衛が、本当に困っているのか、「自分は困っている」という話を楽しんでしているのかが分からなくなります。徳兵衛は、「困ってはいてもそれに切実感の持てない男」になってしまうのです。

　徳兵衛がそのように造形されてしまったのは、「余分な〝遊び〟がなければ、徳兵衛の長い一人語りはもたない」と考えた近松門左衛門のなせる技でもありましょうし、「真面目ではあっても、その一方で十分に軽い」という若い大坂町人のあり方を映したものでもありましょう。だからこそ、十分に軽薄でのんきでもある徳兵衛は、突然の衝撃に出合うと、それに備えようもなく心がポキッと折れてしまうのです。

『曾根崎心中』の単純明快さは、主人公がすぐに心が折れてしまうような男で、だからこそ一気呵成に「心中」というゴールへ突き進んでしまうところにあります。

3

徳兵衛はお初に対して「心配ないさ」と言いますが、そこへやって来るのが油屋の九平次です。五人の仲間と連れ立ってやって来た九平次は酒を飲んでいて、その上機嫌な様子にカチンと来た徳兵衛は「貸した銀《かね》を返せ」と迫ります。徳兵衛はキレやすい男でもあるのです。

しかし九平次は、「銀なんか借りた覚えはない」と言います。徳兵衛は驚いて、「ここにお前の判が押してある証文がある」と言いますが、九平次は平気な顔です。徳兵衛が持っている証文は、文言を徳兵衛が書いてそこに九平次の判を押したものですが、九平次は「この判は証文作成の日以前に落としたもので、町衆に届けてもう判は変えてある」と言います。つまり、「お前は俺の落とした判を拾って、証文を偽造したのだろう」と、九平次は言うのです。

九平次は「証文の偽造は大犯罪だから、そんなことより盗みをしろ」と徳兵衛を挑発して殴り合いの大喧嘩になります。

お初は「誰か止めて」とうろたえますが、戻って来た田舎客に駕籠に乗せられ、その場から連れて行かれます。徳兵衛の供をして来た丁稚は、とうに「先に帰れ」と言われて追い払われていますから、徳兵衛に味方はありません。五人連れの九平次一行にボコボコにされた上、どこの誰とも知らぬ奴らまでが出て来て、殴る蹴るです。気がつけばもう九平次の一行はいません。哀れな徳兵衛はブチギレることもなく、周りの人達に「どうもご迷惑をかけました」と詫びてから、落ちて破れた編笠を拾ってかぶり直すと、すごすごと泣きながら帰って行きます。もう「その先」は決まったようなものですが――。

その夜、徳兵衛はお初のいる天満屋へやって来ます。「生玉社前の段」は終わって、「天満屋の段」です。
昼の出来事を途中まで知っているお初は、徳兵衛がどうなったのか気懸かりでしょうがありません が、聞こえて来る噂は「徳兵衛は踏んづけられて死んだ」とか、「印判の不正流用で逮捕された」とか、ろくなものではありません。歓楽街の夜は華やかで、稼ぎ時の天満屋も慌ただしい中、編笠で顔を隠した徳兵衛がやって来ます。そこに近松門左衛門は一言添えて《夜の編笠徳兵衛》と語らせます。最初に徳兵衛が登場した時につけていた編笠には、日除けの他に深い意味はありません。それが落とされて破かれて、夜になると「人目を忍ぶ犯罪者」のそれに近いものになっています。心理の云々ではなくて、近松門左衛門は編笠一つで徳兵衛の転変を示しているのです。

お初はすぐに徳兵衛に気づき、なにげない様子で外に出ます。笠の内の徳兵衛の顔を見たお初は涙を流し、徳兵衛もまた泣きます。徳兵衛は、「悪企みにはまって逃げようがない。その内にもっと悪くなって、今晩を無事に過ごすことも出来ない。もう覚悟は決めた」とだけ手短に言います。「覚悟」は決めたけれども、それがなんの覚悟なのかを言う前に、店の者が中からお初を呼びます。徳兵衛をそのままに帰せないお初は、打掛《うちかけ》の裾に徳兵衛を隠して中へ入れ、縁の下に隠します。

徳兵衛の隠れた縁の下の前には沓脱《くつぬ》ぎ石が置いてあって、座敷の縁側に座ったお初は足を沓脱ぎ石の上に下ろし、打掛の裾で徳兵衛の姿を隠すと、知らん顔をして煙管《きせる》で煙草を吸い始めます。その座敷へやって来るのが、仲間を連れた九平次です。

九平次はほとんど子分を従えた愚かな悪ガキで、お初の目の前で散々に徳兵衛を罵ります。罵るだけ罵らせて、作者の近松門左衛門は「なぜ九平次はそれをするのか」を言いません。ついでに言えば、「徳兵衛は本当に証文を偽造したのか、それとも九平次は嘘をついているのか」ということもはっきりさせません。仲間を連れてあちこちを浮かれ歩く九平次を「やな奴」のように描写はしても、作者の近松門左衛門は「九平次は徳兵衛を騙した悪人だ」などとは言わないのです。

なぜでしょう？　それは、そんなことを言う必要がないからです。重要なのは、九平次が悪企みを仕掛けた悪人かどうかではなく、やな奴に追いつめられた徳兵衛が死を決意してしまうことだからです。

徳兵衛を一方的に非難して辱める九平次に、お初は徳兵衛を弁護して、「徳兵衛さんは悪くない。ただ騙されただけなのに、証拠がないから潔白が証明出来ない」と言って、「もうこうなったら徳兵衛さんは死ぬしかないはずだけれど、その覚悟があるかどうかを私は知りたい」とひとりごとのように言います。そう言ったお初は、足で縁の下の徳兵衛の居所を探ります。縁の下の徳兵衛は、お初の足首を取って首筋を寄せ、「その覚悟だ」とお初の足に知らせます。有名なシーンですが、九平次は、上と下に別れたお初と徳兵衛が足先だけで意思を通わせ心中を決意させるためだけに必要な存在で、九平次の善悪などはどうでもよいのです。

夜が更けて、お初は白無垢《しろむく》の衣装に着替え、縁の下に忍んでいた徳兵衛と共に天満屋を抜け出し、最期の場所となる曾根崎天神の森へと向かいます。《此の世のなごり。夜《よ》もなごり。死《しに》に行く身をたとうればあだしが原の道の霜。一足ずつに消えて行く。夢の夢こそあわれなれ。》で始まる、有名な道行です。

だからなんなのかと言うと、しょうことなしになくてもがなの説明をしましたが、『曾根崎心中』最大の特徴は、めんどくさいことを省いてお初と徳兵衛の愛情関係だけに焦点を合わせた、そういう意味での「シンプルな作品」だということです。

余分なものがありません。登場人物もお初、徳兵衛と九平次以外にはたいした働きをするものもない、少人数ですむ演目です。だから、人形浄瑠璃のドラマにありがちな「複雑さ」がありません。ストレートにお初と徳兵衛二人の愛の行末に焦点が当てられ、その初めて上演されたシンプルさとそれゆえの濃厚さで、初演時は大ヒットをしましたが、やがてはそのシンプルさゆえに「忘れられる作品」になるのです。

その忘れられた『曾根崎心中』が、昭和の戦後になって復活します。歌舞伎と文楽の両方で人気狂言となるのですが、そうなった理由は、初演時に大ヒットしたのと同じもので、「余分なものがないストレートな分かりやすさ」ゆえでしょう。

ということになって、現在上演される『曾根崎心中』と、近松門左衛門が書いた『曾根崎心中』との差です。復活した『曾根崎心中』は、近代的な作品になっています。「近代的」ということ、どうしても「分かりやすくあっさりと」というテイストになってしまいますが、近松門左衛門の書いたものは、焦点をお初と徳兵衛の二人に絞っただけあって、実のところとても濃密なのです。それを読むと、血の通った人間の持つ生々しさが伝わって来ます。というわけで、今回のお話の眼目は「現在の『曾根崎心中』と近松門左衛門の書いた『曾根崎心中』はどう違うのか？」になるのです。

4

今ではそれが上演されることはありませんが、『曾根崎心中』の原典には本篇の前に「観音廻り」という一段が添えられています。《げにや安楽世界より。今此の娑婆《しゃば》に示現《じげん》して。我らがための観世音。》と始まり、大坂市内の観音菩薩を安置する三十三の寺をお初が一人で参詣して行くという内容の道行です。

どうしてこれが今では上演されないのかと言うと、この「観音廻り」が『曾根崎心中』本篇とは直接に関係のない前奏曲のようなものだからです。

『曾根崎心中』の上演時間はそれほど長くありません。初演の時『曾根崎心中』は、別の五段続きの時代浄瑠璃の切《きり》狂言として上演されました。昔の時代浄瑠璃は五段続きでも、それほど上演時間は長くなかったのでそういうことが可能になりましたが、その当時には一日に二つの長い演目を上演する際には、演目と演目の変わり目に「中入り」というものが舞台に掛けられたのです。相撲の「中入り」は休憩ですが、昔の浄瑠璃でも同じで、この「中入り」の休憩時間に「ちょっとしたお楽しみ」をやったのです。「観音廻り」はその時に上演された「中入り」で、「これから『曾根崎心中』を始めますよ」という趣旨の、本篇とは別立ての前奏曲なのです。

太夫が二人で道行を語り、当時有名な女方人形の遣い手だった辰松《たつまつ》八郎兵衛が一人でお初の人形を遣って、若い女が大坂の三十三箇所の札所巡りをする様子を見せました。だから「観音廻り」には、《上りつ下《お》りつ谷町《たにまち》筋を。歩みならわず行きならわねば。所体《しょてい》くずおれア、恥《はず》かしの。漏りて裳裾《もすそ》がはら〳〵〳〵。はっとかえるをうちかき合《あわ》せ。》というような色っぽい文句も出て来ます。「観音廻り」は、ただそれだけのショーのようなものなのですが、うっかりすると誤解を呼びます。それが冒頭の文章です。

お初は既に死んでいます。まだ本篇の幕は開かなくても、一月前に曾根崎で心中があったことを観客は知っています。心中した男女の内、女の名前はお初です。だからうっかりすると、《げにや安楽世界より。今此の娑婆に示現して》と言われるのは、死んで観音菩薩に変身してしまったお初ではないかと誤解します。昔の人はそんな誤解をしないかもしれませんが、今の人なら分かりません。お初と徳兵衛が心中した曾根崎天神の森は、その後に「お初天神」と呼ばれるようになってしまい、近松門左衛門の没後に改作されて上演されたもう一つの『曾根崎心中』には『お初天神記』というタイトルが付けられています。死んだお初が娑婆に現れて当世風の観音廻りを演じてくれていると考えても、不思議はありませんが、でもそれは間違いです。

「観音廻り」の冒頭は、清水寺を創建した坂上田村麻呂《さかのうえのたむらまろ》を題材にした謡曲『田村』からのいただきで、この観世音は大坂とは関係のない京都の清水寺にある千手観音のことだからです。つまりは「観音」を引き出す枕詞のようなものなのです。

前奏曲のショーならば、若い女が一人で観音廻りをするところを見せた方がいいでしょう。本篇の中でもお初は「田舎の客に連れられて観音廻りをしている」という設定になっていますから、関連がないわけではありませんが、しかし「観音廻り」はその後に続く本篇とその程度にしかつながっていないのです。「お初の一人舞台で始まるから、『曾根崎心中』の主役はお初だ」と思い込まれてしまったりもしますが、『曾根崎心中』の中心にいるのはお初ではなくて、若い二十五歳の平野屋の手代・徳兵衛なのです。

既に言ったように、徳兵衛は「真面目」ではありながら饒舌なお調子者で、十分に軽薄な人物です。決して「ふとしたことで道を踏みはずした真面目人間」ではないのです。だから、近松門左衛門の書く徳兵衛は延々と自分のことを語ります。語る内に調子に乗って、余分なことまで言います。

生玉の社前でお初と会い、お初に泣きながら「顔も見せないでどうしていたのよ」と訴えられ、徳兵衛も泣きながら《オヽ道理〳〵。》と前置いてから説明を始めますが、それがもうへんです。《此の中《じゅう》おれが憂き苦労。盆と正月其の上に。十夜《じゅうや》お祓煤掃《はらいすすはき》を一度にするともこうは有るまい。心の内はむしゃくしゃとやみらみっちゃの皮袋。銀事《かねごと》やら何じゃやら訳は京へも上ってくる。ようも〳〵徳兵衛が命は続《つづき》の狂言に。したらば哀れにあろうぞと溜息ほっとつぐばかり。》です。

泣いた人がすぐに《やみらみっちゃの皮袋》で、嘆いているのやらはしゃいでいるのやらよく分からなくなって、でも《溜息ほっとつぐばかり》なのです。もちろん徳兵衛は嘆きながらはしゃいでいるので、だからお初は《ハテ軽口《かるくち》の段かいの》と言います。《軽口》は冗談口ですね。

嘆きながらもついはしゃいでしまう、今にも通じる大阪人のメンタリティを、近松門左衛門の徳兵衛は体現しています。『曾根崎心中』を復活して困るのは、この徳兵衛のあまりに生き生きとしたメンタリティです。

昭和二十八年（一九五三）、『曾根崎心中』は宇野信夫の脚色で歌舞伎の舞台にまず登場しましたが、その徳兵衛の台詞からは《心の内はむしゃくしゃとやみらみっちゃの皮袋》は省かれています。

文楽での復活はその二年後で、三味線弾きの野澤松之輔の脚色作曲によるものですが、そこでもやはり《心の内はむしゃくしゃとやみらみっちゃの皮袋》は省かれています。《やみらみっちゃ》は「めちゃくちゃ」という意味ですが、この破天荒な調子は素敵です。徳兵衛はこういうわけの分からない掛け声のようなことを平気で口にしてしまうパーソナリティですが、こんな吉本新喜劇に出て来そうなキャラを、真面目な伝統芸能の舞台で表現するのは至難です。だからこそ近代の『曾根崎心中』は、徳兵衛の中に分かちがたく存在してしまう「ふざけた部分」をカットせざるをえないのです。人のリアリティは、そのように微妙なものです。

5

伝統芸能で、上演されることがなくなっていた古い作品を復活させるのは、結構むずかしいことです。特に『曾根崎心中』のような「それが最初」であるような作品は。

上演されて好評を得た作品は、再演を重ねて演技や演出を洗練させて行きます。言葉を変えて言えばそれはステロタイプ化でもあるわけですが、よかれあしかれそのステロタイプ化されたものを見て、我々は「ああ、伝統芸能だな」と納得するわけです。そこに、長い間忘れられて手つかずのままの状態になっているものを復活させてしまうと、多少なりとも違和感が生まれてしまうので、その「昔のままのもの」を、見慣れた「今あるもの」へ接近させるための修正あるいは調整が必要になります。

たとえば、歌舞伎には「和《わ》事《ごと》」という演出があります。「恋をすれば男はバカになる」という素晴しく直截な認識を江戸時代の人間は持っていたので、歌舞伎の世界で「恋をしたイケメン」はぐだぐだのバカです。その和事の演技を大成したと言われるのが、元禄期の名優である初世坂田藤十郎で、彼と組んで歌舞伎の台本を書いていたのが近松門左衛門ですから、近松門左衛門が「和事」を知っているのはもちろんです。でも、坂田藤十郎との提携をやめ、人形浄瑠璃専一の作者になってしまった近松門左衛門は、彼の最初の世話浄瑠璃である『曾根崎心中』の主人公・徳兵衛を造形するに際して、和事的なものは採用しませんでした。だから徳兵衛は、「真面目ではあっても十分に軽薄で、突然の衝撃で心がポキッと折れてしまうような男」なのです。

徳兵衛は、今でも存在するような等身大の大坂の若者です。徳兵衛のみならず、近松門左衛門の世話浄瑠璃に登場する「恋に足を取られた若者達」は、和事のパターン演技で処理出来ないような内実を備えています。しかしむずかしいのは、これをそのまま舞台に載せても、あまりおもしろくないという事実のあることです。

歌舞伎は普通の科白劇とは違います。恋する男女が舞台に登場したら、それなりの色気のあることをしてもらわなければなりません。だから和事の演出が必要とされ、文楽よりも先に復活した歌舞伎の『曾根崎心中』には、それらしいシーンがあります。

生玉の社の前で久し振りに出会ったお初に対して徳兵衛が自分自身の陥った面倒な状況を説明した後、「今晩にでも九平次のところへ行って銀を返してもらうから心配するな」と言うと、それで安心したお初は、徳兵衛の手を取って茶屋の奥座敷へ誘おうとするのです。

誘ってなにをするのかは決まっていて、和事で男女二人がいちゃついているのを「じゃらじゃらする」とか「じゃらつく」と言いますが、お初が「いいじゃないの」と言って、徳兵衛は「だめよ、だめだめ」と言うのです。そこへ九平次の一行がやって来て状況は一転するのですが、復活した文楽の『曾根崎心中』にも近松門左衛門のオリジナル版にもそんな「じゃらつき」はありません。そんなことが出来るはずはないというのは、オリジナルの『曾根崎心中』の徳兵衛は、出て来た時に着けていた編笠——円形のものを二つ折りにしてかぶる半円形の笠です——をかぶったままでいるからです。

社前の茶屋で休んでいたお初は、丁稚を連れてやって来る編笠姿の徳兵衛を見つけます。既に言ったように、徳兵衛は丁稚を先に行かせて、そこから二人のドラマが始まります。そこでまず徳兵衛がなにをするかというと、当然のことながら「編笠を取ってお初に顔を見せる、お初の顔をよく見ようとする」のはずです。復活した文楽で二人の「じゃらつき」はありませんが、走り寄ったお初に対して《徳兵衛編笠ぬぎさって》と語り、編笠を取らせます。歌舞伎の方では、「早う顔見せて下さんせ」とお初が言って、徳兵衛の編笠の紐を解きます。どっちにしろ、登場した主人公が編笠をかぶりっ放しで顔を見せなかったら困るので、徳兵衛は早々に笠を脱いで顔を見せます。ところが、近松門左衛門のオリジナル版『曾根崎心中』は違うのです。

やって来た徳兵衛に気がついて、お初は声を掛けます。お初に気づいた徳兵衛は丁稚を先にやって、お初のいる茶屋の方に来て、そのまま編笠を脱ごうとしますが、これをお初は止めるのです。

《ア、まずやはり着ていさんせ。今日は田舎の客で。卅三番の観音様を廻《めぐ》りまし。爰《ここ》で晩まで日《ひ》暮《ぐらし》に。酒にするじゃと贅《ぜい》いいて。物真似聞きにそれそこへ。戻って見ればむつかしい。駕籠《かご》も皆知らんした衆《しゅ》。やっぱり笠を着ていさんせ。》

生玉の境内には見世物小屋がいくつもあって、お初の客は彼女を茶屋に残したまま物真似の小屋へ見物に行っている。客を乗せた駕籠かきも顔見知りだから、お初が馴染み客の徳兵衛と茶屋で会っているのを見られたらまずい。だから《やっぱり笠を着ていさんせ。》なのです。お初は徳兵衛を愛してはいるけれど、接客業のプロなので、他の客の相手をしているその時に、別の馴染み客と会っているのを見られたらまずいということを知っています。

シンプルな筋立ての『曾根崎心中』で最高最大のクライマックスとなるのは、次の「天満屋の段」で、床下に隠れた徳兵衛と縁側に座ったお初が、人に知られないよう足で心中の決意を知らせるシーンです。お初は《此の上は徳様も死なねばならぬ品《しな》なるが。死ぬる覚悟が聞きたいと独《ひとり》言《ごと》になぞらえて。足で問えば》、徳兵衛も《打ちうなずき。足首取って咽笛《のどぶえ》撫で。自害するとぞ知らせける。》です。

もちろん、恋する二人の情熱はそれだけで収まらず、徳兵衛が死ぬなら自分も一緒に死ぬと思うお初は、《どうで徳様一所《しょ》に死ぬる私《わし》も一所に死ぬるぞやいのと。足にて突けば》、男の方も《縁の下には涙をながし。足を取って押戴《おしいただ》き。膝に抱きつきこがれ泣《なき》》です。

昔も今も、人形浄瑠璃の女の人形に足はありません。着物の裾さばきで足があることを表現するだけで、「女は足を見せるものではない」という前提がある中で、《足を取って押戴き。》です。浄瑠璃の文句はそう語っても、足のない人形にそのままの表現は出来ません。「足を大っぴらに見せない」というのは歌舞伎でも同じで、歌舞伎の女は男が演じるものだから、足はそう小さくない。歌舞伎の舞台では、「脱いだ草履や下駄のサイズが大きいと色気がなくなる」という理由で、女や色男の役では小さめの草履や下駄を履いて出ることになっています。その程度に足の表現は抑えられている中で、『曾根崎心中』のクライマックスの中心にあるのは「女の足」です。歌舞伎の舞台では、徳兵衛が実際にお初役者の足に手を掛け、足の甲に自分の首をすりつける。そのような生々しさを実現させてしまうから、お初は情熱的な女だと思われもするけれど、近松門左衛門の造形したお初は、久し振りの再会に飛びつきもせず、「顔が見たい」とも言わず、《やっぱり笠を着ていさんせ》と言う、まともな常識を持つ女なのです。

お初がそうだから、舞台に登場した徳兵衛も編笠を脱ぎません。驚くべきことに、オリジナルの『曾根崎心中』には、生玉社の前に現れた徳兵衛が「編笠を脱いだ」という記述がないのです。お初が言う通りに編笠をつけたままの徳兵衛は、そのまま顔をオープンにすることもなく、「自分に降りかかった災難」の一部始終を語るのです。役者にとってこんなにやりにくい芝居もないし、見ている方だって、「いつまで笠なんてかぶってるんだろう。早く脱いで顔を見せればいいのに」であるはずですが、九平次の一行がやって来て、「おお、いい所へ来た。貸した銀《かね》を返せ」になっても、徳兵衛は「笠を取ってものを言う」をしません。しかし、この生玉社前の段切れでは、《破れし編笠拾い着て》と語られるのですから、徳兵衛の編笠はどこかで脱げて、地面に落ちているのです。徳兵衛がどこで笠を取って顔を見せたかは、もうはっきりしています。九平次の一行に寄ってたかって殴られ蹴られをした後です。近松門左衛門はこう書いています——。

《徳兵衛は只一人九平次は五人づれ。あたりの茶屋より棒ずくめ蓮池まで追出《おいいだ》し。たれが踏むやら叩くやらさらに分《わか》ちはなかりけり。髪もほどかれ帯もとけ。あなたこなたへ臥転《ふしまろ》びやれ九平次め畜生め。おのれ生けて置こうかと。よろぼい尋ね廻れども逃げて行方も見えばこそ。そのまゝそこにどうど坐り大声あげて涙を流し。いずれもの手前も面目《めんぼく》なし恥《はずか》しゝ。全《まった》く此の徳兵衛がいいかけしたるでさらになし。》です。

五人連れの九平次一行は、徳兵衛と同じように笠を着けてやって来ますが、徳兵衛が「銀を返せ」と言い出すとその笠を取り、みんなで徳兵衛に殴る蹴るの暴行を加え、そのまま姿をくらましてしまいます。倒れた徳兵衛の周りを人が取り巻いていたのでしょう。それが引くと《髪もほどかれ帯もとけ。》になって《九平次め畜生め。》と這い回りながら叫ぶ徳兵衛の姿が現れます。徳兵衛の編笠が脱げて顔が見えるのは、ここでしょう。

徳兵衛の編笠は取られ、髪はばらばらになって着物の帯も解けてしまっている。その状態になって初めて、徳兵衛は観客に対して顔を見せるのです。叩きのめされ、地に這いつくばった徳兵衛は、今まで隠していた顔を見せて、どこの誰とも分からないその場に居合わせただけの人間達に、《いずれもの手前も面目なし恥しゝ。》と泣きながら詫びて、《全く此の徳兵衛がいいかけしたるでさらになし》と弁明をするのです。そして、《いずれも御苦労かけました。御免あれと一礼述べ。破れし編笠拾い着て》です。徳兵衛の悲しさつらさは、手に取るようです。

近松門左衛門は、その哀れさを強調するために、徳兵衛に編笠を取らせなかったのではないでしょうか。だからこそ、次の「天満屋の段」で徳兵衛がやって来たのをお初が見つけた時、《表を見れば夜の編笠徳兵衛。》と、繰り返しのように語るのではないかと、私には思われるのです。

6

徳兵衛は、久し振りにあったお初に「編笠を取らないで」と言われるとそのままに従う、常識的な若者です。お初もまた、久し振りにあった徳兵衛に抱きつきもせず、「笠は着けたままでいて」と言う、常識ある女です。お初と徳兵衛は、恋に落ちたことでバカになっている「平成のバカップル」と言われるような二人ではありません。恋をした普通の男女です。『曾根崎心中』最大の特徴は、その「普通さ」にあると言ってもいいでしょう。

常識ある普通の男女が、なぜ死を選ばなければならなかったのか？　それは当然、恋をする二人が、恋以外のところに目を向ける余裕をなくしていたからでしょう。

人通りの多い生玉の社前で殴る蹴るの暴行を受けた徳兵衛は、もう立ち上がれません。これに対して、近松門左衛門は救いの手を差し伸べませんから、《二貫目の銀》の事件は誰が悪いのか判然としません。徳兵衛がなにも考えられなくなっている以上、「なんとかならないか」と考えるのはお初の役割ですが、しっかり者のお初でも、天満屋にやって来て徳兵衛のことを悪しざまに言う九平次に抵抗するのが精一杯で、「どうすればこの場を切り抜けて、徳兵衛を救い出せるのか」という智恵が出せません。だからだめだというのではありません。恋をしたら視野狭窄に陥って、「もうだめだ、死ぬしかない」という決断をしがちになるというだけのことです。

お初と徳兵衛は「二人一緒でいたい」という情熱だけで死へと進むのです。

他の心中物のように、お初には「別に身請けの話があってそのために金を工面しなければならない」という設定がありません。いかに九平次にこてんぱんにされたとはいって、自分が詐欺をしたわけでもない徳兵衛には、死ぬ前にするべきことがあってもよさそうです。でも徳兵衛は「改めて九平次を糾明する」などということをせず、あっさりと死を選びます。そのために近松門左衛門は徳兵衛を打ちのめしているのです。それではまるで、この『曾根崎心中』がお初徳兵衛の二人をただ死なせるための作品になっているようですが、もしかしたら、その通りです。『曾根崎心中』は「世話浄瑠璃の初め」とされる作品ですが、よく考えると意外にも、この作品は日本で最初の男女の恋を描いた劇作品なのです。

平安時代の物語なら「男女の恋」を主題にしたものはいくらでもあります。でも、演劇にそれはありません。一人芝居であることが原則であるような能に、「恋する男女の話」は登場しません。能の恋物語は「恋を得られなかった男や女の嘆き」だけです。説経節の『をぐり』だって、

「夫婦であることを結果的にまっとうしようとした男女の物語」ではあっても、「愛し合う夫婦の物語」ではありません。『曾根崎心中』の以前、「恋」というのはマイナージャンルの物語で、ドラマの中心になるようなものではなかったのです。そういう考え方をしないからそういうことが分からないだけで、意外なことに『曾根崎心中』というのは「恋」を描くことだけをテーマにした、日本で最初の演劇作品なのです。だからこそ、お初と徳兵衛には「ひたすらなる恋の思い」以外のことを考えてほしくないのです。だからこそ、『曾根崎心中』のドラマ構成はシンプルで、恋する男女の胸の内ばかりが精密に描かれていて、お初と徳兵衛は十分な社会常識を持ち合わせている「普通の男女」で、だからこそ、この二人のすることは生々しくて肉感的でもあるのです。

近松門左衛門は、この二人のあり方を散文的なまでに細かく描写します。それこそがこの作品の眼目であるという点で言えば、近松門左衛門の書いたこの作品の道行の文章は、現在の舞台にかけられるものよりも、もっと細かく、「やっと描写出来るようになった男女の思い」が生々しく緻密に描かれていて、これこそが『曾根崎心中』大ヒットの理由だと思われるのです。

7

道行というのは、人の移動を語るもので、別に死を決意した男女の死に場所を求めて歩く姿を語るだけのものではありません。『曾根崎心中』の道行も同じで、現在はここを「天神森の段」と言いますが、そうなるのは天満屋を抜け出したお初と徳兵衛が道行の後に辿り着いてからです。

お初と徳兵衛が抜け出した天満屋は、大坂の北の堂島新地にあって、二人の心中場所の曾根崎天神の森はそこからそんなに遠くはありません。「新地」というのは「新しく開かれた場所」で、町はずれです。だから、そこには遊廓が作られて、遊廓は賑やかで夜も明るいけれど、そこから出ると暗いのです。そこには、人の来ない天神の森もあります。お初と徳兵衛は、その暗い中を手を取り合って進みますが、正確にはその部分が「曾根崎心中徳兵衛おはつ道行」とされるところです。《此の世のなごり。夜もなごり。死《しに》に行く身をたとうればあだしが原の道の霜。一足ずつに消えて行く。夢の夢こそあわれなれ。あれ数《かぞ》うれば暁の。七つの時が六つ鳴りて残る一つが今生《こんじょう》の。鐘のひゞきの聞きおさめ。寂滅為楽《じゃくめついらく》とひゞくなり。鐘ばかりかは。草も木も。空もなごりと見上ぐれば。雲心なき水の音北斗はさえて影うつる星の妹背《いもせ》の天の河。梅田の橋を鵲《かささぎ》の橋と契りていつまでも。我とそなたは女《め》夫星《おとぼし》。必ず添うとすがり寄り。二人が中に降る涙川の水《み》嵩《かさ》もまさるべし。》

　現行の上演では、道行はここまででカットされて終わり、です。二人はそのまま曾根崎天神の森の暗がりの中にいることになっていますが、それだと、堂島新地を出て梅田の橋を渡ったばかりのところで、まだ天神の森には着きません。二人は、天満屋のあったところを流れる蜆《しじみ》川に映る星を見て、梅田の橋を天の河に鵲が渡す橋だと思い、「きっと一緒よ」「一緒だよ」と抱き合って泣きます。それ以上続けると長くなると思って、泣いた後はすぐに天神の森になってしまいますが、しかしオリジナル版では、星の映った夜の蜆川には、別のものも映っています。それは、二人が出て来たはずの堂島新地の茶屋の灯りです。

暗い中で、どこの店とも分かりませんが、二階の座敷には灯りが点って、人の騒ぎ声も聞こえています。当たり前と言えば当たり前の廓《くるわ》や茶屋町の夜の光景ですが、ついさっきまでそこにいたお初にとって、それは初めて見る光景です。自分はついさっきまでそこにいた。でももう違う——記憶がまったく違う形で蘇るのはつらいものです。「きっと明日は、私達も噂になっちゃうのね」と思っているところへ聞こえるのが、二階座敷の歌の声で、その歌詞は、「女房にしよう」と言った男に騙されて男にすがりつこうとする女の姿を嗤う歌です。だからお初は《歌も多きにあの歌を。時こそあれ今宵《こよい》しも。うたうは誰《た》そや聞くは我。》と嘆きます。「あの星は私達ね」と川面に映る星を見て言うのはロマンチックですが、現実はそうやさしくはない。「それはあんたの思い込みで、女を騙してうまいことを言う男はいくらでもいる」と、さっきまでいた場所の囃し声は水をかける。ロマンチックな気分に冷や水をかけられて、向かう先は死ぬ場所で、いやなことに川の堤では夜烏が鳴いている。

《明けなば憂しや天神の。森で死なんと手を引きて梅田堤の小夜烏《さよがらす》明日は我が身を餌食ぞや》で、やっと心細い現実が身にしみてくる。それで、有名な文句がここに続きます。

《誠に今年はこな様も廿五歳の厄の年。私《わし》も十九の厄年とて。思い合うたる厄祟《やくだたり》縁の深さのしるしかや。》

「私もあなたも二人揃って厄年というのも、逆に言えば縁の深さなのよね」と、自分達を慰めます。そして、どんどん暗くなります——《神や仏にかけおきし現世《げんぜ》の願《がん》を今こゝで。未来へ回向《えこう》し後の世もなおしも一つ蓮《はちす》ぞやと。爪《つま》ぐる数珠の百八に涙の玉の。数添いて尽きせぬ。あわれ尽

きる道。心も空も。影暗く風しん／＼たる曾根崎の森にぞ。たどり着きにける。》

「愛する二人は、死後の極楽浄土で同じ蓮の花の上に生まれ変わるという」と信じようとして、でも幸福感は生まれない。「死ぬという暗い未来へ向かうだけだ」と思いながら、《影暗く風しん／＼たる曾根崎の森》へようやく着くわけですね。

曾根崎の森は真っ暗で、そこになにか光るものが飛ぶ。お初は《ア、怖《こわ》。今のは何という物やらん。》と言って、徳兵衛は《オ、あれこそは人魂《ひとだま》よ。》と教え、《今宵死するは我のみとこそ思いしに。先立つ人も有りしよな。誰《たれ》にもせよ死出《しで》の山の伴《ともな》いぞや。》と言って《南無阿弥陀仏《なむあみだぶつ》》と念仏を唱えると、そこにまた一つ火の玉が飛ぶ。《女は愚《おろか》に涙ぐみ。今宵は人の死ぬる夜《よ》かやあさましさよと涙ぐむ。男涙を。はら／＼と流し。二つ連《つれ》飛ぶ人魂をよその上と思うかや。まさしう御身と我が魂よ。》と徳兵衛は言って、お初は《なにのう二人の魂《たましい》とや。はや我々は死したる身か。》と応えます。

普段なら、人魂を見た時には着物の裾を結び止めて、そこから悪い魂が入り込まないようにするのですが、死を覚悟した二人にそんな手間はいりません。《今は最期を急ぐ身の魂《たま》のありかを一つに住まん。道を迷うな違《たが》うなと。抱《いだき》寄せ肌を寄せかっぱと伏して。泣きいたる。二人の心ぞ。ふびんなる。》

そうして二人は凄惨な死を遂げて、近松門左衛門は《誰《た》が告ぐるとは曾根崎の森の下風音に聞《きこ》え。取伝え貴賤群集《きせんくんじゅ》の回向の種。未来成仏疑いなき恋の。手本となりにけり。》と結びます。

やがては心中もブームのようになってしまいますが、この時はまだそうではなかったのでしょう。単純に恋に死んだからこそ――そういう二人であったからこそ、《恋の。手本》ともなりえたので、《恋の。手本》となった二人は、実は、日本の演劇史で初めて「恋」を演じて見せた二人でもあったのです。

浪花のヤンキーの『夏祭浪花鑑』

1

季節はずれで申し訳ございません。今回は世話浄瑠璃の長篇『夏祭浪花鑑《なつまつりなにわかがみ》』でございます。

近松門左衛門の時代の世話浄瑠璃は上・中・下三段の短かいもので、そのためか世話浄瑠璃というと、どうしても心中物か「かなわぬ恋の思いに悶々とする男女の話」のように思われてしまいますが、世話浄瑠璃というのは「現代である江戸時代の町人社会を舞台にした浄瑠璃」ですから、題材が恋物語に限定されるわけではありません。「男女の恋物語だと上・中・下の三段にまとまってちょうどよい」であったりもするわけですが、『夏祭浪花鑑』は全九段の長篇です。

だからどうだと言うわけでもないのですが、ふっと考えると、「太平の江戸時代の町人社会に、長篇物語になるようなドラマなんかがやたらに転がっていたのだろうか?」という気にもなります。江戸時代は「心理ドラマの時代」ではありませんし、天下太平の江戸時代にはたいしたドラマがありません。だから歴史を勝手にいじくり回して「時代物」というジャンルを作るのです。侍なら事件も起こしますが、これをそのままドラマにしてしまうと時の幕府から「やめなさい」の声が掛かるので、「これは現代の話じゃありませんよ」ということにして、四十七士の仇討ち劇も、小栗判官の話や『太平記』中の物語に置き換えられてしまいます。

そういう時代にどんな「現代劇」がありうるのかと考えて、大衆受けのするドラマの要素を考えます。金儲け主義のプロデューサーになったつもりで考えると、「必要なのは芸術なんかじゃない。客受けするのは恋とアクションだ」という答は簡単に出ます。しかし、江戸時代に立ち回りのアクションは武士の管轄で、おとなしい町人にそんな機会はありません——と一通りは考えますが、もしかしたらそんなこともこっちの勝手な思い込みで、江戸時代の町人は、浪花の地でも喧嘩っ早かったのかもしれません。その証拠に、近松門左衛門の世話浄瑠璃に登場する恋の当事者の男は、すぐにカッとなってキレてしまいます。

アクション劇にふさわしいのは男伊達《だて》とか俠客で、ということになると、大坂ではなくて江戸が本場のように思われてしまいます。「町奴《まちやっこ》」と言われて、不良武士である「旗本奴《はたもとやっこ》」と対立した幡随院長兵衛《ばんずいいんちょうべえ》が俠客、男伊達の代表的存在で、「武士の多い江戸の町だからこそ、勢力を得た町人の中からは勇敢にこれと対立する男も出た」というような理由付けもありますが、男伊達の本場は関西です。浅草花川戸《はなかわど》の助六と言えば、「江戸っ子の代名詞」で「男伊達の代名詞」のような存在ですが、そうなってしまったのは江戸の歌舞伎の脚色によるもので、元は万屋《よろずや》助六という上方の男伊達です。彼が京都島原の遊女揚巻《あげまき》と大坂の寺で心中死したのを脚色したのが「助六」の始まりですから、「江戸っ子の代名詞」というのとはかなり違ったものです。

町人文化は、江戸よりも関西の方が早くに成熟した先進地域です。京都や大坂が「武士の町」ではなく、武士とのぶつかり合いはしなくても、町人同士で「男の意地のぶつかり合い」をしてしまう素地はあるのです。「世話浄瑠璃の最初は近松門左衛門の『曾根崎心中』」とは前に言いましたが、厳密に言うと、これは「義太夫節の浄瑠璃では」で、義太夫節の創始者竹本義太夫が人形浄瑠璃界の覇者になってそれ以前のものを「古浄瑠璃」として一蹴してしまう頃には、他にも「〇〇節」はいくつもありました。その一つに岡本文弥《ぶんや》という人の語った文弥節というのもあって、『曾根崎心中』が登場する前年の元禄十五年（一七〇二）に上演された文弥節の『雁金文七《かりがねぶんしち》秋の霜』こそが、「世話浄瑠璃の最初」だったりもするのです。

当時、雁金文七という男をリーダーとして大坂中を荒らし回っていた五人組の強盗団が捕えられて首を獄門に懸けられました。その事実をリーダー文七と愛人の遊女の話に焦点を当てて脚色したのが『雁金文七秋の霜』です。この時点で雁金文七はまだ「強盗団のボス」なのですが、四十年後――『夏祭浪花鑑』が登場する三年前です――この五人組の強盗団を「雁金五人男」という男伊達のグループに仕立て直した義太夫浄瑠璃が登場します。そのタイトルを『男作五鴈金《おとこだていつつかりがね》』といって、ずっと後の幕末の河竹黙阿弥《かわたけもくあみ》の「白浪五人男」にまで続く「五人男物」の始まりです。

「白浪」というのは泥棒の異名で、白浪五人男は雁金文七とは違う男をリーダーとする別グループですが、「泥棒だけどやることはカッコいい」と解釈されてしまうと、これは「男伊達」にもなってしまうわけですね。「男を作る」と書いて「おとこだて」と読ませるのがそこのところで、

「男の面子を立てる男、そういう美学を持った町人」が「男伊達」なんですね。「喧嘩上等」のヤンキーとそう違わなくて、浪花のヤンキーは男伊達の血を引く町人系の人々だったりするわけです。

今や日本の地方にはヤンキーとかマイルドヤンキーと言われる人達が溢れて、この人達が地方を支えているという一面もありますが、「町人の中にはそもそもヤンキー賛美の気風がある」と考えてしまえば、なんの不思議もないことです。

それで——と続けて、私も持ち上げてるのか落としているのかよく分かりませんが、『夏祭浪花鑑』は、かなりバカバカしい作品なのです。

2

『夏祭浪花鑑』といえば、主人公の団七九郎兵衛《だんしちくろべえ》が背中一面の彫物を見せる真っ赤な下帯一つの裸になって、泥田の中で悪い舅の義平次《ぎへいじ》をぶっ殺すシーンを、思い浮かべる人はすぐに思い浮かべます。白い肌に紺の彫物、そこに強烈な真っ赤な下帯で刀を振り上げて決まる姿はカッコよくて、「男伊達」とか「侠客」というのはこういう男かと思うかもしれませんが、初め団七、後に改名して九郎兵衛となり、結果として侠客のような「団七九郎兵衛」という二つ名前を名乗ることになった彼は、天秤棒で魚をかついで売って歩くカタギの魚屋です。喧嘩で傷害事件を起こして牢に入れられ、赦されて娑婆に戻ったのをきっかけにして名を改めたのですが、「それで心を入れ換えてカタギになった」というのではありません。彼は初めから魚屋で、しかも「喧嘩っ早い魚屋」だったというだけです。

ということになると、『夏祭浪花鑑』は、「喧嘩っ早い魚屋の男がいろいろあって、その末に悪い舅を殺した話」になってしまいます。事実そうなのですが、それだけだとなんだかウエットな方面に転びかねません。だから団七九郎兵衛の背中に彫物が登場して、物語を一挙に派手に見せてしまうのですが、しかし、この背中の彫物は『夏祭浪花鑑』が登場した十八世紀の中頃には存在しません。背中一杯に墨を入れる彫物——タトゥが江戸時代に広がるのは、それから八、九十年たった文政から天保の頃です。浮世絵師の歌川国芳が背中一面に彫物を入れた勇壮な男達の姿を描いたのがきっかけですから、最初の『夏祭浪花鑑』の団七九郎兵衛の背中に派手なタトゥはないはずです。

そもそもは「普通に喧嘩っ早い魚屋の男の話」だったものが、上演を繰り返される内に派手になりカッコよくスケールアップされて、「男伊達」というような「町の英雄の話」になってしまったのですね。ショーアップされればカッコいいけれど、その演出を取ると「なんだかバカバカしいことをやっている男達の話」にもなってしまう——そのように、『夏祭浪花鑑』はそれほどカッコいいわけではなく、よく見るとバカバカしくチャチな男達の話でもあるのですが、これが名作であるのだとすれば、バカでチマチマした町人社会の男達のありようがよく描かれているから、ということになるのでしょう。

『夏祭浪花鑑』をバカらしい物語にしてしまう元凶は、物語の中心に存在する玉嶋礒之丞《たましまいそのじょう》という若い武士です。

人形浄瑠璃や上方の歌舞伎には「傾城《けいせい》遊びに夢中になっている若殿様の遊興シーンで始まる」という定型を持つものがあります。傾城遊びにはまった結果、若殿様は困ったことになり、それを家来の男女が支えて助けるという物語です。

「幕明きは派手な方がいい」という理由で、派手でにぎやかな遊興のシーンから始まるのですが、『夏祭浪花鑑』も同じで、玉嶋礒之丞が「助けられる若様」、団七九郎兵衛が「若様を助ける家来」です。

時代物だったら、玉嶋礒之丞は「大名家の若殿様」になりますが、『夏祭浪花鑑』は世話浄瑠璃なので、彼は「大名家の国家老クラスの武士のバカ息子」なのです。「大名の若殿様だったら、町の魚屋には助けられない」というところでこのクラスですが、そのしょうもないバカ息子の一応は「立派な武士の息子」と、町の魚屋にどんな接点があるのか？　そういうことが最初の「堺御鯛茶屋《おだいぢゃや》の段」で語られて行きます――。

昔、関西の堺には御鯛茶屋という遊興施設がありました。玉嶋礒之丞はその近くの乳守《ちもり》の遊廓にいた傾城琴浦《ことうら》を身請けして、遊び仲間の男達と一緒に何日もここに居続けて、芝居ごっこをして遊んでいます。絵に描いたようなチャラ男です。

礒之丞とその父の仕える殿様は、参勤交代で江戸に行っているので、チャラ男の礒之丞は「だったらいいじゃん」のノリで家に帰らないのですが、その殿様が帰国して来るという。それで「これは大変」と思った母親が、「帰って来なさい」という使者を息子のいる御鯛茶屋まで送ってくるのですが、その使者に立つのがまだ「九郎兵衛」になる前の団七の女房のお勝《かち》——歌舞伎の方の名前では「お梶《かじ》」です。

なんで団七の女房がそんなことをするのかというと、町人の娘である彼女は以前、玉嶋家で働いていた。その頃に出入りの魚屋である団七と出来ちゃって、「不義はだめよ」でお屋敷を追い出された。町人的にはそのような「出会い」もあるのですね。団七と夫婦になったお勝は、堺の地で夫と一緒に魚屋を始め、一人息子の市松《いちまつ》も生まれるけれども、団七は住吉神社の祭礼の日に乳守の廓で喧嘩騒ぎを起こして牢に入れられてしまう。「さァ、どうしよう」とお勝が思っていると、「殿様のお国入りで恩赦がある」という噂が流れて来るので、お勝は元の主人である玉嶋家にやって来て、「ウチの人の恩赦を——」と願い、それを聞いた奥方は「ちょうどいい」と思って、「御鯛茶屋にいるウチの息子を連れ戻してくれないかしら」と頼むわけです。「なんだか軽い調子のいい話だな」と思われるかもしれませんが、これは軽くて調子のいい物語なのです。

近松門左衛門の作品とは違って、『夏祭浪花鑑』の町人達は「浮世の義理」というような重く堅固な枷《かせ》を背負っていません——だから、すぐに喧嘩をしてしまう「男伊達」にもなるような人間達なのですが、そういう男達を活かそう動かそうというドラマが『夏祭浪花鑑』なので、本来ならどっしりと重い存在として描かれる武士の方も、平気で軽いのです。

お勝に「ウチの息子を連れて来てくれないかしら」と頼む磯之丞の母親も軽いし、昔だったら「おっかない父親」であるはずの磯之丞の父玉嶋兵太夫《ひょうだゆう》も、現在の父親並に存在感が薄く、もう一人、御鯛茶屋で磯之丞と一緒になって遊んでいる大鳥佐賀右衛門《おおとりさがえもん》という武士も軽い。大鳥佐賀右衛門は悪人で、磯之丞をそそのかして悪い遊びを覚えさせたのですが、彼が何の目的でそれをしたのかがはっきりしない。

そこには「玉嶋一家を陥れてどうとかしよう」という企みがあってしかるべきなのですが、それがあるのかどうかは分かりません。おまけに佐賀右衛門は磯之丞が身請けをした琴浦に横恋慕をして、なんとか自分のものにしようとしているのだけれど、普通このテの話では、「磯之丞が琴浦を身請けしようとしているところに佐賀右衛門の妨害が入ってドラマが生まれる」という段取りになるものなんですが、物語が始まると、もう磯之丞は琴浦を身請けしてしまっている。そうなるように廓遊びを勧めたのが佐賀右衛門ではあるけれど、彼はすんなり磯之丞に身請けをさせて、彼と一緒になって御鯛茶屋で遊んでいる。「佐賀右衛門は金がなくて、磯之丞に金を払わせて身請けをさせてから、その琴浦を横取りしようと考えているんだろうか？」と考えられないわけでもないのですが、次の「玉嶋兵太夫屋敷の段」に登場する大鳥佐賀右衛門は「それなりの身分を持った武士」になっているから、「金がない」というわけでもないだろう。

実は『夏祭浪花鑑』の作者達（三人の合作です）は、浄瑠璃史上に燦然と輝く三大浄瑠璃――『菅原伝授手習鑑《すがわらでんじゅてならいかがみ》』『義経千本桜』『仮名手本忠臣蔵』の作者達と同じなのです。「それなのにこのいい加減さはなに?」と思うと、答は一つしかありません。「あまりしつこい枷を持たない町人達の話だから、その設定を軽くした」です。

『夏祭浪花鑑』のタイトルの上には、左から一寸《いっすん》徳兵衛、釣船《つりふね》三婦《さぶ》、団七九郎兵衛という三人の男の名が三行の角書《つのがき》になって載っかっています。さしたるドラマもない太平の町人社会の中で、この三人の男を活躍させるのが『夏祭浪花鑑』ですから、大島佐賀右衛門は「めんどくさい詮索のいらない薄っぺらな敵役」になって、観客の目が武家社会の方に向かないように、それがたとえ「バカな段取り」であっても、ドラマの中心が町人達にあるように、構築されているのです(そのようにしか考えられません)。だから、玉嶋儀之丞だって、町人達が「しょうがねェなァ」と舌打ちする程度の面倒を起こす、バカなのです。

「運命に翻弄される」というような由々しさ抜きで、三人の男は「起こってしまった事件」の中で動き回ります。動き回るだけで、「事件を起こそう」という積極的な動機は持ちません。精々「喧嘩をする」だけです。だから、「ゆるい武士社会」と「目的を欠く町人達」を結び付けるコンダクターが必要になります。その役を演じるのが、団七の妻のお勝で、頭のいいお勝が御鯛茶屋にやって来て、『夏祭浪花鑑』のプロットは動き始めるのです。

4

儀之丞の母親から「息子に帰るように言って」と頼まれたお勝は、「そんなこと言ったたって若旦那がお家に戻るわけはない」と知っていますから、一計を案じます。

礒之丞の母親は「殿様が江戸から戻って来るから早く帰って来て」と言うのですが、彼女の打掛を借りて武家の女のように装ったお勝は、その逆で「殿様のお戻りは少し遅くなるから、まだ遊んでてもいいと奥方はおっしゃった」と嘘をつきます。礒之丞はバカなので、「あ、そうなの。だったらまだ遊んでよう」なのですが、頭のいいお勝はそこに第二弾を仕込みます。三人の乞食に金を渡して、礒之丞のいる御鯛茶屋の庭前で乞食同士の喧嘩をさせます。仲間に追い詰められた新米の乞食が、「趣味に溺れて傾城遊びで金を使い果たし、傾城を女房にしたのはいいが店をなくして今では哀れなホームレス」という身の上話をするように仕向けるのです。

何度も「バカ」と言うのは恐縮ですが、やっぱりバカな礒之丞は、その新入り乞食の身の上話が身につまされて、「家に帰る」と言い出すのです。お勝の企みは成功するのですが、なにもそんなにめんどくさいことをしなくてもと思わなくもありません。しかし、お勝の目的は「牢にいる夫の団七の釈放」なので、礒之丞をまず機嫌よくさせて、「団七のことをよろしくお願いします」と言わなければならないのです。団七が喧嘩騒ぎを起こした相手は、礒之丞と一緒に御鯛茶屋にいる大鳥佐賀右衛門の仲間《ちゅうげん》なので、「家に帰らなくてもいい」という話で機嫌をよくした礒之丞は、「喧嘩の相手は佐賀右衛門の仲間だろ？　だったら俺が言っといてやるから心配すんな」の安請合いをして、話は次の「玉嶋兵太夫屋敷の段」に移ります。

主人公の団七は牢に入っている。その団七の釈放を玉嶋礒之丞は請合った――だから団七には礒之丞の面倒を見なきゃいけない義務が生じるという段取りです。前置きの段取りばかりが長いのは、誰かの話にそっくりです。

　しかし、安請合いの礒之丞に団七を釈放する能力があるのかというところで、「玉嶋兵太夫屋敷の段」が始まります。

　お勝はめでたく礒之丞を屋敷にまで連れ帰って、奥方に改めて「夫が牢屋に入っていて、私は実家の父義平次の家に息子を連れて身を寄せています。なにとぞ夫の釈放を」とねだります。言われた奥方も「私にはどうとも出来ないから、私の方から旦那様に言っておくし、今日は屋敷にご家老も〝ご帰国の殿様のお上使〟としてやって来て、私達も取りなしてあげるから、お前もご家老にお願いしなさい」と言って、とりあえず団七の一件は保留です。同じ話を三度もすることになるお勝も大変です。

　兵太夫の玉嶋家へなぜ家老の介松主計《すけまつかずえ》なる人物がやって来るのかというと、ご帰国の殿様が国元で留守居をしていた家来達にお土産を下さるという理由です。なんだかゆるい話ですが、礒之丞の父には褒美の品が下されるのに対して、「お前達は私の留守になにしてたんだ」と言われるような家来達は、叱責付きのいやみな「お土産」をいただきます。礒之丞ももちろん「だめ組」の一人で、「お前は傾城遊びをしてただろう」として、遊女の絵を描いた掛軸を渡されます。ずいぶんゆるい怒り方ですが父の兵太夫は当然、怒って、恥ずべき息子を勘当。礒之丞は屋敷を追い出されます。「後は団七の厄介になるばかり」という段取りがまずあって、次は「団七の釈放」です。

　ここはあくまでも玉嶋兵太夫の屋敷であって裁判所ではないのですが、改めて呼び出されたお勝が介松主計に夫の赦免を願うと、そこに囚人団七が呼ばれて、急にお白洲状態になります。どうしてそうなるのかは分かりませんが、上使としてやって来た介松主計の横には、一緒にくっついて来た大鳥佐賀右衛門も副使としています。

一応お勝は字も書けて、嘆願状も認《したた》めて来ているので、それを読んだ介松主計は「赦してやろう」と言いそうになるのですが、大鳥佐賀右衛門は「ちょっと待て」と言います。実は、団七と喧嘩した佐賀右衛門の仲間は、入れられた牢の中で死んでいたのです。佐賀右衛門は「殺人犯は簡単に釈放出来ない」と言います。唯一の悪役武士はそのように意地悪をしますが、仲間の死因は団七に切られた刀傷ではなくて、その傷が治った後の病死だということが、玉嶋家に運び込まれた死体の検分によって判明します。

長々ですいませんが、そうして赦免が決まった主人公の団七は、入牢の結果むさくるしくなった形《なり》をそのままにして、やっと舞台へ登場するのです。

5

続く三段目は前段の翌日、住吉明神鳥居先の段です。

この鳥居先には大きくて派手な模様の暖簾《のれん》のかかった床屋の店があります。ここで牢から出されて《日影見ぬめの色青ざめ。月代延《さかやきのび》て顔付キも。変り果たる有り様》（『夏祭浪花鑑』第二）になっていた団七が、髭も月代も剃って一応の「いい男」になり変わるわけですが、団七が牢から出されることは前段で決定しているので、「なんで今更？」ということもあります。そこには昔なりの事情もからんでいます。

前段までの御鯛茶屋、乳守の廓、玉嶋兵太夫の屋敷のあったところは堺の地域で、今では大阪府の内ですが、昔はそうじゃありません。堺は和泉の国で、「浪花」であるような今の大阪市は摂津《せっつ》の国に属します。堺と大阪とでは、国が違ったのです。

団七は和泉の国に住む魚屋だったのが、喧嘩騒ぎで牢に入れられ、釈放はされましたが、「無実だから赦された」ではありません。団七は罪人のままで、「所払《ところ》い」という和泉の国から追放される刑を受けて牢から出されたのです。『夏祭浪花鑑』と言っても二段目までは「浪花」の話ではなく、舞台が摂津の国の大坂である「浪花」へ移っても、主人公の団七は「和泉の国から追放された、〃再び和泉の国に足を踏み入れてはならない〃という刑を執行中の犯罪者」ではあるのです。

だから、大坂へ移った団七は名を「九郎兵衛」と改めるのですが、団七の名に馴染んだ当人は「団七九郎兵衛」と言ってしまう。「追放されて名を改めはしたけれど、昔のまんまも引きずって、その結果、妙にカッコいい男伊達のようなダブルネームを名乗ることになってしまった」というのが、「出所した魚屋の兄ちゃんがカッコいい俠客のようにも思われてしまう」ということの由来です。

団七が喧嘩騒ぎを起こしたのは、この住吉明神に市が立って賑わった日ですが、この神社は、和泉の国との国境いに近い摂津の国の南端にあって、前日に玉嶋兵太夫の屋敷で「所払いの釈放」が決定された団七は、縄付きのまま役人にここへ連れて来られて、「もう帰って来るな」と、追放であるような釈放をされます。手っ取り早く言ってしまえば、住吉明神の鳥居先は、「拘置所の門前」だったりするのです。

ただ、「追放」と言っても和泉の国と摂津の国の境に関所があるわけではありません。大坂と堺をつなぐ堺街道は往来が自由な道で、治安もいいところです。それだから、「追放されるとどうなんですか?」と問われても、「別に、ただそれだけです」としか言いようはありません。

6

その鳥居先へ、「出所」の団七を出迎えるため、団七の女房お勝と息子の市松、それに釣船の三婦がまずやって来ます。外題《げだい》の角書に団七九郎兵衛と一寸徳兵衛を両脇に従えるようにして中央に書かれる彼は、《人の厭《いや》がるぶら〳〵も。年が異見《いけん》で直ッたか。》(同前・第三)という半白髪の男——つまりは男伊達の老俠客です。

団七は魚屋ですが、三婦は違います。若い時にはぶらぶらしていて人に嫌われていた。それが年を取ったせいで直った(年が異見で直ッた)という人物で、《ぶら〳〵》とはつまり「遊んでいた」です。市中に潜入していた遠山金四郎が「遊び人の金さん」と名乗っていたのと同じですが、普通「遊び人」と言ったら、ヤクザかヤクザに近い人です。でも、若い頃の三婦は「組の構成員」だったわけでもないので、「喧嘩っ早くてハタ迷惑な無職の若者」だったりしたのでしょう。

　団七を迎えに来た三婦は、縄を解かれた団七に向かって、《必《かならず》恥じゃと思うなよ。江戸見ぬと牢へ入《いら》ぬとは男の中じゃないと言う。》と、励ますのか慰めるのかよく分からないことを言います。ということは三婦にも入牢経験があるということで、彼は「男伊達だ、ヤクザだ」という以前に、今にも至る喧嘩っ早い浪花のヤンキーの先祖なのです。

　魚屋の団七も喧嘩で牢に入れられた。もう一人の男伊達でもある一寸徳兵衛も、妻の証言によれば《生《うま》レ付キがあらこましい（荒っぽい）喧嘩といえば一番駈《が》け。肌刀《はだかたな》差いた様な人（刀をいつも肌から離さないような危険な人）。》（同前・第六）で、これを言われた三婦のかみさんも《イヤもうあらこましいは何方《いずかた》にも覚《おぼえ》の有ル事。手前の人もナ五六年以前迄《まで》は。夫《そ》レは〳〵喧嘩好《ずき》でな。仮初《かりそめ》にも（ちょっとしたことでも）一寸橋詰《ちよつとはしづめ》へ出て貰うが毎日毎晩。》（同前）と証言します。《橋詰》は「橋のたもと」で、町中の通りのはずれです。昔は「おい、ちょっと来い」と言わずに、「ちょっと橋詰まで出てもらおう」と言ったのです。

《年が異見で直ッたか》だと、「三婦は若い時に喧嘩っ早かった」とも思われますが、彼の妻の証言だと「直ったのはこの五、六年」です。

　こういう言い方をすると問題があるかもしれませんが、喧嘩っ早い浪花のヤンキー達のドラマである『夏祭浪花鑑』は「いい加減なところがお値打ち」と言いたいところもあって、話の展開もゆるくて記述や設定も前後で矛盾したりして、そのせいで説明するのがむずかしくもあったりするのですが、かみさんの証言に従うと、「積った年の数が〝もういい加減にしなさい〟と言うのを三婦が聞いたのは、この五、六年」です。

三婦が何歳かは分かりませんが、彼が半白髪の年頃であることは《糟毛《かすげ》の親仁《おやじ》》(同前・第三)という表現で分かります。《糟毛》は馬の毛色の一つで、それを人間に適用すると「半白髪」です。三婦は五十歳を越しているはずですが、まさかその年まで《ぶら〳〵》の無職でいられるわけもないので、半白髪になった彼には職業があります。

「釣船」とある手前、彼の職業は釣舟を出す漁師か舟宿の主人のようにも思えますが、そうではなくて、彼は「大坂から出航して瀬戸内海を下って行く船便の荷物を扱う運送業者」なのです。最近の彼は、いつでも数珠を手にしていて、腹の立つことがあると念仏で解消するのですが、そういう穏やかな性格になったから運送業を始められたのではないでしょう。かなり前から運送業をやっていて、そのかたわら、五、六年前までは喧嘩っ早かったということのはずです。

ずいぶんと下らないことを問題にしているようですが、喧嘩っ早い三婦のあり方と彼の職業は「男伊達」というものと大きく関わっているのです。

普通は「男伊達」と書くところを、『夏祭浪花鑑』では「男作《だて》」としています。「伊達」の文字は、仙台藩の伊達家の殿様がオシャレで派手な人だったことに由来するファッション系の用語であるのに対して、「男作」はちょっと違います。住吉明神の鳥居先では、団七が引っ立てられて来る以前に、若い男の客と駕籠《かご》舁《か》きが揉めています。釣船の三婦はそこへ割り込んで、「なんだテメェは！」とからんで来る(多分)悪い駕籠舁きをかるくいなして争いを収めます。そこのところを浄瑠璃は《丸う捌《さば》いた男作。》(同前)と語ります。おそらくは、「人間同士の争いをきちんと調停すること」が男作の本来なのでしょう。「人間同士の争い」を喧嘩と言って、喧嘩を江戸時代風に言うと「達引《たてひき》」です。「喧嘩状況を丸く収める行為、あるいはそれが出来る人」が男作なのだろうと思います。

　自分とは関係ない喧嘩であっても、一寸徳兵衛は《喧嘩といえば一番駈け》です。他人の喧嘩にどうしてそんなに急いで駆けつけるのかと言えば、「待った、待った！」と言って喧嘩の仲裁がしたいからでしょう。「喧嘩だ！」と言うのを聞いて飛び出して行く——その点で十分に喧嘩っ早い昔の男は、乱闘に参加するために飛び出して行くのではなく、それを仲裁したくて行く。そのつもりで行って、自分も喧嘩に参加してしまうというメンタリティを持っているから「喧嘩っ早い＝男伊達」ということにもなるのでしょう。

　俠客の代表的人物である幡随院長兵衛の職業は口入れ屋《くちいれや》——つまり人材派遣業でした。人の出入りが多い職業だから、人間関係の調停をすることも多い。だからこそ人から「親分」と言われて人を取り仕切ることも出来るのです。そう考えてみれば、運送業も人の出入りが多い職業です。喧嘩で物事を解決しようとし、喧嘩と見れば仲裁をしたがるという、両方の意味で喧嘩っ早い釣船の三婦は、いかにも運送業者に向いていています。

　江戸時代の町人はおとなしい商人ばかりではなくて、荒っぽい職種の町人だっていくらでもいて、これを束ねるリーダーもいた。やがてそういうものは時代が下るとヤクザというような形に特化してしまったりはするけれど、そうはならない時代に喧嘩っ早いヤンキー体質の町人と、その「頭《かしら》」だったり「親分」だったりするリーダーは当たり前に存在していて、その要素あってこその「町人社会」だったりするわけですね。そういう荒っぽさを持っているのが「江戸っ子」だと思われていますが、それは江戸よりも大坂が先です。

『夏祭浪花鑑』には、どうして運送業者の釣船三婦が出所する魚屋の団七を迎えに来るのか——三婦と団七にどういう関係があるのかという説明はありません。しかし、三婦が「よう、どうした？」と言ってすぐに首を突っ込んで来る「近所の面倒見のいいオヤジ」だったら、わざわざその説明はいりません。お勝に会って「団七の所払い」の話を聞いたら、「そうかい、俺も行ってやろう」になるのが「男作」というものです。

前の御鯛茶屋や玉嶋兵太夫屋敷の段で、女房のお勝を使って「玉嶋家との関係、息子の磯之丞を団七が世話しなければいけない理由」をしつこく説明したのに対して、この町人間の人間関係に対する説明のなさは、「町人と武家社会はそんなに縁がないが、町人同士はいたって簡単に知り合える」ということの反映でもありましょう。

普通、時代浄瑠璃の中心には「諸葛孔明のようななんでもお見通しの智謀の人」というのが登場します。そういう人がいるから、複雑に入り組んだストーリーもバタバタと解決してしまうのですが、世話浄瑠璃にはそんな大人物が出現する余地がありません。「そういうものがいないのが現実だ」という前提で出来上がっていて、「なんでも知っている智恵袋」の役どころに当たるのが、釣船三婦です。だからと言ったら三婦に怒られるかもしれませんが、だから『夏祭浪花鑑』の話は、段取りが多いくせにゆるいのです。

話がいろいろと前後してしまったので、改めて住吉明神鳥居先の段の話を初めからやり直します。

7

団七を迎えに釣船の三婦とお勝、市松がやって来ます。三婦は「団七が釈放されるまではまだ時間がかかるだろうから、市松を連れてお参りに行って来い」と言ってから、「それはそうとお前の親父はなんで来ないんだ？」とお勝に言います。「俺は団七と懇意だからいいが、お前の親父は婿の出所になぜ来ない」です。お勝が「腰が痛いって今朝になって言うんです」と答えると、三婦は即座に「そんなもん仮病だ」と決めつけます。理由は《直《す》グにもない和郎《わろ》じゃもの。》（同前・第三）です。つまり「根性の曲がった奴」で、後の重要人物であるお勝の父親三河屋義平次の性格がここで伏線的に語られます。

夫が入牢してしまったので、お勝は長町《ながまち》（道頓堀の南の方です）に住む父親義平次のところに身を寄せていて、この父親がろくでもない奴だから、眼目である長町裏での団七による義平次殺しがあるのです。

義平次に関するさりげない説明があって、お勝と市松が舞台から姿を消すと、ここに客を乗せた駕籠がやって来て、既に言った三婦の《丸う捌いた男作。》の諍《いさか》いになりますが、その駕籠の客が、家を勘当されたバカな玉嶋礒之丞です。

団七の赦免は、彼が礒之丞の面倒を見るということとバーターなので、家を追い出された礒之丞は、団七のゆかりである三河屋義平次を尋ねて大坂へ行こうとしているのです。礒之丞は世間知らずで、駕籠代も高く吹っかけられ、堺から住吉まで運んで来た駕籠舁きに、「料金を精算して、大坂へは別の駕籠に乗り換えてくれ」と言われます。礒之丞は一文無しで、「じゃ衒《かた》りか」と言われると「武士をバカにするな」と言って、「刀を差してない丸腰のどこが武士だ。駕籠代に着物を剝いでしまえ」という争いになります。

これを三婦が捌いて駕籠舁きを追っ払うと、礒之丞は「私は現在流浪の身ですが、改めてお礼に伺いたい。どちらへお住まいですか?」と尋ねます。三婦は「礼なんかいいです」と言って、「さっきあなたは〝長町辺へ行ってくれ〟と駕籠屋に言っていたが、長町なら私もよく行くので、そこでお会いすることがありましょうが、長町のどこら辺ですかね?」と尋ねます。「どこら辺かは知らないが、三河屋の義平次を尋ねるのです」と礒之丞が言うと、三婦は「あんなへんな奴とお知り合いか」と言って、礒之丞は「いえ、義平次にではなく、娘のお勝に――」と答えて、団七赦免の事情を知る三婦は「じゃ、あんたは玉嶋礒之丞様か」と、やっと話が嚙み合います。

三婦は「お勝は子供を連れてお参りに行ったが、まだ戻って来ないところをみると、途中で子供が腹を空かして、食事でもしてるんでしょう。昆布《こぶ》屋という店にいるはずだから、行って〝三婦に聞いた〟とお言いなさい」と、礒之丞を昆布屋という料理屋へ向かわせます。住吉明神には「新家《しんけ》」と言われる料理屋や食い物屋の並ぶ賑やかな一帯があって、舞台には登場しないけれども、「新家」とか「昆布屋」と登場人物の口から言われると、人で賑わう住吉明神周辺の光景が見えて来るようです。

　儀之丞が昆布屋に行くと、入れ替わるように役人に連れられた団七が現れます。そこへ三婦が声をかけ《江戸見ぬと牢へ入《いら》ぬとは男の中じゃない》と言って着替えを渡し、「俺は昆布屋へ行く。お前はこの床屋で月代を剃ってもらってから来い」と言って、「昆布屋にはお勝も市松も、お前が面倒みなきゃならない儀之丞様もいるから、そこでゆっくり話そうや」と去って行きます。みんな昆布屋のファミリーパーティです。

　三婦は昆布屋へ、団七は床屋の暖簾の内に入ると、そこへやって来るのが儀之丞に身請けをされた遊女の琴浦で、こうした場合、男より女の方がしっかりしているのが通例なので、「大坂へ行った」以外は消息不明の儀之丞の後を追って、彼女はここまで徒歩でやって来ます。金がないのに平気で駕籠に乗っちゃう儀之丞とは違うのですが、その琴浦もさすがに疲れてつまずき、「ここはどこ？」と辺りを見回します。

　住吉明神だと気がついた琴浦は、「儀之丞さんと一緒に新家の難波屋にはよく来たわ。儀之丞さんはそこにいるんじゃないかしら」と、彼女独特ののんきさで根拠のないことを言います。「ああ、新家とはそういうエンタメタウンか」と思うところへやって来るのが、悪役の大鳥佐賀右衛門です。琴浦に執心の佐賀右衛門は琴浦を捕えますが、後ろからその腕をねじ上げるのが、月代を剃って着替えもして「いい男」になった団七です。

　そこにいるのが琴浦と気づいた団七は、刀を抜いて切ってかかる佐賀右衛門をかわし、ぶん投げながら、「私が儀之丞様のお世話をする団七です」と自己紹介をして、「そんならお勝様のお連れ合いか」と言う琴浦に、やっぱり「昆布屋へ」と言います。もちろん、佐賀右衛門に聞かれぬよう「昆布屋」は耳打ちですが、琴浦が去ると、いつの間にか佐賀右衛門がいない。慌てて団七が琴浦の後を追おうとすると、「ちょっと待て」と三人の男が団七を止めます。三人の内の二人は「こっぱの権《ごん》」「なまの八」という名を持つ最前の駕籠舁きですが、この二人は実は御鯛茶屋の段に現れて礒之丞の前で喧嘩をしていた乞食で、もう一人の男も同じです。

つい昨日まで乞食をやっていた男が駕籠舁きをやっているというのも微妙におかしいのではありますが、あまり面倒なことは言いますまい。この三人は大島佐賀右衛門に命じられて、琴浦を誘拐しに来たのですが、世話浄瑠璃の侍は、小狡《こずる》くて町人以下です。

こっぱの権となまの八は団七にやっつけられ、それを余裕をかまして見ていた第三の男の出番となるのですが、この男が一寸徳兵衛です。御鯛茶屋で「趣味に溺れて傾城を身請けして妻にしたはいいが、金を使い果して今はホームレス」という身の上話をしたのはこの一寸徳兵衛なのですが、「ホームレスの乞食」というのだけが本当で、彼の身の上話はどうやら嘘です。

一寸徳兵衛は備中《びっちゅう》（岡山県）玉嶋の人間で、なんらかの事件を起こして堺にやって来てホームレスになっていたのを、お勝から金をもらって礒之丞を諫《いさ》める嘘の身の上話を御鯛茶屋でしたのです。お勝からもらった金と、更には着物までもらって「普通の町人」に戻った徳兵衛は、今度は大島佐賀右衛門に金をもらって団七に襲いかかったわけですが、力のある喧嘩上手の徳兵衛は団七といい勝負で戦って、そこに「分かってるはずなのに、うちの人は遅いなァ、なにやってんだろ？」と、昆布屋からお勝がやって来ます。

お勝はそばに立っている辻札を取って、つかみ合いの喧嘩をしている二人の仲裁に入り、徳兵衛の着ている着物を見ます。「うちの人が誰だか知らない男と喧嘩している」と思ったお勝は、その男の着物が自分のくれてやったものだということに気づいて、急に強くなります。「乞食のお前がなんだって手を上げる！」と怒るお勝に徳兵衛も気がついて、「こりゃお勝様、すいません」です。

お勝は、団七に「乞食の喧嘩」の一件を話し、徳兵衛も「儀之丞というばかりで知りませんでしたが、あの方は備中出身の玉嶋兵太夫様のご子息でしたか、実は私も――」と、その出身を明かして、団七や儀之丞、琴浦の味方になることを誓います。ここで乞食の徳兵衛が「玉嶋つながり」で仲間になってしまうのも唐突なご都合主義みたいですが、まァ、それも大目に見ましょう。

どういうわけか、住吉明神の鳥居先には、四十年前に大ヒットした『曾根崎心中』の広告の看板が立っている。お勝が喧嘩の仲裁に使った辻札がそれで、気づいた徳兵衛はお勝にこう言います――《コレお内儀《ないぎ》。此辻札の絵を見さしゃれ。曾根崎心中の徳兵衛が。生玉《いくだま》で叩かれて恥頬《はじつら》かいて居ル所。其徳兵衛の看板で。此徳兵衛が出入を留メ。こう打明ケて解《と》け合《おう》たは。明神の引合せ。エイ忝《かたじけな》い〳〵》

重なるのは「同じ徳兵衛」というところだけで、なにが《忝い》のかはよく分かりません。でもそれで、団七と徳兵衛は「固めの儀式」としてお互いの着物の片方の袖をちぎって交換するのです。サッカーのユニフォーム交換のルーツはここですというのは嘘ですが、二人は「儀之丞様のために働こうな」と誓い合います。ヤンキーのすることは昔からよく分かりません。

昆布屋にいる三婦は、「礒之丞様と琴浦を一緒にして預かるわけにもいかない。琴浦は俺のところで預かるが、礒之丞様はそう大きな負担にならない働き口を見つけて働かせるのがいいだろう」というアドヴァイスをお勝に伝えさせて、団七は礒之丞を道具屋の手代に紹介するのですが、その次の道具屋の段で、礒之丞のどうしようもないバカさ加減が明らかになります。団七も三婦も徳兵衛も大変ではありますが、「バカな若殿様に振り回されるヤンキー達のコメディ」と考えれば納得は出来るかもしれません。

8

『夏祭浪花鑑』四段目は、既にご案内の通り、団七を身許引き受け人にしたバカな玉嶋礒之丞が手代となって働く道具屋の段です——。私はうっかりと玉嶋礒之丞を「バカだ、バカだ」と言い、『夏祭浪花鑑』を「ゆるい作品」と言ってしまっていますが、それは私が『夏祭浪花鑑』を、「団七が悪い舅の義平次を殺すシリアスな作品」と思い込んでいるからかもしれません。そうではなくて、『夏祭浪花鑑』は、町人世界のドタバタ騒ぎを描くことが眼目であるのかもしれません。

　観客である当時の町人達にとって、世話浄瑠璃というのは「日常的なドラマ」であって、気楽に「ちょっと見に行こう、聞きに行こう」で「おもしろかったじゃないか」になればいいものでもあるわけですから、「マヌケさでドラマを構築する」という手法もありでしょう。そう思うと、四段目から五段目の道行妹背《みちゆきいもせ》の走書《はしりがき》、六段目の釣船三婦内《うち》の段という一続きのドタバタに近いゆるいドラマこそがこの作品の中心で、その後に来る義平次殺しの七段目は「そうなってしまったのだから仕方のない流れの結果」のようなものになるのかもしれません。

まずは道具屋の段です――。

玉嶋礒之丞はここで手代の清七《せいしち》として働いています。主人の名は孫右衛門《まごえもん》で、妻を亡くし一人娘のお中《なか》を乳母が育て、清七の上には《重《おも》手代》の伝八《でんぱち》がいます。清七の礒之丞はイケメンですから、こういう人物構成になると、お中と清七が恋仲になり、それを悪い伝八が嫉妬するということになるのが常套です。礒之丞には琴浦という愛人がいたはずですが、それはまた別です。

お中は一人娘なので、婿を取らなければなりません。父親の孫右衛門はちょっとゆるい人なので、「娘が気に入る相手」を第一条件にして、その相手が清七の礒之丞でも一向にかまいません。母親代わりの乳母も、登場するといきなり《此家《このや》の狡猾《こうかつ》乳母》と言われてはいますが、基本的にはお中の言いなりです――ということは、お中が積極的にイケメンの清七に迫って、清七はこれを鷹揚に受け入れるという関係です。

この道具屋は、新品の茶道具等を売ったり、値打物の中古品の仲介販売も行っていて、ここに仲買人の弥市《やいち》が《浮牡丹《うきぼたん》の香炉》というものを持ち込みます。牡丹の花を浮き彫りにした（たぶん）金属製の香炉です。これをどこかの田舎侍が見て「買いたい」と言う。香炉を預けた仲買人の弥市は「売り値は八十両」と言い、田舎侍は「五十両で買う」と言う。実はこの一件、弥市と田舎侍と伝八がグルになって仕組んだ詐欺で、田舎侍は根性悪の小悪党である団七の舅の義平次です。

店に来た弥市に、清七は「買い手があるから五十両にまけろ」と言い、「まけられない」と言いはした弥市でしたが、「実は金がいるから、今すぐの支払いなら五十両でもいい」と言う。香炉を「買いたい」と言った田舎侍を奥で接待していた伝八も出て来て、「すぐに売れちゃうんだから、この金で立て替えとけよ」とそそのかし、孫右衛門から預った為替金の五十両を清七に貸す。

言われて清七は五十両の金を弥市に渡し、弥市がいなくなると奥から義平次扮する田舎侍が出て来る。清七は「値は五十五両になりました」(ここに五両のプラスは道具屋の取り分です)と言って香炉の代金をもらおうとするが、田舎侍は「そんな物を買うと言った覚えはない」と言う。騙されたと気づいた清七を、侍と伝八の二人が「なに言ってんだ!」とばかりに叩きのめして、その騒ぎを聞きつけて、奥から主人の孫右衛門と、魚の行商に来ていた団七が出て来る。

団七は侍に変装している義平次の顔を見て《我舅《わが》三河屋義平次》と悟って、観客はここで「ロクでもない奴」と言われていた義平次の正体を初めて知ることになるのだけれど、団七は「義理の父」である義平次のことを人前で悪くは言えない。気が小さいからではなくて、当時の町人道徳として、親が悪いことをしていても、人前で親に恥をかかすことが出来ないから黙っている。

それをいいことに、義平次は知らん顔をして店を去る。「五十両だ」「八十両だ」と言われていた浮牡丹の香炉も、実は値の付かないような安物で、店の金五十両を使い込んでしまったことになる清七の礒之丞は、引き受け人の団七の方に預けられる。不思議なことに、武士としては無能だった玉嶋礒之丞も、手代としてはまァまァで、結構主人に目をかけられていたらしい。しかしそれを「不思議」と言うよりも、ここのところは「女にもてる真面目な手代が悪い上司にはめられる」という物語だと思うべきなんでしょうね。

団七に連れられて清七は店を去り、夜になって清七のいない店の中でお中は、「きっと清七さんは死ぬ気だわ、だったら一緒に」と後を追おうとするが、店の戸には鍵が掛かっていて開かない。「じゃ、しょうがない」でお中は剃刀を取り出して自害をしようとする。それを乳母が見つけて大騒ぎになるが、そんなことになっているとは知らない店の奥の孫右衛門は《乳母よ〱》と呼び立てる。

孫右衛門は、金の入っている戸棚の鍵を乳母に渡して、その中の金を清七に届けさせて万事を穏便にすまそうとしているのです。そういう甘い父親だから、お中はどんどん恋に積極的になり、店は悪い手代頭の伝八に牛耳られてしまう。義平次や弥市と組んだ伝八は、店の金を騙し取り、お中と恋仲の清七を追い出して、お中の婿になることを考えていたわけですね。

しかし、だらしのない清七の礒之丞も、どういうわけだか伝八に叩きのめされたことだけは我慢しがたいらしく、刀を差して仕返しに戻って来る。でも、店の戸の鍵は伝八が預っていて開かない。清七が外に来ていることにお中は気づき、「お金なら大丈夫よ」と中から言っていると、そこに伝八が出て来る。清七は一旦店の外にある番小屋に隠れるが、出て来た伝八の目的はお中をかどわかすことなので、お中を抱きかかえると店の戸を開けて、マヌケにも清七の隠れている番小屋にお中を放り込んでしまう。欲の皮の突っ張った伝八は、店の金をもっとちょろまかすつもりで、お中を一旦しまっといたわけですね。

そこへ共犯の弥市がやって来て、伝八は「お中を例の宿に連れてってくれ」と弥市に言う。「例の宿」がどこかは知りませんが、そういう約束がもう出来ていたのでしょう。伝八は金を盗むために店の奥へ戻り、弥市は清七＝礒之丞とお中のいる番小屋の戸を開けて、その拍子に礒之丞の刀で殺されてしまう。お中と礒之丞は、手に手を取っての道行となるわけです。

9

四段目の段切れに《コレ清七。お中様。サアござれと手を引立テ行衛《ゆくえ》も。知ラず走リ行《ゆく》》とありますから「手に手を取って」であるわけですが、五段目の「道行妹背の走書」はとんでもなくへんな道行です。

大坂城近くの内本町《うちほんまち》にある道具屋を抜け出したお中と清七は、夜の町を南へ進んで四天王寺の近くの安居《やすい》神社の森へとやって来ます。そこに至るまでは、大坂の地名を織り込んである道行の詞章なんですが、それでもへんだというのは、その道筋で清七の礒之丞は書き置きを書いている——《人をあやめて狭《せば》き世の。憂き身を何と清七も心の覚悟書残す。筆の歩《あゆみ》も道筋も。倶《とも》にあやなき矢立《やたて》の墨。》だからこそ「道行妹背の走書」なんですが、街灯のない暗い夜道で歩きながら書き置きを書いていたら、《筆の歩も道筋も。倶にあやなき（なんだかよく分からない）》になってしまうでしょう。

お中は《こう思い合うて出たからは。云《いう》に及ばず真《ほん》の女夫《めおと》。殊《こと》には二人《ふた》リ暮す程。貯えに事欠かねば。夜明けぬ中《うち》にそなたの古郷《ふるさと》泉（和泉）へ行《い》て一日なりとも。二人リ一所に暮《くらし》たいと心いそ〳〵急ぐにぞ。》で、そばに清七はいるし、家から持って来た金はあるので、死ぬ気なんかはありません。

　しかし、武士の礒之丞は、殺人で捕えられたら縛り首——絞首刑ではなくて、両手を後ろに縛られての打ち首になることを承知していて、武士の身としてそんな不名誉な死に方をして家名を穢せないから「切腹をする」というつもりで、器用にも暗い夜道を歩きながら書き置きを書いていたわけです。それを聞かされて、お中はわッと泣き出し、「私も死ぬ、殺して」とすがりつくのですが、礒之丞の清七は冷静で、《よう物を合《が》点《てん》さっしゃれ。二人リ一所に死ンではの。安居の宮の心中と。大坂中の口の端《は》にかゝって弥《いよいよ》恥の上塗り。》と言います。

　礒之丞にとって、なにより大事なのは「武士としての体面」なので、《死《しん》での後《の》チは笑われても恥かいても大事ない。》と思うお中に《早う殺して〳〵》と迫られてもどうにもなりません。

　そもそも礒之丞は、自分で物事を決められるような男ではありませんから、「どうしよう？」ったってどうにもなりません——そこへやって来るのが、釣船の三婦です。礒之丞に勝手に姿を消されては、身許引き受け人である自分の「男が立たない」と団七が言い出して、団七と一寸徳兵衛の二人が大坂の北の方角を探しに出、「お中とのこともあるし」と思うわけ知りの三婦は、当時の心中の名所となっていた南の方面を探して安居の森にやって来る。

　礒之丞は書き置きを三婦に見せて、仲買人の弥市を殺したことを教えます。三婦というのがまた一風変わった「聞いた風老人」でもあるので、「弥市なんか殺されてもいいろくでなしだから、切腹なんかする必要がない」と言ってしまいます。「それでどうなるんだ？」と思っていると、夜の中でまた人を呼ぶ声がする。忠義面をした伝八が店に出入りの男達を連れて、お中を探しにやって来たので、三婦達三人は暗がりに隠れます。

お中探しに狩り出された男達は「他人事だ」と思って投げやりで、お中に執心だった伝八も「どうせお中は清七と一緒だろ」と思うとやる気がなくなり、話はここから一挙にお笑いへ進みます。

伝八は「疲れたからここで休む」と言い、助っ人は「別の方を探してみようか」と言って、伝八に「そうしてくれ」と言われるのですが、その答が《心得太郎兵衛の婆《ば》様ではない娘御》です。「心得た。太郎兵衛の婆様！　ではない、娘御やーい！」のシャレです。どうでもいい文句ですが、緊張感のなくなったその場へ、「清七はどこ？　清七！」と声を上げながら、お中が伝八の方にやって来ます。もちろん、お中一人がはぐれるはずはなく、ある計画があって出て来たのですから、この娘もたいしたタマです。

伝八は当然お中を捕まえて、「俺の女房になれ」とお中の胸許に手を入れて体をまさぐると、お中が持っている五十両の金が手に触れます。「いっそ、このめんどくさい娘より金の方がましか」と思う伝八が手を離すと、お中は「死ぬ、死ぬ！　死んで清七に恨みを言ってやる」と騒ぎ始め、そこからお中と伝八の珍妙なやり取りになります。

「死にたいなら見逃してやってもいいぞ」と言う伝八に対して、お嬢様のお中は、「まだ死んだことがないから、死に方が分からない。知っているなら教えておくれ」と言います。

「死んだことがある人間なんていませんよ」と伝八が言って、「刃物がないなら普通は首吊りですね」と教えると、お中は「その首吊りはどうやるの？　教えて」と言い出し、「私ァ明日から〝首吊り指南〟の看板を出さなきゃなりませんかね」と言いながら、伝八は首吊りの仕方を教えます。

伝八は、自分の手拭とお中が帯の下に結んでいる紐を一つにして木の枝に掛け、《扨《さて》是からが首締めの習い事。よう見ようぞや。此喉の仏様を。こうぐっと締め付ケて。アイタ丶丶、アヽいこう術《じゅつ》ないものじゃ。此切株《きりかぶ》へこう上り。ひらりと飛ンで見せたけれどそれでは俺がたまらぬ。》とご丁寧に教えるところを、姿を現した三婦に蹴飛ばされて、宙ぶらりんのお陀仏です。

三婦は、礒之丞の書いた書き置きに宛名も署名もないのをいいことにして、「弥市を殺した伝八の遺書」のように見せかけ、伝八の首吊り死体のそばに置きます。これでなんの問題もないと思う三婦は、礒之丞とお中を連れて家へ帰りますが、まさかそのままですむはずもありません。

10

続く六段目は釣船三婦内の段です。三婦の家には、住吉明神の鳥居先から連れて来た琴浦がいます。ここへ礒之丞とお中を連れて来たら大騒ぎになるのは決まっていて、それで三婦はお中を道具屋へ連れて行きます。

辺りは高津《こうづ》の宮の夏祭りで、三婦の女房のおつぎも祭のご馳走作りで大忙しですが、琴浦と礒之丞は、まるで廓にいるように痴話喧嘩をやっています。ちなみに言うと、廓で馴染みになった客と遊女は口喧嘩で時間をつぶすというのが遊びのルールで、これを「口舌《くぜつ》」と言います。琴浦と磯之丞はいい気なもんですが、三婦の女房も粋な女で、お中との仲を嫉妬する琴浦に、「男の磯之丞さんが身売りをして、廓で遊女になっていたと思えばいいでしょう」といなしてしまいます。

そんなことで収まらない琴浦が騒ぎ立てるところへ、三婦が戻って来ます。問題は解決したはずなのですが、戻って来た三婦は「いやな噂があってな」と、その先に起こりそうなことを全部言ってしまいます。一つは、伝八の死体のそばに残した磯之丞の書き置きを見た一族の人間が「伝八の手蹟ではない」と騒ぎ出したことで、「やっぱり磯之丞をしばらくの間、大坂の外に出しておいた方がいい」ということ。二つは、琴浦を探している人間もいるんだから、「二人をこんな人目につくところに出すな」ということです。

それで、琴浦と磯之丞の二人が奥に入ると、やって来るのが一寸徳兵衛の女房のお辰《たつ》です。初対面のお辰とおつぎは、ここで前に言ったように、それぞれの「喧嘩っ早い亭主の話」をするのですが、お辰がやって来たのは国へ帰る挨拶のためです。そこでおつぎは、大坂にいるのがやばくなって来た磯之丞を、徳兵衛夫婦の国許である備中の玉嶋へ送って行ってくれと言います。

お辰は喜んで承諾しますが、三婦は「お前じゃだめだ」と言います。ヤンキーの女房のお辰も気が強くて、「私じゃなぜだめ？」と言うと、磯之丞の女癖の悪さを知っている三婦は、《内義の顔に色気が有ル故。》と言います。「お前の顔がひどかったらいいんだが」と三婦に言われたお辰は、祭の料理仕度のために火鉢の上に置いてあった焼けた《鉄橋《てっきゅう》(鉄弓とも)》を手に取って、顔に押し当てます。

鉄橋は、火の上に置いて、そこで鍋を熱したり食べ物をあぶったりする鉄棒で、それを顔に当てたら、失神寸前の大やけどですが、お辰はあえてそれをやって、顔から「色気」を消すのです。歌舞伎なら、お辰役者が鉄棒のやけど痕のついた顔を見せて、「これでも色気がござんすか」ときまるところです。

その心意気というか、ヤンキー女のクソ度胸に感心した三婦は「あんたに任せる」とお辰に言って、おつぎは琴浦と礒之丞のいる奥の部屋へお辰を案内します。

三婦が一人になっているところへ、祭の獅子舞に雇われた「こっぱの権」と「なまの八」がやって来て、「高津の宮にいる侍に頼まれて来た、琴浦を渡してもらおう」と迫ります。駕籠舁きになって礒之丞にからんでいた二人を知っている三婦は、「ちんぴらめ、また出たか」とは思いますが、「喧嘩禁制」で数珠を持つのを日常化している三婦は、二人を蹴散らしもしません。それをいいことにこっぱの権となまの八は奥へ駆け込もうとするのですが、そこへサッと襖を開けて現れるのが三婦の女房おつぎです。おつぎは脇差を持っていて、「お前さん、私に遠慮しないで、そんな奴等切っちまいな!」と言い放ちます。どうやらこの六段目でカッコいいのは、お辰とおつぎの女二人です。

それを受けて三婦は、「俺が切るのはこの数珠だ!」と手にした数珠の糸を切って投げ捨て、ちんぴらの二人の腕をねじ上げると、「その侍のいるところへ案内しろ」とばかりに、二人を連れて出て行きます。「高津の宮にいる侍」というのは、言うまでもなく敵役の大島佐賀右衛門です。

そうして三婦が出て行くと、今度は義平次が駕籠を吊らせてやって来ます。「〝琴浦さんを狙っている奴がいるから、しばらく家で預かろう〟と婿の団七が言うから」と、義平次はおつぎに言って琴浦を駕籠に乗せます。琴浦が行くと同時にお辰と礒之丞も出て来て、備中へ出発です。「やれやれ一件落着」とおつぎが思うところへ、「喧嘩だ！　喧嘩だ！」の声がして、団七や徳兵衛と一緒に三婦が戻って来ます。

敵役の武士のくせに大島佐賀右衛門は臆病者でさっさと逃げ出し、この騒ぎを見た団七と徳兵衛が「親仁殿、もういい」とばかりに止め、こっぱの権となまの八を池に突き落として戻って来たのですが、お辰と共に礒之丞が旅立ったのはいいけれど、琴浦がいない。「琴浦さんは？」と団七が問うと、おつぎは「今のさっき、あんたに頼まれたと言って、義平次さんが迎えに来て連れてったよ」と答えます。そんなことを頼んだ覚えのない団七九郎兵衛は、「やられた！」とばかりに駕籠の行方を追って駆け出します。かくして、七段目長町裏の義平次殺しへと続くわけです。

11

今の道頓堀の南の繁華な地に、昔は田畑がありました。道とは板塀で隔てられた農地の垣根には、夏らしく白い夕顔の花が咲いていて、釣瓶《つるべ》の井戸があります。そこで義平次の一行に追いついた団七は、義平次に「琴浦さんを返して下さい」と懇願します。もちろん義平次の答は「ノー」で、「だったら――」と思う団七は、咄嗟の嘘で「ここに三十両持っているから、それと引き換えに琴浦さんを返して」と言い、金に汚い義平次は「それなら――」と、琴浦を乗せた駕籠を三婦の家へ戻させますが、団七に三十両の金はありません。逆上した義平次は団七を殴る蹴るで、脇差を差した団七に睨みつけられると、「俺は舅で、舅は親だぞ。親が切れるか！」と散々に挑発した末に、団七の手を取って自分からその脇差を抜かせて、《是で切レ〳〵。サア〳〵切ラぬかやい。》と、体をすりつけることまでします。この辺りの義平次は、『夏祭浪花鑑』と同じ作者チームの手になる『仮名手本忠臣蔵』の、塩谷《えんや》判官《はんがん》をいじめ抜く高師直《こうのもろなお》に似ていますが、『夏祭浪花鑑』は『仮名手本忠臣蔵』の三年前の作品ですから、高師直と塩谷判官の方が「義平次、団七の時代物版」です。

「切れ、切れ」と義平次が体を押しつけ、はずみで団七の脇差の刃が義平次に当たって血が流れます。義平次が《人殺しよ親殺し》と叫ぶ口を団七が押さえるところを、塀の向こうを祭の山車《だし》が祇園囃子の鳴り物の音を響かせて通って行きます。団七は下帯一つの裸になって、泥田の中を「人殺し！」と叫んで転げ回る義平次を切り殺します。

その最大のクライマックスがあって、団七は井戸水を浴びて血汐を流し、碁盤縞（団七縞）の帷子《かたびら》を着直して、祭の人混みの中へ消えて行きます。歌舞伎なら、「悪い人でも舅は親。許して下んせ」と義平次の死骸に一礼あって、震える足で祭囃子に合わせて花道を去って行きます。

この殺し場が最大の見せ場だから、後はどうでもいいようなものですが、まだ八段目と九段目が残っています。私としては、「今時これをやってもなァ」と思うので、適当に飛ばしてしまいますというのは、この後のドラマを展開させるキィモチーフが、「舅殺しという団七の重罪をどう回避させるか」だからです。

江戸時代に舅殺し、親殺しの大罪を犯してしまった団七を待つのは、捕えられて、息子の持つ大きな竹の鋸《のこぎり》で首を引かれて殺されるという、とんでもない刑です。「親を殺した子は子に殺されろ」です。その大罪はどうすれば回避出来るのか？「義平次の娘が団七の女房になっているから、団七は舅殺しになる。団七がお勝と離縁すれば、義平次は団七の舅じゃなくなるから、舅殺しは回避される」と釣船の三婦は考えます。それで、八段目の団七内の段では、「俺は殺人なんかやっていない」とシラを切る団七に、お勝への離縁状を書かせようとして、徳兵衛にお勝を口説かせるということがあります。

結局団七は離縁状を書くのだけれど、義平次殺しの犯人逮捕の捕り手が押し寄せて、立ち回りの末、団七は徳兵衛から「備中の玉嶋へ逃げろ」と教えられて逃亡します。話の最後はその逃亡先の玉嶋にある一寸徳兵衛内の段まで持ち越しですが、持ち越しても舅殺しの大罪はどうにもなりません。

九段目の一寸徳兵衛内の段は、主要登場人物総登場と言ってもいいところで、徳兵衛にお辰、礒之丞と逃げて来た団七、大坂からやって来た釣船の三婦にこっぱの権、なまの八、それからお久し振りの大鳥佐賀右衛門に、「情けある捌《さば》き役」として、二段目に登場した家老の介松主計も出て来て、離縁したはずの団七の女房お勝も息子の市松と共に現れます。

ここでなにが解決するのかというと、大鳥佐賀右衛門が悪いことをして、その罪を玉嶋礒之丞になすりつけていたという、「今までそんな話一つもないじゃないか」という話が解決して、めでたく玉嶋礒之丞は武士として和泉の国に帰れるということだけです。団七が離縁状を書いていても、その日付けが義平次の死後になっているので、舅殺しは消えません。

じゃどうなるのかと言うと、団七は捕えられ、身分を回復した礒之丞から「私がなんとかしてあげる」と言われて、和泉の国まで連行されて行きます。「情けのある介松主計がいるからなんとかなるんじゃないの」的な余韻を残して終わりますが、そんな終わり方をするんだったら、長町裏の舅殺しまでで終わっといた方がよかったなと、私は勝手に思いますです。

『双蝶々曲輪日記』のヒューマンドラマ

1

今回は『双蝶々曲輪《ふたつちょうちょうくるわ》日記《にっき》』――前回の『夏祭浪花鑑』の四年後に初演された、同じ作者チームによる九段続きの長篇世話浄瑠璃でございます。『夏祭浪花鑑』の時には省略してしまいましたが、まず作者達のことに少し触れておきます。

「作者チーム」と申しましたように、これは三人の作者の合作で、その名は竹田《たけだ》出雲《いずも》、並木《なみき》千《せん》柳《りゅう》、三好松洛《みよししょうらく》の、知る人ぞ知る黄金チームです。このチームは延享二年（一七四五）の『夏祭浪花鑑』の後、一年毎に『菅原伝授手習鑑』『義経千本桜』『仮名手本忠臣蔵』の俗に言う「三大浄瑠璃」を生み出して、『双蝶々曲輪日記』はその後に続きます。

竹田出雲は、一般的な説明をすると竹本義太夫が設立した人形浄瑠璃の劇場・竹本座の座本（興行主）です。初代の座本は創設者の義太夫でしたが、彼が病気で引退した後に次の座本となりました。作者としては近松門左衛門が健在だった時代で、その教えを受けた彼も作者となりますが、晩年は座本オンリーで、しかし作者番附には名前を連ねています。だからなにかと言うと、この竹田出雲は『夏祭浪花鑑』以下の作品の作者ではないということです。

『夏祭浪花鑑』と『菅原伝授手習鑑』の二作品には、作者の名として竹田小出雲《こいずも》が挙げられています。出雲は座本で、その息子である小出雲が作者なのですが、いささかややこしいというのは、この座本の出雲が『義経千本桜』が上演される四カ月前に死んでしまって、小出雲が二代目竹田出雲を襲名するのです。だから、『義経千本桜』から『双蝶々曲輪日記』までは、作者名に「竹田小出雲」は存在しません。実のところ『夏祭浪花鑑』から始まる五作品の作者は、すべて竹田出雲（二世）、並木千柳、三好松洛の三人で変わらないのですが、同じ人と違う人が同居しているような具合なので、私はめんどくさくて、どれも「竹田出雲、並木千柳、三好松洛」としてしまったのです。

続いてはもう一人の作者、並木千柳です。「千柳」は仮の名で、彼の本当の名前は「宗輔《そうすけ》（宗助）」です。彼はそもそも、竹本座の人間ではありません。竹本座のライバル劇場である豊竹座《とよたけざ》の座附作者です。豊竹座は、竹本義太夫の弟子の豊竹若太夫の設立した劇場で、大坂の道頓堀にあった竹本座の東側にあったことから「東の芝居」と言われました——竹本座の方は「西の芝居」です。新興の豊竹座は、若太夫の語り口や三味線の節付けも花やかだったので「東風《ひがしふう》」と呼ばれ、結果として地味になってしまった竹本座の方は「西風《にしふう》」と言われます。

その豊竹座で、並木千柳は初め「宗助」、後に「宗輔」と名乗って立作者《たてさくしゃ》をやっていたのですが、スランプでもあったのか、あるいはなにかのゴタゴタの結果だったのか、ある時に豊竹座を離れ、浄瑠璃作者からも離れてしまいます。四年ばかりふらふらしていた彼を、竹本座は作者として招きます。その頃の竹本座では、看板でもあった二世竹本義太夫が死んで経営がピンチだったので、作者陣をテコ入れして活気を取り戻そうと考えていたらしいです。それで、並木宗輔は名前を「千柳」と変えて竹本座に作者として入ります。彼以前、豊竹座には田中千柳という作者もいて、彼はその名前を拝借したのでしょうが、竹本座に入って豊竹座由来の名前に変えた理由を私は知りません。六年間「並木千柳」として竹本座にいて、再び豊竹座に戻った時は元の「並木宗輔」です。

　並木千柳＝宗輔が竹本座時代に果した役割はとても大きくて、三大浄瑠璃の篇中の一番すごいところは彼の筆によるもので、実質的な立作者は並木千柳＝宗輔ではないかと言われてもいるのですが、しかしそうなると、竹本座にやって来たばかりの並木千柳＝宗輔が加わっているのに、どうして『夏祭浪花鑑』はバカバカしい作品にもなってしまうのだろうか――というような気もします。

　もしかしたら、まだ三人のチームワークがうまく行っていなかったのか？　あるいは、平気でオーバーな脚色の出来る時代浄瑠璃とは違って、当時的な「現代」である町人のドラマを作り上げるのに「どうすればいいのか」がよく分からなかったのではないか――というようなことが考えられます。『菅原伝授手習鑑』以下の三大浄瑠璃を経過して、「人間のドラマとはいかがあってしかるべきか」ということをマスターした結果のちゃんとした長篇の世話浄瑠璃が『双蝶々曲輪日記』です。

（作者の話をすると言って、もう一人の作者三好松洛のことがどこかに行ってしまいましたが、彼はドラマ作りの中心である立作者になったことがほとんどない、共作チームに参加するのがもっぱらのような人で、つまるところ「使い勝手のいい腕のある職人さん」といったところではないでしょうか）

2

『双蝶々曲輪日記』には、「関取の濡髪《ぬれがみ》・名取の放駒《はなれごま》」という二行の角書がタイトルの上に付いています。「関取の濡髪」は、相撲取りの濡髪長五郎《ちょうごろう》で、もう一人は放駒長吉《ちょうきち》です。濡髪はプロの力士ですが、放駒の方は素人力士なので「名取＝評判の」になっています。「双蝶々」は、この二人の相撲取り長五郎と長吉の名前から来た「二人長々」の駄洒落です。だから、竹本座の初演の時には『夏祭浪花鑑』と比べられて、「団七と徳兵衛を前髪（相撲取り）にしたような作」などと言われました。当時の大坂の観客にとっては、『夏祭浪花鑑』の方がずっとおもしろかったのでしょう。

この作品の初演の前年には、大ヒット作『仮名手本忠臣蔵』の初演があったのですが、その上演中に人形遣いと太夫の対立が表面化して、主立った太夫の何人かが豊竹座に移籍し、穴の空いた竹本座の方は豊竹座から何人かの太夫を引き抜くというゴタゴタがあって、その影響もあってか、『双蝶々曲輪日記』は不入りでした。人形浄瑠璃では人気がなかったのが、歌舞伎化されると人気が出て、その人気が人形浄瑠璃の方に逆輸入されて人気狂言となるのですが、その中心にいるのが二人の相撲取りで、人形でこれを演じるより、相撲取りと同様に当時の人気スターである歌舞伎役者が演じた方が舞台が派手になるから、まず歌舞伎で人気に火がついた――というところなのですが、もしかしたらそれは表面的な理由で、本当のところは、『夏祭浪花鑑』より『双蝶々曲輪日記』の方が、ドラマ的にはいささか地味で重かったからじゃないかという気がします。

『夏祭浪花鑑』には、あまり登場人物の深みというものがありません。盗賊ではない堅気の町人達が主人公になっていて、ドラマの設定の仕方がよく分からないから、「ウチの人は喧嘩っ早くて」「ウチもそうなの」だけで話を動かそうとしているので、最後の方になって取って付けたような「舅殺しによる主人公の苦悶」というのが現れて、喧嘩で物事を処理してしまう人達は苦悶の扱いに慣れていなくて腰砕け、というような感じになってしまうのだと思います。

これに対して「喧嘩っ早いヤンキーを相撲取りに置き換えただけ」と言われてしまう『双蝶々曲輪日記』は違います。モラルとして、格闘家は喧嘩が出来ません。それをするのは力自慢の素人だけで、だからこそ角書に「名取の放駒」が登場します。『夏祭浪花鑑』のように、二人の「男伊達」を均等に並べたのと違って、『双蝶々曲輪日記』の角書は「同じような一対に見えて、違う」ということを示します。三大浄瑠璃を経過した作者チームは、「人間のドラマとは、それぞれの人間が既に持ち合わせているものだ」と理解したのかもしれません。『双蝶々曲輪日記』

は、この「違い」に着目してそれぞれを描き分けて、だからこそドラマに厚みや深みが生まれるのです。

『双蝶々曲輪日記』の設定だけを見ると、似たようなものが並んでいて、少し説明がしにくくなります。たとえば、山崎与五郎《よごろう》と山崎与次兵衛《よじべえ》と南与兵衛《なんよへえ》＝後に南方十次兵衛《なんぽうじゅうじべえ》です。なんだか名前が似ていて、与五郎と与兵衛のどちらにも吾妻《あづま》、都《みやこ》という馴染みの傾城がいてこの四人が同じ場所に居合わせると、誰と誰がくっついていてどうなのかで迷ってしまいます。もう少し違った名前を付ければ分かりやすいのにとも思うのですが、それぞれの違いを描き分けるために似たような一対を出して、そのことによってドラマを生み出すというのが、『双蝶々曲輪日記』です。「主人公の派手な活躍がドラマになる」ではなくて、「主人公のそれぞれがドラマを持っている」という地味な方向に進んだがために、当時の人気スターである相撲取りをドラマの軸に据えても、その初めはなかなか人気が出なかったのでしょう。

噛めば噛むほど味が出るというか、味がじっくり湧き出して来るのが『双蝶々曲輪日記』で、「長五郎と長吉で双つの蝶々だ」という駄洒落のような「双」にも、かなりの意味があるのです。

というわけで、『夏祭浪花鑑』との比較もしながら、『双蝶々曲輪日記』を始めることといたします。

3

『双蝶々曲輪日記』のオープニングは、『夏祭浪花鑑』と同様のドンチャン騒ぎです。《こゝに一つの望みがござる。京の女郎に長崎衣装着せて。ちゝやちん〳〵ちっくり江戸の張りを持たせて。大坂の揚屋《あげや》で遊びたい。ほんにそれもよかろかい。飲めや歌えや一寸先は闇の夜の。花を見るのも一《ひと》趣向と。浮瀬《うかむせ》が奥庭の梅花の枝に蠟燭《ろうそく》つり夜の。花見を夜通しに。》です。

傾城を呼んで遊ぶ場所が廓の中の揚屋で、大坂のそれは新町の廓にありましたが、この舞台はもう少し南に下った──『夏祭浪花鑑』では、道具屋の手代となった玉嶋磯之丞が娘のお中と心中をしようとした場所に近いところにある「浮瀬」という料理屋です。『夏祭浪花鑑』では、乳守の廓にいた傾城の琴浦を、磯之丞が外の御鯛茶屋へと連れ出して遊んでいましたが、こちらでも同じで、『夏祭浪花鑑』では「心中の名所」みたいな言われ方をしていましたが、この地には清水寺がありました。清水寺と言えば「京都にあるもの」と今では相場が決まっていますが、江戸時代には各地に「新清水」と言われるものが出来ました。京都のそれと同じように観音を本尊として、高い舞台があります。つまりは、展望台のある観光名所です。だから、そこへ来る人を当て込んで、料亭もあったのです。

ここで夜通しの花見をして飲み続けているのが、町人の山崎与五郎です。なんの商売をやっているのかよく分かりませんが、大名相手の為替取引きをしているかなりに裕福な家の若旦那で、

「一流商社の遊び慣れた二代目若社長」といったところでしょうか。玉嶋礒之丞は武士だったので、傾城遊びがバレて追い出されると世間知ゼロのバカ丸出しになりますが、与五郎は初めから金持の町人の息子なので、バカというよりも「相応に軟弱」です。

歌舞伎だとこの与五郎は、伝統的な上方和事の「つっころばし」という演出で処理されます。「つっころばし」とは、「ちょっと突ついたら転びそう」ということで、女遊びをしているバカな若旦那に適用します。「恋をすると人間はバカになる」というのが江戸時代人の素晴しい発見で、だからこそ「つっころばし」の若旦那は「なよなよとしたバカ」なのですが、浄瑠璃で語られると、与五郎は、それほどのものではなくて、ただの「脆弱な困った若旦那」です。どうしてかと言うと、「つっころばし」になると、それ自体が「おもしろいキャラクター」として完結してしまい、「人間としてのドラマ」が演じきれなくなるからでしょう。

その山崎与五郎と一緒にいるのが、愛人の藤屋という置屋に所属する傾城・吾妻と、同じ置屋の先輩である姉女郎の都、それにご機嫌伺いの太鼓持ち佐渡七《さどしち》です。

与五郎は、人に騙されて女遊びをしているわけではなくて、浮瀬へやって来たのも、都が近々傾城稼業の契約が切れそうだから、そのお祝いをしてやろうというつもりもあるようです。

余分なことですが、傾城――遊女というのは、廓内の置屋と年季奉公の契約を結びます。大体、三年とか五年ですが、契約と同時にその間の報酬全部を貰ってしまうので「身売り」とも言われます。

契約期間が終われば自由の身になれますが、それは置屋に借金がなければの話で、置屋は「抱え」である自分のところの遊女に借金をさせます。なにしろギャラは前払いで、自分にではなく親とか夫という縁者の方に行ってしまいますから、働く遊女は一文無しで、なにかの費用は全部ツケの借金です。人気を取るためには衣装もそれなりに工夫しなくてはいけなくて、その新調も自前で、金を出すスポンサーの客がいなければ、置屋に借金です。遊女を辞める時には、その借金の清算をしなければなりません。だから、有望な遊女には置屋もバンバン借金をさせます。契約期間中の遊女を、置屋から客のものにすることが「身請け」で、その料金には、遊女の契約期間内の売上高の想定分と、借金の額が加算されます。契約期間が切れることを「年《ねん》が明ける」と言いますが、年が明けても身請け話がなく、借金も返せないと、「年を積む」といって、契約期間の延長になります。ちなみに、後一年ばかりで年明けになる先輩の都の身請けの金額は二百両、まだかなりの年が残っていて、多分客の人気のある吾妻の方は六百両の大金です。

まだ一年近く契約が残っていても、年明け間近の都には、身請け話があります。その相手は、与五郎の店の番頭の権九郎《ごんくろう》です。「たかが番頭に遊女の身請けをする二百両の大金があるのか?」という話もあります。大雑把な話、百両＝一千万円と考えれば、いかに貧富の差がはっきりしている江戸時代とはいえ、大金です。資産家である若旦那の与五郎は、金銭感覚がおかしくて、「自分とこの番頭がそんな大金を持っているのはへんだ」とも思わず、都に対して「ウチの権九郎が執心だから、女房になってやってはどうだ?」と持ちかけます。もちろん権九郎は、お定まりの「悪いやつ」ですが、都が「ノー」と言うのはそれだからではありません。都には南与兵衛という古い馴染みの惚れ合った相手がいるからで、都は年が明けたら与兵衛と夫婦になりたいのです。

ところが、かつては馴染みだった――それだけの財力があった与兵衛は、今では零落して、子供相手の笛売りになっている。大きめな傘の骨の先にオモチャの笛をいくつもぶら提げて、その傘を差して行商をしています。ハメルンの笛吹き状態です。一緒になりたい相手はいるが、その相手に金の工面はつかず、望まない男が金で自分を自由にしようとしているというのが、姉女郎・都の悩みです。一組の恋人がいれば、そこに横恋慕をする悪いやつもいるという、常套のパターンですが、その都と南与兵衛、番頭権九郎の組み合わせの他に、もう一つの厄介があります。

与五郎はもちろん、吾妻の身請けを考えています。その六百両の高額さが頭にあるので、番頭の権九郎が都の身請けにどれほどの額を必要とするのか、ピンと来ないのでしょう。身請けというのは、いきなり全額を払うものではなくて、まず手付け金を払って、その後に残額を払うというようなもので、手付け金は「半額」が相場です。しかし、現在「富裕な町人」であるはずの与五郎でも、その手付けの三百両がなかなか用意が出来ない。理由は、与五郎の親がケチだからです。そんなところに、またしても例によっての悪役が登場します。

平岡郷左衛門《ひらおかごうざえもん》という西国《さいごく》武士――つまり九州の武士が、吾妻に執心で身請けの話を進めている。《なんぼ二腰きめ付けてござっても。つい銀《かね》は出にくいやら。》――いくら刀を差した武士だといっても、そう簡単に金は用意出来ないだろうと言っているくらいですから、「手付けの金をいくらにするか」という相談も難航して、手付けの金額を値切って、それでも平岡郷左衛門は、まだ手付けを打つというところには漕《こ》ぎつけていない。にもかかわらず、平岡郷左衛門による吾妻の身請け話が出て来たというのを、遊びでやって来た浮瀬で聞かされて、与五郎は動揺し始めます。「恋敵を出す」というのは、浄瑠璃ドラマの常套ではありますが、二つの横恋慕を並べて、その違いを書き分けて「平岡郷左衛門でもそう簡単に身請けは進められない」という段取りの細かさを出すのが、『双蝶々曲輪日記』です。

与五郎は、「自分以外に吾妻をほしがる男がいる」とは思わなくて、その話を太鼓持ちから知らされて、「じゃ、さっさと吾妻の身請けのための手付け金三百両を用意しなくちゃ」と思います。そして、その金がないわけではないのです。番頭の権九郎を連れて、武家屋敷へ為替の金三百両を受け取りに行ったから、それを流用してしまえばいいと、与五郎は考えます。使用人が金を流用してしまえば罪ですが、与五郎にとって「商売の金」は自分の金ですから、問題はありません。問題は、あるとしたらちょっと別のところにあります。

与五郎は《為替三百両請け取りに下ったれば。》と言っています。一緒に行った権九郎は、その受け取った金を持ったまま《石町《こくちょう》の宿屋》にいることになっています。当時の大坂は水運のために堀割りが巡らされていて、石町というのは、堀割りから淀川へと通じる船着き場のあったところですから、権九郎がそこにいるのなら、与五郎と彼は舟に乗ってどこかの武家屋敷に行ったんですね。大坂に戻って、権九郎は金を持ったまま宿屋に残っていて、与五郎は浮瀬に来て徹夜の宴会をやっている。「そんな大金を持たせたまま番頭を放っといてもいいの?」というところが問題です。

権九郎は悪人ですが、与五郎はそれを知りません。「金ならある」と思った与五郎は、「石町の宿屋まで行って金を取って来てくれ」と、太鼓持ちの佐渡七に言いますが、ここで「意外」というか「やっぱり」というべきか、佐渡七も悪人で、権九郎とグルです。

太鼓持ちは、旦那の用で廓の中をあちこちするので、事情通です。だから、どこでどうつながっているのかは分かりません。与五郎に可愛がられているくせに、佐渡七は番頭の権九郎とつながっていて、更には与五郎の恋敵である平岡郷左衛門ともつながっています。「客となる男なら誰にでも愛想がよく、わずかの金で平気で転んでしまう調子のいいやつ」が太鼓持ちだったりはするので、この安っぽいやつを通じて、与五郎と吾妻、与兵衛と都、番頭の権九郎と西国侍の平岡郷左衛門の話が一つにつながってしまいます。

複雑に見えて、実は一つにつながっている——「なんでも一つにつなげるから複雑に見える」というような話でもありますが、ここはまだ始まりのオープニングです。オープニングで複雑に投げかけておいたものが一つにまとまってしまうということは、この「一つ」がわりと簡単に収束しうるということです。『夏祭浪花鑑』は、琴浦に対する大鳥佐賀右衛門のしつこい執着を唯一の軸のようにして最後までドラマを続けましたが、『双蝶々曲輪日記』は違います。悪役の権九郎も平岡郷左衛門も途中で始末されていなくなってしまうのです。いなくなってそこから、主人公達の抱えていたドラマが開き出すのです。

4

まず料亭浮瀬でのゴタゴタを片付けてしまいましょう。

吾妻の身請けをしたい与五郎は、番頭の権九郎に預けてある三百両の金を手付け金にしようと思って、太鼓持ちの佐渡七に取りに行かせますが、出掛けた佐渡七はちょうど向こうからやって来る権九郎と行き合います。権九郎は確かに三百両の金を持っているのですが、それと同時に、あらかじめよそで作らせた真鍮《しんちゅう》製の贋小判――「銅脈《どうみゃく》」と言いますが、これも三百両分持っています。店の金である三百両の本物の金は、百両ずつ紙に包んで、渡す方が「確かに百両の金でございます」と証明することを書いて印鑑を押します。権九郎が浮瀬にまでやって来たのは、この贋金の包みに与五郎の印鑑を押させるためです。

この後の展開としては、この三百両の贋金が吾妻の身請けの手付け金として使われ、それがまた与五郎の恋敵で佐渡七や権九郎とぐるになっている悪い西国武士平岡郷左衛門の方に回って、「お前は贋金を使ったな！」と与五郎を責める道具になります。それで、与五郎が困っているところへ、たまたま浮瀬に来てそこら辺の企みを立ち聞きして知っていた笛売りの南与兵衛が出て来て助ける。平岡郷左衛門とその友人の三原有右衛門《みはらありえもん》は「おのれ！」とばかり与兵衛に斬りかかって、情けないことに投げ飛ばされてしまう。

そこで舞台は新清水に変わり、悪巧みに失敗した権九郎、佐渡七、平岡郷左衛門、三原有右衛門の四人は、商売のついでに観音参りと風景見物にやって来る南与兵衛を待ち受けて襲うのですが、南与兵衛は難なくこれをかわし、笛を骨の先にぶらさげていた大きな傘を開いて、パラシュート代わりに新清水の高い舞台から飛び下りてしまいます。今なら「ドラマ上の演出です。決して真似をしないで下さい」というテロップが出るようなものですが、ドラマ上の演出でふわっと近くの畑に舞い下りた与兵衛は、《うっそりども。それにゆるりと。けつかれ（バカヤロー、そこでのんびりしてやがれ）》と言って、大笑いして帰って行きます。

しかし、権九郎が贋金を持って登場してからは、説明不足や矛盾が多くてよく分からないところがあります。たとえば、初めは「番頭」として紹介された権九郎がいつの間にか格下の「手代」になっていたり、贋金包みに与五郎の判をもらいに権九郎と一緒に浮瀬の奥座敷へ行ったはずの佐渡七が、いつの間にか判が押してある三百両の贋金を持って外に出て、吾妻の身請けの手筈を整えてしまっていたりすることですが、結局は「ちゃちな悪巧みをした悪人達は、南与兵衛に恨みを抱く」ということの段取りにしかなりません。

近松門左衛門の作なら、「贋金使いだ！」というだけでこの浮瀬はとんでもない大騒ぎになるはずでもありましょうが、この作ではそうなりません。後へつなぐ段取りとしてあるだけの話なので、「贋金使いの犯人探し」とか、「権九郎が持って来たはずの三百両の小判はどうなった？」ということは、南与兵衛の立ち回りに隠れてはっきりしません。そして、このことはあまり明確になる必要もないのでしょう。というのは、序段の後の一つおいた三段目新町揚屋《しんまちあげや》の段で、南与兵衛を襲撃しようとして待ち構えていた太鼓持ちの佐渡七は、かえって与兵衛に斬られて死んでしまうからです。与兵衛は殺人犯になりますが、でも平気で、廓に来ていた悪番頭の権九郎がその犯人に仕立て上げられます――もちろん、それをするのは与兵衛側の善なる女達吾妻と都です。廓にやって来た権九郎は、どうやらちょろまかしておいた三百両の金をそのまま持っていたらしく、与兵衛と馴染みの都を身請けしてしまっています。しかし、権九郎は佐渡七殺しの犯人に仕立てられた上、役人から《山崎与次兵衛が手代権九郎なれば。外に御詮議の筋もあり。》と言われて引っ立てられてしまいます。

役人がどういう嫌疑をかけて権九郎をマークしていたのかは分かりませんが、佐渡七、権九郎の二人は「ドラマを動かす悪人」ではなく、「ドラマの段取りを作るだけの悪人」なので、九段続きの三段目で姿を消してしまいます。そしてどうなるのかと言うと、権九郎は牢屋に入れられ、権九郎が使った金で身請けが終わっていた都はもう自由の身なので、愛する与兵衛と結婚して夫婦になってしまい、その後の八段目八幡《やわた》の里引窓《ひきまど》の段へと話は続いて行きます。

よく考えてみると、与兵衛と都（結婚後の名は「お早」）の結婚に至るまでのプロセスはメチャクチャなのですが、『双蝶々曲輪日記』が描こうとするものは、その後半にある「穏やかな日常が破れてドラマが起こったら人はどうなるか」ということなので、権九郎、佐渡七、あるいは平岡郷左衛門達はただの段取りで、ドラマのきっかけを作るだけで消えてしまいます。たとえメチャクチャであっても、人間ドラマの設定が出来上がればいいというのが、『双蝶々曲輪日記』の前半です。

浮瀬で南与兵衛は、刀を抜いた侍相手に立ち回りまでして与五郎を助けますが、一体与兵衛にはそんなことをしなければならない理由があるのかというと、ありません。都と吾妻は同じ置屋の職場仲間ですが、与兵衛と与五郎の間にはそういう縁がありません。だから、与兵衛に難儀を救われた後で「知らない笛売りの人に救われた」と思ってその礼を言いかけるのですが、与兵衛は「礼に及びません」と言うのです。実は彼は、《お前の父御《ててご》与次兵衛様に。一字を貰うてその昔は。八幡で人に知られたる南与兵衛と申す者。》で、与五郎からすると《フゥさては聞き及ぶ南方《なんぽう》の与兵衛殿か。これは〳〵。それなれば与五郎とも縁者同前《どうぜん》。》なのです。

与五郎は町人のくせに「山崎与五郎」としてこの作品に登場しますが、それは大商人である与五郎の父与次兵衛が山崎の地に住んでいるからです。鴨川と桂川は京都の市街地を出ると合流し、更にその先で宇治川、木津川とも合流して淀川になりますが、山崎はその合流地点――淀川の北側で、八幡の里はその対岸です。八幡は、石清水八幡宮のある山の麓の地で木津川寄りですが、その麓を西側へ回り込むと、六段目の舞台になる橋本の地です。『双蝶々曲輪日記』は、初め「『夏祭浪花鑑』の相撲取り版」などと言われましたが、そうではなく、始まりこそ花やいだ大坂の地が舞台ですが、本当は山崎、八幡、橋本周辺に住む人間達の地味な人間ドラマで、前半はすべて、そこへ行くための「段取り」なのです。

その段取りを続けましょう――。

5

二段目は高台橋《たかきやばし》の段と相撲場の段です。水の都大坂には、今では埋め立てられてしまった川がいくつもあって、道頓堀川の北を流れる堀江川もその一つですが、高台橋はその川に掛かる橋の一つで、その橋の南側には相撲興行の小屋がありました。高台橋の段と相撲場の段はその同じ場所を舞台にするものですが、前半の高台橋の段は相撲見物その他の舟で賑わう堀江川の水上が中心で、相撲場の段は相撲小屋や茶店のある陸が中心です。

相撲の興奮が外の川端にまで伝わっているところへ、吾妻や都に派手な打掛姿の傾城達を乗せた舟がやって来ます。新清水の舞台から大傘を開いた南与兵衛が飛び下りた後に続く、花やかな演出です。浄瑠璃作品には、理詰めで書かれているわりには時間経過がよく分からないという困った特徴もありますが、この作品もそれで、序段は《師走の日脚せわしきに。》とあるから十二月ですが、二段目は正月です。少ししか時間がたっていないのか、それともかなり時間がたっているのかはよく分かりませんが、ともかく、浮瀬の一件以来、吾妻は与五郎に（長い間）会っていないことになっています。それで、吾妻は気落ちをしていますが、川に浮かぶ小さな屋根舟の中に与五郎がいるのを、都が見つけます。

与五郎がどうして吾妻のところへ会いに来ないのかもよく分かりませんが、舟で相撲見物に来た与五郎はとうに吾妻の姿を見つけていて、でも仕返しを考える平岡郷左衛門が家来に尾行させているのも知って、見つかるのがこわくてそっちの舟には行けないのです。与五郎はそういうひ弱な若旦那で、それをよく分かっている都は、自分達の舟を与五郎の舟に寄せ、吾妻を与五郎の舟に移らせてしまいます。

　同じ舟に乗った吾妻と与五郎は障子を閉めて、「会いたかったわいの」というようなお決まりのことを始めますが、その川岸の道をある人物がやって来ます。丁稚と荷物持ちの男を連れた、与五郎の父親山崎与次兵衛です。

《年は六十二か三か》と言われる与次兵衛は、昔なら完全にジーさんの年頃で、大商人のくせに山崎に住んでいます。「もう年だから隠居して山崎にいる」というのなら分かりますが、与五郎を若旦那にしている与次兵衛は相変わらず現役です。現役の大商人がなんで山崎に住んでいるのかというと、よく分かりません。『双蝶々曲輪日記』が登場する前年に初演された『仮名手本忠臣蔵』では、色恋沙汰で逃亡するしかなかった早野《はやの》勘平《かんぺい》が身を寄せているのが山崎辺りで、浪人の勘平は鉄砲を持って猪を追います。その山崎街道では、雨が降ると追い剝ぎ強盗も出ます。当時的にはそういうところである山崎に、なんで現役の商家の大旦那が住んでいるのかというと、それは『双蝶々曲輪日記』という作品が、近松門左衛門の『山崎与次兵衛寿《ねびき》の門松』という作品の書き替え狂言で、更に言えばその以前に「山崎与次兵衛踊」という歌があって、「吾妻うけ出す山崎与次兵衛　うけ出す／＼山崎与次兵衛」で始まる歌は有名だったのです。だから「山崎与次兵衛」の名前は動かぬまま、山崎の対岸である橋本や八幡の地を舞台とするドラマが出来上がったのでしょう。

元の「山崎与次兵衛」は吾妻とカップルになるような存在ですが、『双蝶々曲輪日記』の与次兵衛は、吾妻の恋人となる与五郎の父親で、この親父は大金持ちのくせにケチです。そういう風に既定の設定を引っくり返してしまうのが書き替え狂言というものですが、いかにもケチな上方商人らしい彼は、大坂から三十キロばかり離れた山崎から歩いてやって来ます。もちろん、商用です。

用事を済ませた与次兵衛は相撲小屋の近くの茶店に腰を下ろしますが、《ちょこ〳〵休んだら茶の銭もたまらぬ。》と言う与次兵衛は、茶店の亭主が出て来て「お茶はいかがですか？」と言っても、《イヤ飲みとうござらぬ。火を借《か》るばかりじゃぞ。》で、連れの丁稚や荷物持ちにも《わいら乾くなら飲め。あだ茶飲むな腹が損ねるぞ。》と言います。「無駄な茶飲んだら腹を壊す」と言われて、誰が飲むかということですが、ケチな与次兵衛のケチ自慢は延々と続きます。

実は、山崎与次兵衛は相撲取り濡髪長五郎のスポンサーです。それを知らずに、茶店の亭主は「これから濡髪と、どこかの大名屋敷のお抱えの相撲取りの対戦があるはずだから、見物しませんか？」と勧めるのですが、与次兵衛は「三人連れで相撲見物をするといくらなんだ？」と算盤を出して計算を始めます。結論は当然のことながら、「金がかかるから見ない」です。「それだけの金があれば、濡髪に正月の着物を贈ってやれるからやめとこ」なのですが、自分がスポンサーになっている相撲取りの対戦を見ないで、「着物を贈ってやろう」と言ってしまうのは、どんなスポンサーなのかということです。

実は山崎与次兵衛は、成功した上方商人らしくケチではありますが、情のある人で、もう少しすると、そのことが濡髪長五郎の口から間接的に語られます。濡髪長五郎の母親は、今は死んでしまった山崎与次兵衛の妻の召使いだったのです。しかも濡髪はその母の実子ではなく養子だったと言います。その母親も死んでしまって、頼るものもない濡髪長五郎だったからこそ、ケチな与次兵衛も支援をしたのでしょう。与次兵衛には、濡髪をスターにして自分の面目を立てるという発想が、どうやらありません。だから、相撲を見ずに帰る与次兵衛は、《こちへ来たら村中の若いもんども寄せて。銭いらずに取らして見よ。》とのことづてを濡髪に残します。「相撲が終わったら来い。村の者にただで相撲見せろ」です。ケチではあっても彼は、身内や従業員や地域住民のことを思う「いい社長」なのです。「金がかかるから相撲は見ない。しかしもう少しここにいれば濡髪の取り組みの結果も分かるから、茶でももらおうか」と思う彼は、やっと茶代を払う気になりますが、その前を「笹まめこ！」と大坂名物十日戎《とおかえびす》の囃し声を上げてプレゼントを運んで行く人間が通ります。反物や銭や酒樽が積まれた台に、贈り先の名前を書いた進上札《しんじようふだ》が立てられているので、それが濡髪長五郎へのプレゼントであることが分かりますが、それを運んでいるのは与次兵衛のところの手代の庄八《しようはち》です。当然与次兵衛はびっくりして、「お前、なにやってんだ！」です。

高台橋のたもとへやって来た時、どうやら与次兵衛は、吾妻と与五郎が一つ舟に乗り込んでいるところを、チラとでも見ていたようです。だからその景気のいい「笹まめこ！」も、「バカ息子がいい気になってやったことだな」とすぐに見当がついて、呼び止めた庄八に「与五郎はどこだ、与五郎を連れて来い！」と言います。

しかし、庄八の方もそう簡単に本当のことは言えなくて、「若旦那は確かに相撲見物にいらっしゃいましたが、途中でご気分が悪くなって帰られました。この進物は若旦那からのものではなくて、お大名の蔵屋敷からのものを若旦那がことづかって運んでいるだけです」とごまかします。「そこら辺に隠れてるな」と知っている与次兵衛は、「どうしようもない悴《せがれ》だ」と、さんざっぱら一人言のような説教をした上で、「騙されといてやる」と言って発って行きます。息子のバカは分かっていても、結局与次兵衛は親バカで、息子を許してしまうのです。

ついでですが、傾城の吾妻に夢中になっている与五郎には、既にお照《てる》という妻がいます。そこまで言うと、この与五郎という人物はどうしようもなくなるので、ここではっきりとは言いません。山崎へ帰る与次兵衛が濡髪への伝言を托した相手はこの庄八で、「村の若い者達に無料で相撲を見せてやろう」と言った後で、与次兵衛は《嫁のお照もびっくりしょう。》と言います。こんなところでさり気なく《嫁のお照》と言われてもつい聞き流してしまいますが、「そういうこともあるよ」と、後のドラマへと続くディテールをさり気なく出して行くのが『双蝶々曲輪日記』の作劇法で、初めはどうということもなかった人間達のドラマは、そのように紡《つむ》ぎ出されて行くのです。

6

与次兵衛が去って与五郎が安堵の胸を撫で下ろしていると、相撲が終わって観客達が出て来ます。川には相撲見物に来ていた平岡郷左衛門と三原有右衛門が乗る舟も進んで来ますが、その舟には濡髪長五郎の対戦相手で白星を上げた放駒長吉も乗っています。

相撲には自信を持っていても、長吉はアマチュアです。だから、人気の濡髪と取り組みをしたいと思っても、プロの濡髪に取り合ってもらえません。そこで、平岡・三原コンビは、放駒長吉を「大名家お抱えの相撲取り」と偽って、濡髪相手の土俵に上げたのです。長吉は濡髪に勝って、だもんだから、平岡郷左衛門は「俺達のおかげだぞ」と長吉に恩を着せるのです。なぜ郷左衛門がそんなことをしたのかというと、一つには、恋敵である与五郎がプッシュする濡髪に土をつけて与五郎を辱しめるため。もう一つは、恩を売った長吉に、吾妻の身請けの「世話」を頼むためです。

平岡郷左衛門には、吾妻を身請けするための手付け金が用意出来ていません。与五郎の方も、ケチな親父の与次兵衛が金を出さないので同様ですが、手付け金は早く打った方が勝ちで、郷左衛門は吾妻の身請け六百両の手付け金を百両にまで下げさせておいて、「その支払いは待ってくれ」と放駒長吉に交渉をさせ、更にはその百両の金の工面までも彼にさせようと考えているのです。後になってはっきりすることですが、長吉は精米をする搗《つ》き米屋の息子です。両親をなくした長吉は、家の仕事を姉に任せてアマチュア相撲に没頭しています。外見はよくてもグレた不良息子が放駒長吉で、そんな彼になにが出来るかというのですが、情けない平岡郷左衛門は、そんな長吉に恩を売って「俺のために働け」というのです。

平岡郷左衛門は、ただの「よくある悪い侍」ではありません。それは『夏祭浪花鑑』の大鳥佐賀右衛門と比べるとよく分かります。平岡郷左衛門は、なんだか正体のはっきりしない「しみじみといやな奴」なのです。そのように人物描写をするのが『双蝶々曲輪日記』です。

平岡、三原、放駒の三人を乗せた舟は去って、今度は陸上の相撲小屋の段です。舟の中で平岡達の話を聞いていた与五郎は陸に上がって、取り組みを終えた濡髪に「吾妻の身請けの世話」を頼みます。不良少年の放駒に対して、濡髪はもう少し大人なので、「大丈夫です。交渉事は引き受けて、手付けの支払いは何日でも延期させますから、若旦那はお金の工面をなさって下さい」と、お互いの役割りを決めて引き受けます。濡髪はここで「私の母親はあなたのお母さんの召使いでしたし」という身の上を話して、「絶対にあなたのお力になります」と断言します。濡髪長五郎は、物の分かったストレートな正義漢なのです。

濡髪は、吾妻の待っている新町の廓へと与五郎を送り出し、なおもその場で誰かを待っています。その相手は平岡達と去って行った放駒長吉で、濡髪は「平岡郷左衛門の身請けの手助けをするのはやめてくれ」と言うために彼を呼び出したのです。だから濡髪長五郎は、それとなく長吉が愕然とするようなことを言います。「お前との取り組みを引き受けたのはそのためで、わざと負けてやったのだ」と。

それを察した長吉が「はい、そうですか」と言うわけもなく、「畜生、人バカにすんのか！」という一触即発状態になります。茶店の前で睨み合う二人は、茶店の床几《しょうぎ》に置いてある茶碗を手に取り、《この茶碗のように物事がナァ丸ういけば重畳《ちょうじょう》。長五郎。長吉と。このように破《わ》れたればば。ハテ継がれぬ角《かど》ひし。重ねて。重ねて。別れて。こそは帰りけれ。》というこの段の終局を迎えます。「茶碗のように、丸く収まるはずのものも、割れてしまえばくっつけられない――そういう意地ずく（角ひし）だ」です。

濡髪と放駒の二人は、手にした茶碗をそれぞれに割るのですが、巨体の濡髪は手で握りつぶすようにして割り、若くて少し小柄な長吉はそれだけの力がなく、腰に差してある脇差の柄に茶碗を当ててかろうじて割ったように見せるというのが、ここでの演出です。プロとアマチュアの差というよりも、長吉の若さがここで示されます。

そうして二段目は終わり、吾妻の身請け交渉の場となる三段目新町揚屋の段になりますが、与五郎、吾妻、平岡郷左衛門、濡髪長五郎、放駒長吉の役者が揃って、でも吾妻の身請けは実現しません。代わりに、前に言った太鼓持ちの佐渡七が殺されて、番頭の権九郎がその犯人に仕立てられて捕えられるということが起こります。

太鼓持ちの佐渡七は人を集め、廓の入り口で南与兵衛を襲いますが、腕の立つ与兵衛には勝てません。佐渡七は欲深で《死ぬると言うてもたゞは死なぬ。》という人物なので、南与兵衛の小指に食いついてちぎってしまいます。だから与兵衛は佐渡七を「ええい！」とばかり斬り殺すのですが、廓の中に逃げ込んだ与兵衛には小指がありません。それを知った吾妻は与兵衛を匿い、やって来て「都が俺の言うことを聞いてくれないんだよ」と嘆く権九郎に、「それはあなたが信用出来ないからよ。心中立てに小指を切るしかないわね」と言って小指を切らせ、彼を佐渡七殺しの犯人に仕立ててしまうのです。

一方、思い通りにならない平岡郷左衛門は、力ずくで吾妻をものにしようとして、そこに濡髪がやって来て乱闘騒ぎとなり、そのどさくさに都と与兵衛は廓を抜け出してその先は八段目へと続きます。「段取り」はそうして終わって、四段目からの人間ドラマが始まるのです。

7

派手で騒々しい新町揚屋の段が終わって、四段目の大宝寺町《だいほうじまち》米屋の段になると、話の様子はガラリと変わります。どう変わるかというと、この先で『双蝶々曲輪日記』は青春ドラマになってしまうからです。

「それはまた異なことを」と思し召されるかもしれませんが、両親を亡くした放駒長吉の実家である精米販売の搗き米屋には、長吉の姉のお関が登場します。二段目、三段目では「脚光を浴びている一人前の若者」のように見えていた長吉が、姉のいる実家に戻ると「姉の視点」が加わることによって、「家業を顧みない困った不良の弟」になってしまうのです。

六段目の橋本の段というのは、二段目で名前だけがチラッと出た山崎与五郎の妻お照の実家が舞台で、ここには与五郎の父・与次兵衛とお照の父とその上に吾妻の父親まで出て来て、話を動かすのはその三人の爺いです。今まで主役のような顔をして精一杯の遊興を演じていた与五郎は、人生経験を積んで来た爺さん達の前で、「グダグダした不決断の若者」になってしまいます。その先の八段目の八幡の里引窓の段になると、こちらでは南与兵衛と濡髪長五郎の母親が登場して、堂々たる偉丈夫の濡髪長五郎も「若さを露呈する息子」になってしまうのです。

敵役だった番頭の権九郎と太鼓持ちの佐渡七は三段目で処理されてしまい、もう出て来ません。残る敵役の平岡郷左衛門と三原有右衛門も、米屋の段の後の五段目の難波《なんば》芝居裏の段で、濡髪長五郎に殺されてしまいます。

敵役の出番をなくした『双蝶々曲輪日記』は、もう「悪役の妨害によって善人達のドラマを進展させる」ということが出来なくなってしまいます。それで困ったというわけではなく、そうなるようにこの作品は出来上がっていて、四段目から後は、「一人前の人間」としてドラマの登場人物になっていた主人公達が、年上の大人達との対比によって「人生経験の浅い若者」でしかなかったということが暴露されるドラマになってしまうのです。

『双蝶々曲輪日記』のドラマは、起伏の多い物語を展開させて行くようなものではなく、たとえば小津安二郎の映画のように、物語が進むに従って登場人物達の人としての別の一面にスポットが当てられ、「それこそがドラマである」ということがさりげなく、しかししみじみと語られるようなものです。昔の人はそういうものを「義理人情のドラマ」とは言いましたが、今の目で見れば、これは「主人公達が若さを露呈させてしまう、ピュアな青春ドラマ」でもあるはずです。

8

四段目は、揚屋の騒ぎのあった翌日の夕刻です。外は春雨で、店の中では長吉の姉のお関が一人で慌しくしています。そこへ「朝帰り」ならぬ「夕帰り」の長吉が、傘を差して戻って来ます。

店の外には商売物を詰めた俵が出しっ放しで、これを片手でひょいと持ち上げた長吉は、《この
また雨の降るのに俵物《ひようもの》をなぜ入れぬ。》と言って中へ入ります。お関は「店の者の一人は頭痛で
寝込んでいる、一人は使いに出てまだ戻らない」と使用人状況を話しますが、長吉はこれに対し
て「またろくでもないことで時間潰しをしているのだろう」です。お関はカチンと来て、「そう
言うお前はどうなんだ」と、長吉に説教を始めます。
《コレ長吉。内人《うちと》の者の居る前では言わぬが。人の七難より我が十難とそなたもちっとたしなみ
や。内の手回し諸事万事この姉に打ち任せ。明けても暮れても外を家。》
《内人》は「内外《うちと》」でもあって、家族と奉公人で、《人の七難より我が十難》とか《外を家》と
いう表現も素敵です。「人の文句を言うお前はどうなんだ」で「ずっと外にいて帰って来ないじ
ゃないか」です。
するとと長吉は外泊の弁明です。
《アヽまた姉者人《あねじやひと》のぶつ〳〵と。よまいごと聞き飽いた。おれも夕べは蔵屋敷の侍衆に。会わね
ばならぬ用もあり。その上に友達共が。出入りの尻持ってくれと頼んだ故《ゆえ》。夜を更かしつい泊っ
て戻ったがそれが何としました。》
こんな言い訳はいつものことなので、姉も慣れっこです。
《アレまだいの。意見がましいこと言うとついそのように腹立ちやる。もう今日ぎりで何にも言
わぬ。定めて飯もまだであろ。どれ茶を沸かしておましょう》——「いくら言ったって直らない
んだから（まだいの）。もうなんにも言わない。さっさとご飯食べなさい。茶を沸かしてやろう」

ですね。

するとそこへ《夜歩き仲間》の野手《ので》の三と下駄の市というのがえらそうにやって来ます。下駄の市なんかは、店の中に入っても傘を差したままで、長吉に「店の中で雨は降らない」と言われると、傘を畳んで「火が降らないでよかった」と余分なことを言います。どうしようもない不良の二人は、長吉に「上がれ」と言われると、雨ではねの上がった脚を、たくし上げていた着物の裾でぬぐい、土間から店の床に上がります。あんまり礼儀がよろしくないのは言うまでもない不良仲間に対して、《悪者連れはなお以《もつ》て言葉やさしく姉のお関》で、《オヽ皆ようござんした。煙草でもまいりませ。長吉もひもじかろ。友達衆に断り言うて食《く》てしまや》と言って、用意していた料理を長吉に出し、《皆もちっとあがらぬか》とやって来た二人にも勧めます。お関がやさしくなればなるほど、長吉と不良仲間の図に乗る加減が際立つ仕組です。

お関が出した料理は、大根と油揚げの煮物に、小鯛の難波煮《なんばに》という魚料理です。野手の三と下駄の市は、来る途中に新町の廓前にあってその名だけは今も残る「砂場」で、二八のそばかうどんを食べて来たから「もういい」とは言いますが、メインディッシュの小鯛の難波煮を見て《こりゃうまかろ。》と身を乗り出します。長吉は「昨日の酒で腹一杯だから、ゆるい雑炊くらいしか入らない」と言って、「俺のでよければ食え」と、出されたものを二人に勧めます。この辺りの細かい日常描写が後の伏線となるのですが、それはさておきで、お関の出した料理を前にした三人は、更にお関が出して来た酒で宴会を始めます。

酔った野手の三や下駄の市は大声ではやりの説経節をいい気になって語り始め、長吉は《おれは構わねどこゝは町家《まちや》。アレ姉者人も近所の手前を思うて気の毒がってじゃ。》と、これを制します。素人相撲の力自慢でいい気になっていても、長吉の中には「商家育ちの真面目な弟」の部分も残っていますが、下駄の市は《堅いこと言うな》と一蹴します。

いい気な若者達の騒ぎは、自分達の喧嘩自慢から「長吉は強いよな」の仲間褒めになり、前日——つまり三段目の廓での話になります。長吉と濡髪長五郎は、吾妻を身請けしようとする平岡郷左衛門と山崎与五郎の対立の結果、この日改めて達引——喧嘩対決をすることになっていたのです。他の相手ならともかく、《相手が長五郎なれば生きるか死ぬか二つ一つ》と口にして、その長吉の声を聞いたお関は、止めるでもなく、「私は用事で出掛けるから、留守番をしておいとくれ」と言って外出してしまいます。

長吉の家の宗旨は浄土真宗で、町内の同じ宗旨の同行衆《どうぎょうしゅ》が集まって逮夜《たいや》——命日の前日の振る舞いに与るというので、お関は一家を代表して参加をするのです。ここでおかしいというのは、「濡髪と喧嘩の約束がある」と言った長吉が、「俺だって約束があるから出掛けるぜ」なんてことを言わず、《飯も酒もこゝにある》と言って出て行く姉を、おとなしく見送ってしまうことですね。結局のところ、長吉は「いい子」で、それが明らかになるから、この場は「青春ドラマ」なのです。

「いい子」の長吉は、姉が出掛けた後で仲間の二人に《叶《かな》わぬ用で出入りの場所へ行かれぬ。大儀《たいぎ》ながらおれが内へ来てくれ》という濡髪への伝言を頼みます。別に「暴力はいやだから、話し合いをしよう、家まで来てくれ」というのではありません。「喧嘩の約束もあるし、留守番もしなきゃなんないし、だったらこっちに来てよ」で、長吉は一挙に「悪ぶった中学生状態」ですが、喧嘩相手を家に呼んで、外でする喧嘩を家の中でするというのは、どういうことなんでしょう？

まァそれはともかくで、野手の三と下駄の市は伝言を伝えに店を出て、長吉一人の店に濡髪長五郎がやって来るのですが、その前に「めんどくさいからさっさと消えてくれないか」と思いたくなる平岡郷左衛門がまたしても三原有右衛門と一緒にやって来て、「話は三段目の廓でのもつれの繰り返しになるのか」と思わせますが、これが意外な方へ展開します。

9

平岡郷左衛門がやって来たのは、「吾妻が逃げたから探してくれ」と長吉に言うためです。平岡郷左衛門によれば、「手付けの百両は渡して、残りの金を渡すばかりになっていたのに逃げた。どうせ相手は与五郎だ。女房同然の女を盗まれては武士の面目が立たぬ」ですが、後にはっきりするようにこの言い分はメチャクチャで、「そんなことでお前は同僚と一緒になって騒ぎ立ててんのか」と言いたいようなもんで、平岡郷左衛門は「一人前の敵役」になるだけの器量がないから、いつも二人連れになり、それでやっと「敵役の武士」が演じられている程度のタマなのです。上場企業の管理職が下請けの人間に接待を強要して、気に入った女が自分のものにならないと「なんとかしろ！」と騒ぎ立てるようなもので、しかもいつも同僚と一緒じゃないと落ち着かないという、気の小さい野郎です。

そういう奴に「なんとかしてくれ」と言われて、でも長吉は素直なので「分かりました」と了承しますが、せかせか野郎の郷左衛門はすぐにその場を立って行きます。長吉に「ずい分お早いことで」と言われても、《むしゃくしゃ腹で耳へも入らず。打ち連れ立って帰りけり。》で、そういうつまらない男なのです。

濡髪長五郎はその後にやって来ます。「吾妻が逃げた」という話を聞かされた長吉は、「だったら濡髪が匿ってるんだろう」と思います。おそらくそういう事実はないのですが、やって来た長五郎はいきなり長吉に「吾妻をどこへ隠した」と言われて、「俺が匿ってるかもしれないが、お前はそれをどうやって聞き出す」と挑発します。長吉は差し向かいの喧嘩をするつもりで、濡髪がやって来るとすぐに表の戸を固く閉めてしまっていますから、《オヽ放駒がこうして言わすと言って、長吉は長五郎にぶつかって行きます。

二人は土間で取っ組み合いの喧嘩相撲になり、長吉は濡髪に引き回されて敷居につまずき尻餅をついて、その拍子にそばにあった脇差を抜いてしまいます。余裕の濡髪は《かないもせぬことすなやい。》と、俵を持ってこの刀を受け止め、店の中は俵からこぼれる米で雨霰《あられ》状態となり、濡髪の方も自分の脇差を抜いてしまいます。

店の中であわやの斬り合いが始まったところで、固く閉じた店の戸を叩く者がいます。頭に血の上っている長吉には聞こえませんが、余裕の濡髪には聞こえて、「長吉、外じゃお前のことを大盗人と言ってるぞ」と教えます。「喧嘩ならいいが、盗人呼ばわりは聞き捨てならない」「俺だって盗人相手に達引なんかしない」ということになって立ち回りは一時中止。長吉は店の戸を開けて「長吉の大盗人！」と叫ぶ外の人間達を中へ入れます。

外にいたのは、駕籠を吊らせた白髪まじりの親父達で、駕籠の中には長吉に殴られて怪我をした人間が乗っています。親父達は「ずいぶんひどいことをしてくれた」と抗議をして、その上で「あんたはこいつの財布を盗んだろ」と言います。長吉は「ガン付けで殴った」とは認めますが、「盗みなんかはしていない」と否定をするので、親父達は「町役人に訴えよう」と騒ぎ出します。

それを聞きつけたのか、姉のお関が戻って来ます。するとまた別の一団が、怪我をした若者を連れてやって来て、「喧嘩で怪我をさせてこいつの財布を奪っただろう」と、長吉を責めるのです。長吉は「殴った覚えはあるが、盗みをした覚えはない！」と怒って脇差をかざし、ここに「まァ、待って」とお関が仲裁に割込みます。

《短気な弟を持った身は。ほんに〳〵夜《よ》一夜《ひとよ》ろくに寝たこともないぞいな。》と言うお関は、「喧嘩の詫びならいくらでも出来るが、盗みの詫びなら出来ないし、またこの弟が盗みをするはずはない」と言います。気が昂って来たお関は、「証拠があってのことですか？」とやって来た人間相手に怒り出し、「やってない証拠を見せてあげます！」と言って、長吉の衣類の入っている簞《たん》笥《す》を、やって来た人間達の見る前で開けてしまいます。「それじゃ家捜し同然だ」と長吉が言うのを、「はっきりさせなきゃしょうがないでしょ」とお関は止めて、簞笥の引き出しを開けると、そこの着物の下から問題の財布が出て来るのです。

やって来た連中は「そら見たことか」と騒ぎ出し、姉は涙ながらに弟を責めて、ここぞとばかりに説教を始めます。やって来た連中は、「そっちの都合はそっちの都合で勝手にすればいいが、こっちの都合はどうしてくれる」と騒ぎ、お関は「その弁償は私がします」と言って、うるさい連中を奥へ連れて行き、店先には長吉と長五郎の二人きりになります。

身に覚えのない罪を着せられた長吉は、脇差を手にして死ぬことを考えています。「やった覚えはないけれど、自分のことを思ってくれる姉の手前、死ぬしかない」と思っていて、そんな長吉に濡髪は声をかけます。

濡髪は長吉のことを《こゝのずんどよい者》と思っています。《こゝ》とは「胸の内」です。そう思うからこそ濡髪は、格下の長吉を対等な自分の喧嘩相手にしたと言います。今も変わらぬヤンキー仁義ですが、濡髪にとって、そんな長吉が盗みをしたというのは、残念でならないことです。「やったなら仕方がないな」と思う濡髪は、《したがわりゃ仕合《しあわ》せ者じゃ。》と言います。長吉は「おちょくるのか！」と怒りますが、「そうじゃない」と言って、長五郎は自分の身の上話を始めるのです。

《おれも在所《ざいしょ》に母者人《ははじゃびと》を一人持っていれど。五つの時別れてから会うたのはたった一度。養子に来た先の父親《てておや》も死なるゝ。ほんの木から落ちた猿同前で。誰が一人意見してくれ手が無い。われは結構な姉を持ち。よい意見のしてがあって。それで仕合せ者じゃと言うのじゃ。》

四段目の眼目はたぶんここでしょう。養子に出された長五郎は、養父母を失っていて、山崎与次兵衛や与五郎というスポンサーを持ってはいても、心の空白が埋まりません。だから、意見をしてくれる姉を持つ長吉が羨ましいのです。対立相手だった長吉を旧来の友人のように思い始めた長五郎は、「残念なことに、喧嘩をする奴は、盗みもすると思われてしまう。それがいやだから、俺は喧嘩をやめる。お前もやめろ。野手の三や下駄の市のようなろくでなしとも付き合うのはやめろ」と言います。

しかし実は、抗議の親父達がやって来て以降のことは、弟を改心させるために姉のお関が仕組んだことで、長吉の箪笥に財布を入れたのもお関のしたこと。やって来た人間達も、実はお関が「出掛ける」と言った先の浄土真宗の同行衆だったのです。そこら辺のことを、まだ「義理人情」という言葉が死語になる前の時代の近代人達は、「いくらどんでん返しが売りの浄瑠璃劇でも、やることがあざとくないか?」というような疑義を呈したりしました。しかし今、「義理人情」なるものがなんだか分からなくなった時代から見ると、「同じコミュニティの人が協力して不良を改心させるなんていう手段があったのか?」と思って、新鮮に感じられてしまいます。

どんでん返しの有無はともかくとして、濡髪長五郎は、そんな姉の計画が進行中だとは知りません。知らないまま、濡髪は長吉に対して真情吐露をしてしまうのですから、ここはいいシーンだと思います。

濡髪に言われても、「姉に申し訳が立たない」と思う長吉は、脇差から手が離せません。時代物の浄瑠璃だと、智謀にすぐれた人物が「やれ待て、しばし」と声を掛けて出て来るようなところですが、この世話浄瑠璃ではそれがお関の役回りで、すべてを仕組んだ彼女が出て来て、「実はコレコレ」と、すべての段取りを話します。

実のところ、姉の計画はこの段の初めで「小鯛の難波煮」を出したところから始まっていて、「同行衆の逮夜」と言っていたその日は、お関と長吉の父親の命日だったのです。長吉が父親の命日を覚えているかどうかを確かめるために、お関はわざと魚料理を出し、弟が生臭ものを食べるかどうかを見ていたのです。

そういうこともひっくるめて、お関の本格的な長い説教は続くのですが、一度「姉さんにすまない」で脇差に手をかけた長吉は、「なんだって人を騙すようなことをしたんだ！」などという怒り方はしません。やっぱり《こゝのずんどよい者》なんでしょう。

かくして、放駒長吉と濡髪長五郎は《兄弟同前》の仲となり、頼まれた同行衆も「よかった、よかった」で帰って行きますが、そこへやって来るのが、下駄の市です。

《コリャ長吉かの屋敷の侍衆が。与五郎と吾妻とに。難波裏で出くわしやっさもっさ（大騒ぎ）の最中。野手を残して知らしに来た。早う往《い》てやれ。》と言って、元の難波裏へ戻って行きます。

下駄の市と野手の三も敵役ですから、ここへやって来たのは、長吉に「郷左衛門達の味方に来い」であるはずなのですが、長吉と長五郎の和解を知る観客は「じゃ、吾妻と与五郎を助けに行かなきゃ」という気分になります。それで当然、下駄の市が駆け出すと、濡髪長五郎はすっと立ち上がり、長吉もまた吾妻や与五郎を助けるために行こうとしますが、「たった今〝もう喧嘩はしない〟と言ったお前がなんで行く！」とお関に止められます。

《長吉待ちや。たった今わがみは誓言《せいごん》立ててまた行くのか。そりゃならぬと引き離し。長五郎を突き出し往《い》てござんせと戸をひっしゃり。》で、長五郎は《オヽ合点じゃと一散《いっさん》に難波。裏へと駆けり行く。》です。ただの米屋の独身の姉さんがここまでしっかりして強いというのも、『双蝶々曲輪日記』のありようかなとは思います。

10

そうして舞台は、五段目の難波芝居裏の段へと移ります。「難波の芝居裏」というのは、道頓堀の芝居小屋が立ち並んでいるところの裏側の、寂しい場所ということです。その畑の中で、平岡郷左衛門は与五郎の髪の毛をつかんで引きずり回し、三原有右衛門は吾妻を抱え込んで、「それじゃ手ぬるい、もっと痛めつけろ」と郷左衛門に言っています。前日の廓で、平岡郷左衛門は与五郎に踏みつけられていて、その復讐なのですが、元は、与五郎を捕えて草履で顔を打つということをやっていた郷左衛門が濡髪に捕まり、「与五郎さん、仕返しに蹴ってやりなさい」とやられた結果なのですから、「侍のくせにあたしつこい」です。

郷左衛門は例によって「手付けの百両を払ったからには俺の女房同然の吾妻をよくも奪ったな！」と怒っているのですが、これが駆けつけた濡髪に論破されます。

現れていきなり郷左衛門を投げ飛ばした濡髪長五郎は、だからと言って力で押し切るのではなく、身請けの段取りをきちんと郷左衛門に説明をします。「吾妻さんの身請金額は六百両で、その半金の三百両を手付けとして、与五郎さんから頼まれて俺が直接吾妻の親方に渡した。その受取りがここにある。ところがそっちの支払いはたったの百両で、払いもしない六百両を全部払ったような顔をして〝吾妻は俺の女房だ〟なんて言うから、与五郎さんはうろたえて吾妻を連れて逃げたんだ。逃げたのはこっちが悪いが、そちらは金の用意が出来るんですか？　ただこっちの邪魔をしてるだけでしょう」と。

憎たらしい巨体の悪役にも見える濡髪長五郎は、哀しさを抱えた理性的な人物なのです。だから力によらず言葉で収めようとするのですが、平岡郷左衛門にはそれを聞く耳がありません。「なにを！」と刀を抜いて切ってかかり、逆に三原有右衛門共々、濡髪長五郎に殺《や》られてしまうのです。

芝居裏の暗がりの中で侍二人を殺した長五郎は殺人犯です。そこへ長吉は遅れて駆けつけ、長吉に与五郎と吾妻を托した長五郎は、追及の手を避けるため、いずこともなく落ちのびて行って、続く六段目は与五郎と吾妻のその後です——。

11

六段目は橋本の段——「橋本」は淀川沿いの地名でもありますが、ここはその地に住む、山崎与五郎の妻お照の父親橋本《はしもと》治部《じぶ》右衛門《えもん》の住居の段です。
吾妻に夢中の与五郎から忘れられた観のある妻のお照は、自分の意思からではなく、父親に呼び戻されてこの実家に戻っています。橋本治部右衛門は「武士」という設定ですが、だからと言ってここは「厳めしい武家屋敷」というような住居ではないはずですが、なぜその武家娘のお照と与五郎が夫婦になったのかという経緯は、説明がないのでまったく分かりません。おそらくは、対岸の山崎の地に住む与五郎の父与次兵衛と、治部右衛門が以前から付き合いのあった仲だったから、というところでしょう。考えられるのは、「武家の育ちのお照は真面目で固い女だから、与五郎はそれで新町の傾城にはまったのだろうな」というくらいのことです。

この時代の夫婦関係は「愛しているかどうか」で説明出来るようなものではないので少し話は面倒になりますが、お照は「妻の座にこだわっている」という種類の女ではなく、「与五郎が恋しい、別れたくはない」と思う程度に「夫を愛している女」です。だから、お照自身は「実家に帰りたい」とは思いません。頑固な治部右衛門に連れ戻され、その父親は、与五郎ではなく父親の与次兵衛が詫びに来なければ婚家へ戻さないと決めつけているので、実家ですることのないお照は鬱状態——当時の言葉で言えば《ぶら〱病《やまい》》になっています。

物憂いお照が昼から横になっていると、一つの駕籠に二人乗りをした吾妻と与五郎がやって来ます。前段である前夜の難波芝居裏での事件を知らないお照は、事情も聞かず、吾妻を連れて来た与五郎を詰《なじ》ります。「あなたが家に寄りつかないのは、魅力のない私のせいで、あなたの責任ではありません。だから、吾妻さんへの嫉妬のせいで私が山崎の家へ帰らないのではなく、私の父が帰そうとしないだけです。そこへ吾妻さんを連れて来て、私なら彼女と仲良くすることは出来るけれど、私の父はそんなことを認めないでしょう。あなたは私だけではなく、私の父まで憎くて、〝俺にはこんないい女がいる〟と言いたくて、これ見よがしに吾妻さんを連れて来たのですか」と。

この理屈が分かりにくいのは百も承知で、世話浄瑠璃が分かりにくいものになってしまうのも、こうした論理展開のゆえです。

お照の理屈が現代の女性に分かりにくいのは、「私は嫉妬をしていない」とお照が言ってしまうからです。「嘘臭い、そんなはずないだろう」と今時の女性なら怒るでしょうが、既に言いましたように、江戸時代の夫婦関係は「愛しているか否か」で割り切れるものではありません。もっとはっきり言ってしまえば、嫉妬を呼び起こすような「他人への愛着」が入り込む余地が、この時代の人間関係の中にはないのです。だから、「私は嫉妬していない」として話を延々と続けることによってしか、「私は嫉妬で落ち着きません」という個人的な感情を表明出来ないのです。だから、「嫉妬しているくせに〝していない〟なんて、いい子ぶって嘘臭いことを言う」と、今時の女性観客に拒否されてしまうのです。

驚かれるかもしれませんが、江戸時代には「個人的感情」の入る余地がありません。だから、江戸時代製の浄瑠璃や歌舞伎の物語は、持って回ってめんどくさいのです。世の中に「個人的感情」の入る余地はなくて、しかし人間は「個人的感情」を宿らせてしまうものですから、「なんとかしてくれ」「なんとかしてあげたい」というドラマが生まれてしまいます。そこら辺のことを、普通は「義理人情のドラマ」と言いますが――。

今や「義理人情」を一語だと思ってしまう方も多かろうとは思いますが、これは「義理」と「人情」という一組の対立概念のようなものです。「義理」は、「自分が感じなければいけない他への責任」で、「人情」は「他人を思いやることによって生じる人間一般に対する愛情」です。引っくるめれば「責任と人類愛で生きよ」で、どこにも「個人的感情」の入る余地はありません。だから、江戸時代の演劇では、嫉妬に狂う女が簡単に蛇やら鬼やらになってしまうのです。個人的感情を丸出しにしてしまえば「人間の範囲を越えたもの」ですから、現実社会に生きる人間達は、個人的感情を明からさまにしないように生きるのです。

その点で、江戸時代の人間にエゴはありません。そんなはずはないけれど、エゴの出しようがない以上、「エゴはない」なのです。でも、人間にエゴはある。それが出せないと苦しくなる。そういう時はどうするのか？　その障害となるものを、「こういうこともある、またこういうこともある、それで私が苦しい思いをするのは間違っているのでしょうか？」という弁論をして、他人のジャッジを仰ぐのです。なにしろ「人情」というものは「自分」へ向かうものではなく、「他人」へ向かうものですから、「個人的感情の表明」を禁じられて、「私はいやです」とか「私は好きです」が公然と言えない人間は、「自分の感情のあり方」を「間違ってはいませんね？」と、他人に判断してもらうのです。

江戸時代に重要なのは、「心理」ではなく「道理」です。お照の詰り方が「この人なに言ってんの？」的な響き方をしてしまうのは、お照が「自分に関する判断」を放り出して、「あなたは私の父に対してひどいことをしていませんか？」と、そのジャッジを与五郎に預けてしまっているからです。「自分の心理」は問題にされないから「私は嫉妬をしないが」と言い、でもその代わり、「あなたは傷つける必要もない人を傷つけていませんか？」と、判断を投げつけているのです。

江戸時代の論理がややこしいのは、人が「自分の感情」や「自分の立場」を棚に上げて、その位置付けを持たないもののありどころ——つまり正当性を探っているからです。だからうっかりすると芝居の登場人物達は、法廷に出廷させられた人間の弁論のような喋り方をします。それも不思議ではないというのは、現代でも「自分」をはっきりさせない人間の話はくどく、「他人に自分の正当性を判断してもらいたい」と思う人が多いから、人生相談というものもはやるのです。この先の『双蝶々曲輪日記』でも、苦境に立たされてなんとかして人間的な打開の道を探ろうとする、人間達の弁論が続きます。

12

与五郎は、現代人からすれば不思議な怒り方をするお照に「逃げて来た事情」を手短かに話し、「匿ってくれ」と言います。与五郎に対して未練たらたらで、本心では吾妻だって受け入れたくないはずのお照は、「吾妻一人なら匿う」と言います。その理由は、「与五郎恋しさで吾妻まで家に引き入れたと思われたら、父に叱られる」です。

自分の「個人的感情」に引きずられるお照は面倒なことを言いますが、「個人的感情」だけで生きている若旦那の与五郎はそんなことにおかまいなく、「じゃね」で吾妻を預けて出て行こうとしますが、そこへ「待った」をかけるのは、お照の父の治部右衛門です。

事情を聞いていた治部右衛門は、吾妻を匿おうとする娘に「でかした」と言い、与五郎には「私が匿《かくま》ってやる」と言います。ただし、それには「離縁状を書く」という条件があります。なぜかと言うと、《気に入らぬ女房を持ってもらう追従《ついしょう》に。匿ったと言われては。この橋本治部右衛門人中《ひとなか》へ面署《めんじょ》がすまぬ（面目が立たない）》です。「婿だから困った」だと、「自分が感じなければいけない人間関係上の責任」で「義理」の方になりますが、「その関係を破棄する離縁状を書け」と言っているのだから、これは「人間一般に対する愛情」である「人情」の方です。きついことを言うのは「人類愛」から出たことですから、「渡る世間は善人ばかり——ああ、めんどくさい」です。

「離縁状を書け」と言われて甘ちゃんの与五郎はうろたえ、お照は「私のことはいい。あなたの大事だから離縁状を書きなさい」と言って、与五郎はそれを書きます。するとそれを吾妻が横から手を出して取ってしまう——《お照様。こりゃ吾妻が預ります。私が見る前で渡さしては道立たず。というてお書きなされねば匿うまいとおっしゃるし。お書きなされた暇《いとま》の状。わたしが預りゃ事済む》というのが吾妻の言い分です。

離縁状は夫が書いて妻に渡す。でもそれを愛人の目の前でやられたら、愛人の《道》は立たない。「余裕だね」と言われるかもしれないけれど、三角関係のどんづまりで、吾妻は「道理」も求めるのです。

かくして、逃亡中の与五郎と吾妻は治部右衛門の住居に匿われることとなりますが、そこへやって来るのは対岸に住む与五郎の父、山崎与次兵衛です。与次兵衛は「嫁のお照をこちらへ戻してくれ」と言いに来たのですが、二段目の高台橋《たかきやばし》の時と同じで、ここに与五郎と吾妻が来ているのをチラと見てしまっています。そして、「向こうはこちらのことを思ってくれているのだな」と分かっていながらいがみ合うというのは、浄瑠璃ではよくあることなので、治部右衛門と与次兵衛も喧嘩を始めます。そこで重要なのは、「お前がケチで身請けの金を出さないから話がこじれたんだ」と治部右衛門が言うことと、それに対して与次兵衛が「なにィ！」と食ってかかることですが、そうして二人の喧嘩を一触即発状態にしてしまうのは、ここにもう一人の父親を出すためです。

吾妻と与五郎を乗せた駕籠を担いで来たのは甚兵衛《じんべえ》と太助《たすけ》の人足二人ですが、太助は空き駕籠を一人で担いで帰り、甚兵衛は、与五郎と吾妻を途中まで送って来た放駒長吉との連絡係の役を与えられているので、橋本に残っています。すんでのところで斬り合いになる治部右衛門と与次兵衛の間にこの甚兵衛が出て来て、二人を止めるのです。その言い分は、「二人の親が互いに我が子を思って争うのはもっともだが、問題は吾妻という傾城にあるのだから、誰かが吾妻の父親になり代わって、与五郎をあきらめさせればよい」です。彼がこんな唐突なことを言い出すのは、この甚兵衛が吾妻の父親だからです。

今で言うなら「事業に失敗して妻と幼い娘を残したまま行方不明になった父」が甚兵衛です。甚兵衛は「父だ」と吾妻に明かした上で「与五郎と別れてくれ」と言います。吾妻は「与五郎さんには客として世話になった。好きではあるけれど、夫婦になりたいとか離婚させたいとは思わない」と言った上で、《今またわし故《ゆえ》難儀のお身。任せぬ時に振り捨てて。どうまあ義理が立つものぞ》と言います。お照の論理と似たようなもので、「好きだから別れたくない」であってしかるべきものを、「私には別れてはならない責任（義理）がある」です。

甚兵衛は「だったら勘当だ」と言い、吾妻は「だったら死にます」で、そこに残してあったジーさん達が争った刀を取って自害をしようとします。お照側と与五郎側と吾妻側の弁護士でもあるような三人の父親の弁論がそこで出つくし、後は「道理」にかなった解決策の提示です。

「別れろ」と娘のためを思って言う甚兵衛の心に感動した治部右衛門は、「問題は吾妻が廓を脱出したことで、身請けの金を払えばすむことだから、その金は俺が払ってやる」と言います。すると今度は与次兵衛が頭を丸めた出家姿で出て来て、「私がケチだったのは、働きのない与五郎のために一文でも多く金を貯めといてやろうと思ったからだが、今の治部右衛門殿の発言で自分は間違っていたと知った。金で解決がつくなら、その金は全部こっちで負担する。吾妻には悪いが、本妻はお照で、吾妻は妾で勘弁してくれ」と言います。吾妻は最前の離縁状を破いて「了承しました」と言い、与次兵衛は「自分の名は息子に譲って、もう隠居する」と宣言します。「そんなことして山崎の家の商売は大丈夫なのか？」と思わなくもないのですが、これで「頼りない若旦那の与五郎」は「一家を背負う二代目山崎与次兵衛」へと進化を遂げたということになります——が、そう思わせておいて、まだまだです。


一応「めでたし、めでたし」になったかと思われるところへ、代官所から治部右衛門と出家した先代与次兵衛への呼び出しがかかります。二人の父親が出て行った後で、新与次兵衛の与五郎が出て来て、「今のお召しはなんだろう？」とうろたえます。前夜の濡髪長五郎による平岡郷左衛門と三原有右衛門の殺害事件が未解決であることに気づいたからです。

「なんだろう？　なんだろう？」とうろたえる与五郎の与次兵衛に対し、吾妻の父の甚兵衛は「私が一走り行って見てきましょう」と出て行きます。二人の父親が呼ばれたのは、与五郎の与次兵衛が心配する「前夜の殺人事件」に関してなのですが、しかし実はそんなことはどうでもよくて、重要なのはこの場から「今までドラマを進展させて来た三人の父親」がいなくなってしまうことです。つまり、「庇護してくれる大人がいなくなったら未熟な二代目与次兵衛はどうなるか？」にドラマの中心は移ってしまうのです。

大人達がいなくなると、廓の男達が吾妻と与五郎の新与次兵衛を連れにやって来ます。お照は二人を押し入れに隠し、廓の男は家探しに上がって来ます。押し入れの中と外とで「どうしよう」と思っているそのところへ、今度は別の役人の一隊が「上意！」と叫んでやって来て、押し入れをはじめとする家財道具に封印をして回ります。

実はこの役人は廓の男達を追い払うために、放駒長吉が仕組んだ偽物なのですが、押し入れの中の二代目与次兵衛は、生きた心地がしません。廓の者に見つけられたら大変だと思っていたところへ、公権力の役人が外から封印をして出られなくなっている。正体を明かした長吉がやって来て「封印を切ってあげましょう」と押し入れの戸を開けると、もう与五郎の与次兵衛は恐怖のあまり発狂しています。「無能だが裕福な育ちの息子のために、周りの大人が面倒を見て、当人はそれをよいことにのほほんとしている」というのは、江戸時代のドラマにはよくありますが、『双蝶々曲輪日記』は、そういう若者の「実像」を描き出してしまうのです。

七段目は「道行菜種《みちゆきなたね》の乱咲《みだれざき》」――満開の菜の花畑の中を、発狂した与五郎の与次兵衛と吾妻、それに二人を見守る放駒長吉が行きます。場所は前段に近い淀川堤で、ここに濡髪の長五郎もやって来ます。菜の花畑に長吉、長五郎の二つの「蝶」が舞う道行です。主人公の狂乱シーンを舞踊劇にするという伝統的な手法ですが、「それでどうなんだ?」と言われてもどうにもなりません。話はこの舞踊シーンで終わってもいいようなものですが、そうなると「濡髪長五郎の話」がどこかへ行ってしまうので、次の八段目八幡の里引窓の段へと続きます。

春の菜の花畑から一転して、季節は秋。八月十五夜の前日で、明れば生き物を放って殺生を戒める放生会《ほうじようえ》の日。場所は、その放生会で有名な石清水八幡宮の麓の八幡の里――そこに住む南与兵衛の家が舞台です。

同じ「廓から逃げ出した二人」であっても、与兵衛と都の二人は平穏な夫婦になっていて、都は名を「お早」と改め、農民ではありながらこの地方の郷代官《ごうだいかん》の家筋の子の与兵衛は、今しもお召しに与って「南方十次兵衛」という親の名前を襲名し、郷代官になりかかっています。ということは、『双蝶々曲輪日記』という作品は、山崎与五郎と南与兵衛という二人の若者が親の名前を継いで一人前の人間になる、その物語であったりして、一方の与五郎は大人になってもだめだけれど、もう一方の与兵衛は大人になって試練をこなす――それが春の菜の花畑と秋の十五夜前夜の待宵《まつよい》の日の対比で描かれるのです。

殺人犯となってさすらう濡髪長五郎が、そこへやって来ます。南与兵衛の家にいる彼の母親は、濡髪長五郎の母でもあるのです。長五郎は幼い時に養子に出され、養父は死に、与五郎の母の召使いだった養母にも死なれていたことは既に語られていましたが、彼の実母は八幡の里に住む南与兵衛の父の後妻になっていたのです。与兵衛は先妻の子で、そこに後妻として入るため、長五郎の母は五歳だった息子を養子に出したのです。長五郎の母は、歌舞伎では「お幸《こう》」という名を与えられ「世話の三婆《さんばば》の一つ」とされる大役ですが、原作の方に名前はありません。人形浄瑠璃の世話場に登場する老女にはみんな名がなくて、ただの「無名の婆ァ」なのですが、そういう彼女達がドラマの要になるように作られているのが人形浄瑠璃だったりはします。

放浪の旅を続け、これからもまだ続けなければならない濡髪長五郎は、実の母に一目会いたくてやって来ます。明日の満月の夜に備えて、家には十五夜団子やら薄《すすき》が飾られていて、そこへ長五郎が人目を忍んでやって来るのですから、その設定だけでジーンと来ます。この段の中心は理屈ではなく、美しい秋の景色の中にある人の心の美しさなのです。

長いこと生き別れになっていた母子は、一年前に大坂で偶然めぐり会います。頬に父親譲りのホクロがあるので、「もしや?」と思った母親が声をかけて判明したのです。しかし、遠慮があるので、義理の息子の与兵衛には言わなかった——そのおかげで、濡髪の顔を知っている与兵衛もお早も、長五郎を「義弟」だとは知らずにいたのです。

お早は、自分達が夫婦になった経緯を話し、与兵衛が殺した太鼓持ちの佐渡七は悪人だったから《殺し徳》というとんでもないことを言います。これを聞いた長五郎の《同じ人を殺しても。運の良いのと悪いのと。ハテ仕合《しあわ》せなことじゃの》という述懐は有名な科白です。

長五郎は、「相撲の興行で長崎へ行く暇乞いに来ただけだから」と言うのを、歓待したがる母とお早は二階の座敷へ上げます。母屋《おもや》と二階座敷は短い廊下でつながっていて、その廊下の天井に採光のための天窓があります。ガラスのない時代の天窓は板戸で、そこから下ろした縄を引いて開け閉めをするから「引窓」です。この引窓が大きな働きをするので、引窓の段です。

そこへ「郷代官の二代目南方十次兵衛」になった与兵衛が、二人の侍を連れて帰って来ます。一緒に来る二人は、平岡郷左衛門の兄丹平《たんぺい》と三原有右衛門の弟の伝蔵《でんぞう》で、出て来なくてもいい二人がここへやって来るのは「郷左衛門と有右衛門を殺した犯人がここら辺に潜伏している」という情報を得たからです。土地勘のない二人は「昼間は我々が犯人の濡髪長五郎を探すが、夜はこの地に詳しいあなたに捜査を任せる」と、与兵衛の南方十次兵衛へ言います。

母親とお早は、これをうっかり聞いて愕然とします。与兵衛の手許には「これを村々へ配れ」と言われた濡髪の人相書があって、二人の侍が帰った後で、「その絵姿を売ってくれ」と母親は与兵衛に言います。その前にお早は、「濡髪を逮捕するなんて危険だからやめて」と言っていて、「なんかへんだな?」と与兵衛が思う内、外に置いてある手水鉢《ちょうずばち》に、二階から様子を窺っている長五郎の顔が映ります。与兵衛が「ん?」と思うところに、お早は引窓の縄を取ってこれを閉めてしまいます。「引窓を閉じると暗くなる＝夜」というところがこの場面の基本トリックです。

自分の母親に別の息子のいたことを思い出した与兵衛は、お早との話を確認し事情を察知して、「絵姿を売ってあげます」と言います。しかも「道理」が第一の世界ですから、《両腰させば十次兵衛。丸腰なれば今までの通りの与兵衛。相変わらず八幡の町人》と言う与兵衛は、腰の刀をはずして「売ってあげます」です。そうこうする内、夕暮れに月も出て、《夜に入れば村々を詮議する我が役目》と言って、再び刀を差した十次兵衛は、《河内へ越ゆる抜け道は。狐川《きつねがわ》を左に取り。右へ渡って山越えに。よもやそれへは行くまい》とひとりごとのようにして逃走経路を長五郎に教え、家を出て行きます。

お早と母親は、「ほら、彼はなにもかも呑み込んでいる。逃げろ。人相書があるから、髪形も前髪を剃り落として変えよう。ついでに顔の特徴のホクロも削り取ろう」と言うのです。相撲取りが前髪を残していた時代です。しかし長五郎は、「逃げたら申し訳ない。自首してあの人に捕まる」と言います。それをやっと承諾させてホクロを剃り落とすということになると、今度は「父親との縁を剃り落とすことになるから、私には出来ない」と母親は泣き出し、お早も「私だって無理です」と言い、母親は《ア丶思えば〳〵。親の形見まで剃り落すようになったか。エ丶心からとは言いながら。かわいの者やと取り付いてわっとばかりに。泣き沈む。》です。

その苦境をまたしても救うのが南方十次兵衛の与兵衛で、門口から《銀《かね》の包に。路銀と書いて一筆》とあるものを、長五郎のホクロを目がけて投げつけます。それで「ホクロはつぶれた、さァ逃げて」になるのですが、長五郎は、「お母さん、義理の子に迷惑かけて、実の子を逃すなんてことをしていいんですか」と言い出します。母親は涙ながらに、「そりゃそうだ、私が間違っていた」と言って、観念する長五郎が後ろに回した手を、引窓に付いている縄で縛ります。

暗い夜の中で母親が《濡髪長五郎を召し捕ったぞ》と声を上げ、十次兵衛は家に入ります。入ってお早に「今は何時頃だ?」と尋ねます。お早は「もう夜中でしょ」と言うのですが、十次兵衛は、「バカ、もう夜明けだ」と言って、引窓の縄を切ってしまいます。

空から満月前夜の月の光が煌々《こうこう》と差し込み、《南無《なむ》三宝《さんぼう》夜が明けた。身どもが役は夜の内ばかり。明くればすなわち放生会。生けるを放す所の法。恩に着ずとも勝手にお行きゃれ》と、十次兵衛は濡髪長五郎を見逃してしまうのです。

『双蝶々曲輪日記』は、この後更に九段目の幻《まぼろし》竹右衛門内の段へと続いて、「逃亡の濡髪長五郎のその後」というくだくだしいハッピィエンド（らしきもの）になるのですが、そんなのは江戸時代の都合で、私は引窓の段の余韻を大事にして、ここで終わりにしたいと思います。

虚もまた実の『摂州合邦辻』

1

今回は菅専助《すがせんすけ》と若竹笛躬《わかたけふえみ》の合作による『摂州合邦辻《せっしゅうがっぽうがつじ》』です。作者としてはいささかマイナーな存在ではありますが、近松門左衛門の『冥途の飛脚』を改作して今の我々の知る「雪の新口村《にのくち》」にしてしまった『けいせい恋飛脚《こいのひきゃく》』の作者がこの二人です。二人の内、菅専助の方は、能登の菅原の地にあった明専寺という寺に生まれて僧侶になり、その後に浄瑠璃作者となった人で、名前の「菅専助」はそのことに由来しています。『摂州合邦辻』に、江戸時代としては妙にクラシカルな宗教色が感じられるのは、その背景によるものかもしれません。

『摂州合邦辻』は、時代浄瑠璃にしては短い上下二段仕立てのコンパクトな構成で、主人公は浄瑠璃には珍しく女性です。大名家の若い後妻が義理の息子に恋をするという話が主題で、そのバックにはお家騒動も絡んでいますが、あくまでも「女の恋」が主題だから、話は上下二段のコンパクトに収まるのです。ということは逆に、「女を主役にしてもあまり複雑な構成が考えられないから、女を主役にした浄瑠璃は珍しいものになってしまう」ということでしょう。『摂州合邦辻』の初演は、近松半二《はんじ》作の『妹背山婦女庭訓』初演の二年後である安永二年（一七七三年）で、言ってみれば人形浄瑠璃の全盛期が過ぎた頃の作品です。長大な構成を持った『妹背山婦女庭訓』が何度も全段上演されているのに対して、『摂州合邦辻』は最後の合邦庵室《あんじつ》の段ばかりがもっぱらに上演される程度でした。「女の恋の複雑さは一段で十分」ということかもしれません。

まずストーリーを簡単に説明してしまいましょう。

河内の国の城主高安左衛門通俊《たかやすさえもんみちとし》には俊徳丸《しゅんとくまる》と次郎丸という二人の息子がいます。俊徳丸は死んだ正妻が産んだ嫡子で、腹違いの次郎丸は年上なのに、妾腹ということで次男扱いをされています。そのことがおもしろくない次郎丸は、父の通俊が病気であるのをいいことにして、俊徳丸の殺害を計画しています。主人公の玉手《たまて》御前は、元は先妻の腰元《こしもと》だったのがその死後に通俊の後妻になっています。彼女が「義理の息子に恋をする邪《よこしま》な継母」で、恋されるのは美貌の俊徳丸の方です。次郎丸が俊徳丸を殺害しようとしていることを知った玉手御前は、俊徳丸を守るためにいい「癩病になる毒薬」を酒に混ぜて飲ませ、彼に恋の思いを告白してしまいます。

「一体このぶっ飛びすぎた展開はなんだ？」と思われるかもしれませんが、現代にだってわざわざ愛する者に毒を飲ませ、その相手を介抱する自分の愛情深さに恍惚とする「代理ミュンヒハウゼン症候群」という病気だってありますから、彼女のしたことはそうそうメチャクチャなことでもありません。「なぜ？」という疑問符が付くのは、その先の江戸時代的な展開です。

難病にかかった俊徳丸は、父親のため一家のためを考え、また継母に恋されることを穢らわしく思い、高安の家を次郎丸に譲るつもりで家を出ます。その後、放浪の俊徳丸は、玉手御前の父で出家している道心《どうしん》者の合邦《がっぽう》と出会い、彼の庵室に身を落ち着けますが、俊徳丸の後を追って館を出た玉手御前は女ストーカーとなってここに現れるのです。

邪恋に狂う娘の浅ましい姿を見た父親は、怒りのあまり娘に刃物を突き立てます。それをしたのは、合邦が「昔気質の父親」だったからではありません。彼はただの「昔の父親」で、「昔の父親」なら誰だって、そんな娘に激怒します。

父親に腹を刺された玉手御前は、痛みに堪えながら「本当の事」を話します。

玉手が俊徳丸に恋をしたというのは嘘で、飲まされた毒が原因で発症した俊徳丸の病気は、「寅の年、寅の月、寅の日、寅の刻」の寅が揃って生まれた女の肝臓の生き血を、毒を飲ませたその盃で飲ませれば治るということで、玉手御前は、その寅づくしで生まれた女だから、毒の酒を飲ませた盃を持って俊徳丸の後を追っかけて来たというのです。

「俊徳丸への恋は、毒の酒を飲ませて癩病にして命を救おうという計略のため」という娘の言い訳を、父親は「嘘だ」と言います。「次郎丸に俊徳丸の殺害計画があるのを知ったなら、殿様に告げればいいことで、毒の酒を飲ませて病気にするなどという持って回ったことをする必要はない」と言う父親に対して、玉手御前は、「そんなことをしたら次郎丸は処罰の対象になって殺される。次郎丸も俊徳丸もどちらも同じ継子で、一方の為に一方を殺すなどということは、継母の身として出来ない。だから、初めから自分が死ぬつもりで毒を俊徳丸に飲ませた」と言います。「そんなの嘘だ」と言っても、死んで行く玉手御前の肝臓の血を飲んだ俊徳丸は病気が治ってしまうのですから、「嘘だ」とは言えません。

途中のディテールを素っ飛ばしてしまえば『摂州合邦辻』はこういう話なのですが、多分そう言って「あ、そうですか」と納得はしてもらえないでしょう。「なんだか嘘臭い」と思われて、その「嘘臭さ」の中心は、「俊徳丸への恋も嘘だった」というところにあるでしょう。

実際はどうなのかは別にして、ドラマの上で「愛する人のために自分の命を捨てる」はありです。珍しくもなく、結構当たり前の設定として存在しますが、『摂州合邦辻』はそうじゃありません。玉手御前の決心は「二人の義理の息子をどちらも等分に生かすため」です。

今の人にとっては「そこが嘘だ」かもしれませんが、『摂州合邦辻』の作者はそんなことを言わせません。玉手御前が死んでしまうと、次郎丸が捕えられて庵室にまで連れて来られ、病が快癒した俊徳丸は「母上（玉手御前）のお心だから」と言って次郎丸を赦し、それで物語は《俊徳丸の物語り書キ伝えたる筆の跡千歳《ちとせ》の。春こそ目出たけれ》で終わってしまうからです。「目出たし、目出たし」で終わることによって、「玉手御前の恋は嘘だった。なにもなかった」という幕の閉じ方をしてしまうのです。

2

今まで悪いことばかりしていた人間が命を落とす羽目になり、そこから自分のしていたことには力クカクシカジカの意味があると、善なる本心を明かすことを、「もどり」と言います。人形浄瑠璃のドラマにしばしば使われる手口ですが、父親に刃物を突き立てられた玉手御前が「実は――」と言って、本心や自分の計画を明かすのも、この「もどり」です。ということは、それまでの間、恋する(あるいは恋をする振りをしていた)玉手御前は、「悪いことをしている悪い女」なのです。

江戸時代のドラマは、悪人を主役にはしません。悪人が活躍する話でも、それに対抗する善人を用意して、「悪が栄えたためしはない。目出たし、目出たし」で終わります。だからこそ「悪が栄えると見せて――」のドンデン返しがドラマの中にはあって、「もどり」というテクニックも多用されるのですが、『摂州合邦辻』が異色だというのは、「悪い女」である玉手御前に対抗する人物がいないことです。

恋というのは、善悪対立という政治的次元とは別のところに存在しているから、恋敵以外にその恋を止める相手は存在しません。だから、玉手御前は「いけない恋の道」をひたすらに突っ走り、これを見る江戸時代の観客は不安な気持を感じたはずです。

どうして不安かと言えば、主人公が「いけない道」を平気で突っ走るからですが、では、どうして「恋する玉手御前」は悪い女で、「玉手御前の恋」はいけないのでしょう？　そうめんどくさい理由はないように思えます。儒教道徳の強い江戸時代に人妻の不倫行為はいけないことで、その上に相手が「義理の息子」だからますますいけないことであるのだろうということだけは、簡単に察しがつきます。

しかし、本当にそれだけでしょうか？　不倫がいけないのだとしたら、玉手御前の前には俊徳丸の父である玉手御前の夫の高安通俊が立ちはだかってもいいのですが、彼は「病気」ということで、物語の上ではたいした役割を与えられていません。「玉手御前の恋」に夫とか不倫というものはあまり意味を持たず、それとは別の「肝臓の生き血」とか「癩病」というヘヴィなものが登場します。血の臭いが濃厚な「玉手御前の恋」には、不倫なんかよりももっと奥深いものがあるのかもしれません。

『摂州合邦辻』にはルーツとなるような作品が二つあります。一つは能の『弱法師《よろぼし》』、もう一つは説経節の『しんとく丸』です。

世阿弥の息子観世元雅《かんぜもとまさ》によって十五世紀前半の室町時代に作られたとされる『弱法師』は、高安左衛門の尉《じょう》通俊の息子俊徳丸の物語で、玉手御前に該当する女性は登場しません。「継母の恋」も「邪悪な継母」も存在しません。

高安の通俊は《さる人の讒言《ざんげん》により》一人息子を追放してしまいます。うっかり迷った結果のことで、その息子を哀れと思う通俊は、息子と同じ境遇であるはずの乞食達が多く集まる摂津《せっつ》の国（大阪）の四天王寺で、彼等に食物をふるまう施行《せぎょう》を催します。当時のホームレスである乞食——乞丐人《こつがいにん》の多くは、結果として「世を捨てた」ということになるので、頭を剃ったり切った髪をそのままにする出家者のなりで、おまけに目が見えないとか脚が悪いという難病の結果、よろけるように歩くので「よろける法師＝弱法師」と嘲けられます。

通俊の施行に多くの弱法師が集まる中に、盲目となった俊徳丸が現れ、通俊に名を問われて「俊徳丸」と名乗ります。能には「ハッピィエンドで終わらなければならない」という決まりなんかありませんから、四天王寺で父と出会った俊徳丸の目が宗教的な奇瑞で見えるようになるなんてことはありません。最後になって父と出会うことになる主役《シテ》の俊徳丸が、見えない目で西の海に沈む夕陽を見る哀れさが語られるだけです。

能は主役がその胸の内を語る一人芝居であることを原則とするようなもので、ドラマの設定は「主人公のあり方」を語る最小限度のものに切り詰められます。その昔に演じられた『弱法師』には、四天王寺の僧や盲目となった俊徳丸の手を引く妻も登場しましたが、今では登場しません。俊徳丸と父の通俊の二人だけで物語は進み、俊徳丸がなぜ家を追い出されたのかという説明もありません。

能は現世的な演劇ではないので、人間関係のゴタゴタなんかを説明しません。以前だと「能は難解で退屈だ」と言う人が結構いました。「人間関係こそがドラマだ」と思う人にとって、能にはドラマがないのです。逆に、「人間関係が嫌い」とか「人間関係があまりない」とか「よく分からない」という人が増えてしまった現代では、「人間関係のドラマ」である浄瑠璃がよく分からなくて、登場人物の心象風景に自分を重ね合わせることが出来る能の方が分かりやすいというか、接しやすくなっているのかもしれません。だから私も、「失われてしまった日本的な人間関係のルーツ」を探って、説明が大変なのです。

3

能の『弱法師』と違って、浄瑠璃の系統にある説経節は「大変な人間関係のドラマ」で、説経節の『しんとく丸』には『摂州合邦辻』の設定が「継母の義理の息子への恋」を除いて、ほとんど全部が出揃います。日本の伝統芸能は、大体民衆の下の方から生まれ出て来るものですが、その中でも説経節は「乞食の芸能」と言われる放浪の門付《かどづ》け芸由来です。路上やら人の家の門前に立って語られたのがそもそもで、言ってみれば「人間界の不幸」に最も詳しい人達が語るようなものです。その「不幸」は、人と人との関係から生まれ、主人公の境遇の悲惨を語るのに親の前世から語り起こします。その悲惨さは以前に古浄瑠璃の『をぐり』で説明したように、「ぶっ飛んでる」と言っていいほどのすごさです。

『しんとく丸』の主人公は、河内の国高安の信吉《のぶよし》長者の息子信徳丸《しんとくまる》で、父も子も、名前だけは『弱法師』や『摂州合邦辻』とちょっと違います。

信吉長者とその妻はなかなか子に恵まれず、清水の観音に祈って生まれたのが信徳丸です。この辺りは『をぐり』の発端と似ていますが、説経節や古浄瑠璃はそういう始まり方をするものなのです。信徳丸は美貌で、学問のために寺に預けるとそこで一番の出来のいい子になって、四天王寺で催される稚児の舞に出演すれば人々に絶賛されますが、十三歳の時に産みの母が死んでしまいます。嘆きの信徳丸は亡き母のため持仏《じぶつ》堂に籠って読経に日を送りますが、父親の方はまだ若いので、十八歳になる「六条殿の姫」を後妻に迎えます。『摂州合邦辻』の玉手御前も、俊徳丸に《年シ《と》はお前に一《ひ》トつか二つ。》と言う程度の年上で、「悪い後妻」はまだ若いのです。

新しい御台所《みだいどころ》となった六条殿の姫は、やがて男の子を産みますが、父親の信吉長者はこの子を「乙《おと》の二郎」と呼んで、家の相続権を持つ嫡子扱いをしません。御台所はこれを恨んで、わざわざ清水寺にまで信徳丸を呪いに出掛けます。信徳丸は清水の観音の力によって生まれた氏子ではありますが、御台所は「自分の産んだ息子を氏子にしますから、信徳丸の命を奪って下さい。じゃなかったら、人の嫌う病気にして下さい」と祈って、清水寺からはじめて周辺の社やお堂を回り、わざわざ鍛冶屋に頼んで作らせた十八センチもあるような長い釘を百三十六本も打ち込んでしまいます。あちこちの寺や神社に油を撒いて回るバカみたいなものですが、この御台所は再び清水寺へ戻って、観音に「私が戻る前に信徳丸を病気にしといて下さい」と頼む念の入れようです。

なんと、清水の観音はこの願いを聞き入れて、御台所が高安に戻ると、信徳丸は盲目になり、「人の嫌う病気」になっています。「神も仏もないものか」ではなくて、神も仏もあってこのざまです。説経節の物語は容赦がないのです。「人の嫌う病気」というのは、当時は「不治」とされた病気で、これにかかると「三病者《さんびょうしゃ》」と言われましたが、「三病」というのは普通、癩病のことです。全身に百三十六本の釘を打ち込まれたのと同然な信徳丸は、全身から血を流すような状態になっていたのでしょう。『しんとく丸』の御台所のしたことは、『摂州合邦辻』の玉手御前のしたことと同じです。

『しんとく丸』の御台所は、「そういう病人が家にいると、武士の家は廃れてしまうという話を都で聞いたので、信徳丸をどこかに捨てて下さい」と言います。父親は「あの程度の病人なら五人でも十人でも養える。同じ屋敷がいやなら、信徳丸のために別の建物を建てさせる」と言って信徳丸を養う決意を示しますが、御台所は「だったら私は、子供を連れて出て行きます」と信吉長者を脅します。

驚くべき展開というのはその先で、「出て行く、離婚して」と言われた信吉長者は、《あの妻送り、余人の妻を頼むとも、姿こそ変るとも、心邪慳《じゃけん》は同じこと》と思って、信徳丸を捨てることに決めるのです。「あの妻を送り出して別の妻をもらっても、違うのは見た目だけで心が悪いのは同じだから、この妻をそのままにして、息子を捨ててしまおう」ですね。説経節のすごさは、「主人公と恋仲になる若い姫君を除いて、すべての女はろくなものじゃない」という世界観を持っていることです。

『摂州合邦辻』には、俊徳丸の許嫁である「和泉の国陰山《かげやま》家の息女浅香《あさか》姫」が登場します。能の『弱法師』にも、その昔は俊徳丸を助ける「妻」が登場して、俊徳丸には彼を助ける若い女性が付きものだから、『しんとく丸』にも同じような女性が登場します。「和泉の国蔭山長者の乙姫(二番目の子である姫)」がそれで、浅香姫の前身です。

四天王寺で信徳丸が稚児舞を演じた時、この蔭山長者の乙姫は見物席にいて、信徳丸は一目惚れをします。信徳丸は、すぐに姫の住む蔭山の屋敷まで、手紙を持たせた使者を送ります。説経節だと、こういう場合の手紙は、他人に恋文であることを知られないようにした「謎々の手紙」で、姫君だけがこれを解読して、自分に宛てられたと知ると恥ずかしくなって、手紙をずんずんと引き裂いてしまいます。

手紙の使者は、「返事をもらえなかったら大変だ」と思って、姫を脅しにかかるのですが、「やってみよう」と思うその前提がまた大変です。彼は、《女人は胸にちえあり、心に智恵ないと承る。》と、世間一般の知識を引き合いに出すのです。

結局彼女は、その騒ぎを聞きつけた父親に「返事を書きなさい」と言われて書き、その後は何事もないままでいて、「人に嫌われる病気」で父親に捨てられた信徳丸が放浪しているのを知ると、家を出て後を追います。《心に智恵ない》という扱いを受けても、純なる彼女は盲目の許嫁のために大活躍をするのですが、説経節の中でこういう扱いを受ける「善なる女」は主人公の妻だけで、後はみんなだめです。

死んでしまった信徳丸の実の母の、その死んでしまった理由もとんでもないものです。信徳丸という子を授けてくれた清水の観音は、「授けてやる」という時に、「その子が三歳になると父や母に命の危機が訪れる」と言っていたのですが、息子は十三歳になっていて、自分にも夫にもなんの災難も降りかからないと気がついた彼女は、「清水の観音も嘘をつくんだから、今の世の人間だって嘘をついて生きて行くのよ」と言って大笑いをしてしまうのです。

これを清水の観音が聞こしめして、「私が守ってやっていたからなんの災難にも遭わずにすんでいたのに、この私を嘘つきとは何事！」と怒って、信徳丸の実の母を死なしてしまうのです。仏様も仏様ですが、出て来る女はみんなこうです。信吉長者が《余人の妻を頼むとも、姿こそ変るとも、心邪慳は同じこと》と思うのは無理のないことかもしれません。

こういうことを言うと必ずや現代女性のバッシングに遭うでしょうが、説経節や古浄瑠璃に出て来る既婚の女は、みんなろくでもない女です。なにしろ語り手が、ヒロイン以外の既婚女を、みんな「ためらいなく欲望丸出しの悪い女」と設定しているのですから、仕方がありません。

『摂州合邦辻』へ「継母の恋」という形で影響力を与えているだろうもう一つの説経節『愛護《あいごの》若《わか》』でも同じです。こちらは長谷寺の観音のお恵みで愛護の若という子は生まれるのですが、やっぱりその産みの母は「十三になっても無事だ。長谷の観音は嘘つきだ」と言ったおかげで、罰が当たって死んでしまいます。そして、父親の後妻になった「八条殿の姫君＝雲井の前」は、子供を産む代わりに「先妻の子」である愛護の若をちらっと見ただけで恋に落ちてしまうのです。

手紙を贈っても捨てられてしまうから、彼女は一日に七通も書き送るなどということをして、愛護の若から「この手紙を父上に見せますよ」と脅されます。雲井の前には月小夜《つきさよ》というやはり亭主持ちの悪い女が仕えていて、これが愛護の若への文使いをやっていたのですが、「私のことを殿に言うというのなら、私は愛護の若を殺す」と至って現代的な怒り方をする雲井の前に対して、「そんなことより、殿様の大切にしている物を盗み出して人目に立つところで売りに出させ、〝食うに困った愛護の若がやらせたんですよ〟と言わせれば、これを聞かれた殿様はきっと愛護の若を殺してしまいますよ」と策を講じます。「好きなものは好き。でも〝だめだ〟と言われたら憎いから殺す」のストレート短絡ぶりです。

愛護の若は「人が嫌う病気」にはなりませんが、屋敷にはいられなくなって野山をさすらった末、滝に身を投げて死んでしまいます。なにもいいことはありません。無残なのは人の世で、酷薄なのは欲望丸出しの既婚女です。

仏教の方には「女は煩悩が多いから成仏しがたい」という俗説のようなものが昔はありましたが、成仏しにくいかどうかは別として、民間では長い間「既婚女はろくでもない」ということになっていたのです。説経節や古浄瑠璃はそのような前提に立って物語を組み立てています。

それで、「もしかしたら?」と私は思うのです。義理の息子に恋をする悪い継母を主役に据えたこの『摂州合邦辻』は、「既婚女はろくなものじゃない」という偏見を引っ繰り返すために作られたものではないのかと。それが言いたくて、『摂州合邦辻』の前史をまずは長々と続けてみました。

『双蝶々曲輪日記』の時にも言いましたが、江戸時代の社会に「個人的感情」の入る余地はありません。少なくとも浄瑠璃や歌舞伎の狂言作者はそう思っています。社会に馴染まない「個人的感情」を位置付けるためには、「道理だ!」という納得、説得が必須です。だからこそ、「なるほど、道理だ!」と言わせるために、『摂州合邦辻』はかくもややこしく持って回った話になっているのです。

4

『摂州合邦辻』上の巻は、住吉明神境内の段から始まります。時は旧暦の霜月下旬ですから、年末近い冬至の頃です。住吉明神では火災防止を祈願する鎮火祭が催され、そこへ腰元以下の女達を引き連れた玉手御前と俊徳丸が、隣の河内の国からやって来ます。

例年なら城主の高安左衛門通俊が参詣するのに、彼が病気なので嫡子の俊徳丸がその名代《みょうだい》となり、玉手御前は夫の武運長久と病気回復を祈りにやって来たのだと語られますが、それは一行が舞台に現れるための設定なので、一行は登場すると早々に境内から神前へと去り、妾腹ゆえに「年下の兄」である俊徳丸に世継ぎの座を奪われた、次郎丸が登場します。

自分に従う家臣の壺井平馬《つぼいへいま》と、京からやって来た桟図書《かけはしずしょ》という怪しげな浪人を引き連れた次郎丸は、自分の不遇な立場を述べ、《幸い父の病中と云い此どさくさに俊徳丸ぶち殺すか毒害《どくがい》か。殺して仕廻《しま》う仕ようは様々《さまざま》。》と自身の悪心を語り、「話はお馴染みのお家騒動か」と思わせるのですが、そこへ行くまでの語り口が、普通の時代浄瑠璃とは違って、少しへんです。登場した玉手御前の一行を語る言葉が、明からさまにエロティックなのです。

まず、《端手《はで》ならず。憎《にく》からざりし。取なりも。出立栄《でだちばえ》せし家敷《やしき》風。河内の国の一《いち》城主。高安殿の奥方《おくがた》玉手御前。》です。参詣の主役は城主の名代である俊徳丸なのに、まず玉手御前で、俊徳丸は「おまけ」でもあるようにして、太夫の言葉は続きます。

《跡に続いて御代継《よつぎ》俊徳君と御親子《しんし》の。名は有りながら年栄《としばい》は廿《はたち》の上は過ぎざりし。桃李《とうり》の姿百《もも》の媚《こび》。あてやかなりし御粧《よそお》い。妼《こしもと》婢《はした》附々《つき〳〵》も軽う。出《いで》たつ忍びの詣で。裾吹き返す松風に。留木《とめき》の薫《かお》り媚《なまめ》かし。》

初めの方じゃ「派手じゃない。武家の奥方らしくしているが地味じゃなくて、ちょうどいい感じ」くらいの言い方をしているのに、「彼女は、俊徳丸とは親子の仲だが、まだ二十歳は過ぎていない」と言ってしまうと、《桃李の姿百の媚》です。《軽う。出たつ忍びの詣で》で歩いて行くと、その着物の裾を松風が吹き返す――つまり「めくろうとする」です。その後に続く《留木》というのは、伐採を禁じられた住吉明神の境内の松の木で、その《薫り媚かし》なのだから、「禁じられた恋が媚かしく匂う」です。

奥方の玉手御前の体からは、明らかにエロティックなものが漂い出しているので、これに従う腰元達もそれなりです。

《外珍らしき妼共。「ホンニきょうは奥様や若殿様のお影故《かげゆえ》。久しぶりで住吉参り。よい男の見《み》飽《あき》は目の正月藪《やぶ》入リの取越《とりこし》致しました。ノウ小菊殿。」「サレバイノ奥様や若《わか》殿様に。参り下向《げこう》が見惚《と》れてもお傍へは寄《よ》リ付《つ》かれず。時々《ときどき》わしらがお尻《いど》の傍《あた》り。ひり〳〵するは奥様のお腰の廻りのお身がわり。疼《いた》さ忍《こら》える辛抱も是も忠義じゃないかいの」と。しどなき咄《はな》しに奥方も笑い催《もよお》し給いける。》

時代浄瑠璃にチョイ役で出て来る腰元がエロティックなことを引き受ける役回りなのは常識のようなものですが、《小菊》と呼び掛けた方も呼び掛けられた方も、下がかった《しどなき咄し》

をしているわけですね。

滅多に外出出来ない腰元達は、住吉までの道筋で「よい男の見放題」なわけで、それは「目にとっても幸福な正月で、正月の藪入り休暇の先取りみたいだ」と一人が言うと、それを受けた小菊という名の腰元は、「参詣帰りの人間は奥様や若様に見惚れているけれど、お傍には寄り付けないので、男達の視線が突き刺さる奥様のお腰の辺りの身代りで、私達のお尻の辺りも疼《うず》くのです」と、更にエスカレートしたことを言って、それでも奥方様は「なにをはしたないことを」とお叱りにならず、お笑いになるのですね。

女達のエロティックな下拵えは十分に出来上がっていて、でも前髪立ちの俊徳丸はそれに反応しません。《俊徳丸は慇懃《いんぎん》に。家敷《やしき》よりは余程《よほど》の道母上様にも嘸《さぞ》お労《つかれ》。鎮火祭の神事《しんじ》迄神主方《かんぬしかた》へ御入り有り。暫《しば》しが間《あいだ》御休足《きゅうそく》と。隔《へだ》てし中《なか》も隔《へだて》なき。孝行《こうこう》深く見えにける。》です。俊徳丸は、義理の母だと思って距離を置いているけれど、親孝行をする気は十分あるという、真面目少年です。

堅物の俊徳丸が口を開くと、玉手御前も思い出したように、「殿様がご病気だから――」と、俊徳丸と共に住吉明神までやって来た理由を初めて口にして、「じゃ、ご神前に参りましょうか」と、境内から消えて行きます。別に不自然ではないのですが、その「明らかになにかを含んだ感じ」が、固い時代浄瑠璃のオープニングとしては「へん」なのです。

5

玉手御前の一行が消え、その後に出て来た次郎丸達もなにやら悪巧みの相談をして消えてしまうと、籠を背負って手には《扨《さらえ》》という小さな熊手状のものを持った落葉掃除の娘が現れます。掃除をやらせるには少し育ちのよさそうな感じのするこの娘は、落葉を掻き集めながらキョロキョロして、誰かを待っている様子ですが、そこへお神酒《みき》をいただいた俊徳丸が酔いを醒まそうとして、一人でやって来ます。

既にエロティックな雰囲気は醸成されているので、俊徳丸を見た掃除娘は、《一ト目見るより恋風のぞっとする程美くしき。顔に見惚れて取り落す。さらえる恋のいろ手本《てほん》。師匠は波のうかれ舟。岸に寄りたき思い也。》です。

ただの町娘というか村娘が、美少年の姿を見てポーッとなり、手にする扨を落とし、恋の手本をおさらいするかのようになって、「住吉の浦に漂う舟だって、岸辺に寄りたいんだわ」なんてことを思ったら、どうなるかは決まっています。《思い余ってこなたの娘。いっその事と抱付《いだき》く。》です。

やって来た俊徳丸は「娘がいるな」と分かってはいるのですが、真面目なので《心は付けど左《さ》有《あ》らぬ体《てい》。》で、住吉の浦の景色を「いいなァ」と言って見ています。そこを見知らぬ娘にいきなり抱き付かれるので、《コハけしからずと俊徳君振り放して逃げ行給う。》です。

女の方はすがりついて、《恥しい事ながら。絵に有ル様な其お姿。高安の若殿様に。在所育《ざいしよそだち》のふつゝかな私等が。惚《ほれ》たとは冥加《みようが》ないやら。勿体ないやら憎《にっく》いやつじゃとおさげしみ。お呵《しかり》受ケても大事ない。恋に貴賤の隔《へだて》はないとや。たった一ト言不便《ふびん》やとおっしゃる事も叶わずば。いっそ殺して〳〵と。縋《すが》り涙にくれ居たる。》です。

見知らぬ娘にいきなりそんなことを言われたって困るのですが、真面目な俊徳丸は冷静なので、「そうか――」とすぐに事の真相へ行き着いてしまいます。娘は、俊徳丸と許嫁の《和泉の国陰《かげ》山《やま》の息女浅香《あさか》姫》で、いつまでたっても結婚には至らないので、賤《しず》の娘の形《なり》をしてやって来たのだと、彼は見破るのです。浅香姫も、《洩《もる》る我が名を夫《そ》れぞとは知ッて難面《つれない》今の仰《おおせ》。云号《いゝなずけ》は有りながら。是迄文のとりやり計《ばか》り。お顔見たさに此姿。》と答えてしまいます。『摂州合邦辻』が説経節の『しんとく丸』を下敷きにしていることは、ここら辺であきらかです。

説経節の『しんとく丸』で浅香姫に対応するのは、同じ和泉の国の蔭山長者の乙姫で、四天王寺へ稚児の舞を見物に来ていた彼女に、舞台にいた信徳丸は一目惚れをしてしまいます。恋煩いの信徳丸は彼女に手紙を贈り、乙姫はこれを引き裂いてしまいます。説経節は、「若い女が恋をする」という発想を欠落させていて、重要視するのは「妻となった女の夫への貞節」だけだからこうなるのですが、《承れば河内の高安、信吉《のぶよし》長者のひとり子、信徳丸かたよりも、乙姫かたへ玉章《たまずさ》のよし承る。》と知った父親に《いそぎ玉章御返事申せ》と命令されて、返事を書きます。説経節はただそれしか語らないのですが、どうやら文の返事を書いた乙姫の心は信徳丸と結ばれて、「私は彼の妻だ」ということになってしまったようです。

だから、悪い継母のために無残な体になって放浪せざるをえなくなった信徳丸が、蔭山の屋敷に現れて人に追い払われたのだということを知ると、屋敷を出てその後を追おうとします。それに対して「返事を書け」と言った父親は、《やぁいかに乙姫よ、文ひとつの契約で、尋にょうとはなにごとぞ。》と制止するのですが、乙姫は《花の台《うてな》が露ほども、添いなれ馴染みはなきものを。よきときは添おうず、悪《あ》しきときは添うまいの契約は申さず。悪しきとき添うてこそ、夫婦とは申そうに。ただ一時の御暇給われ、父母のう》と、今時の結婚式の誓いの言葉みたいな「立派な愛の言葉」を口にします。

それは「美しい言葉」ではあるのですが、よく聞けば乙姫は「すぐに乾いてしまう花の上の露くらいしか馴染みはないけれど」と言っています。父親が《文ひとつ》と言っているのは、「信徳丸から恋文が来て、それに対して乙姫が返事をした」という一回きりのことらしくて、それだけで「彼はもう私の夫よ」ということになったら、危いストーカーですが、そんなものが生まれてしまうのは、世の中に「恋とか愛は存在する」という共通理解があってのことです。説経節の世界にそんな共通理解は存在しません。

説経節の世界に存在するのは、「結婚に関する契約」だけです。だから、自分から乙姫に求愛の文を贈った信徳丸は、相手から返事の文をもらったからといって、喜んで返事を出して「文の遣り取り」なんかをしないのです。いくらその後に、実の母が死んで継母に呪われてそんな余裕がなくなったからといっても、「もう婚姻の契約は出来上がっている」と思う信徳丸だからこそ、乙姫に連絡なんかしないのです。

説経節の世界で「恋愛感情」というものは、「結婚に結びつくための一要素のようなもの」でしかなく、だからこそ「もう結婚していて、恋愛感情なんかを持つ必要がないのに、抱きがちである」と思われる既婚女性は、説経節の中では「悪」になってしまうのでしょう。『摂州合邦辻』の浅香姫が、『しんとく丸』の乙姫を下敷きにしていることはあきらかでしょう。

『摂州合邦辻』には、中世的な匂いがうっすらと漂っています。細かいことですが、能の『弱法師』で俊徳丸の父は「高安左衛門尉《さえもんのじょう》通俊」ですが、『摂州合邦辻』では「高安左衛門通俊」だけで、「尉」の一字がありません。「左衛門尉」というのは、京都の朝廷の「左衛門府という役所の三等官」という官職名で、「左衛門」というのはそれが崩れた江戸時代にはありがちの「ただの名前」です。だから、江戸時代には「六左衛門」とか「彦左衛門」というただのジーさんもいるわけで、その点から言えば、『弱法師』は古代的で、『摂州合邦辻』は近世的です。近世的だからこそ、能では「河内の国の高安左衛門の尉通俊」であるものが、『摂州合邦辻』では江戸時代風に《河内の国の一城主。高安殿》になっています。だったらと思うのは、能には登場しない「俊徳丸の妻の父」です。俊徳丸は浅香姫のことを《和泉の国陰山の息女浅香姫》と、大名の息女のように言いますが、それ以前に次郎丸は《和泉の国陰山長者が娘浅香姫》と言っています。『しんとく丸』では、両者の父を「河内の国の信吉《のぶよし》長者、和泉の国の蔭山長者」としているのだから、俊徳丸の父に合わせて「和泉の国の一城主。陰山殿」になっていてもいいものを、こちらだけは《陰山長者》のままです。それはおそらく「意図的」と言ってもいいはずだと思いますが、近世的になった『摂州合邦辻』には、不思議に中世的な匂いが漂っているのです。

だから、次郎丸の悪巧みのためにやって来た桟図書という浪人も《京地の浪人》です。《城主》という言葉は登場しても、この作品には鎌倉とか江戸という幕府の存在を感じさせるものは登場しません。この作品の舞台となる時代は「江戸時代の前の中世」という漠然としたもので、だから「尉」抜きの高安左衛門や陰山長者に「京の浪人」というものも登場するのでしょう。浅香姫の背後には説経節の乙姫がいて、『摂州合邦辻』が持つ中世的な匂いは下の巻になるとはっきりしますが、今のところはまず、住吉明神の境内です。

6

近世化した浅香姫は「恋愛感情」というものを知って身に備えているので、《云号は有りながら。是迄文のとりやり計り。》と、率直な胸の内を口にしてしまいます。つまり、浅香姫は性的欲求不満状態にあって、それを口にしてもかまわないというのが、説経節から一歩進んだ近世の浄瑠璃なのです。

浅香姫は「なんとかして——」と言わぬばかりで、俊徳丸にすがって泣き始めます。俊徳丸は「父上がご病気だから婚礼の輿入れもないままになっている。父上のご病気が治れば婚礼はあるのだから」と、「別に心変わりをしたわけではない」と言うのですが、和泉の国から国境を越えて住吉明神までやって来た浅香姫はそれではすまず、「ねェ?」と俊徳丸に迫ります。

近世的な浄瑠璃で恋愛のイニシアチヴを取って積極的であるのはお姫様の役回りですから、彼女は自分のなすべきことをしているのですが、堅物の俊徳丸は「ちょっと、ここでは――」と、実行行為へのためらいを見せます。特別な堅物ではなくても、義理の母と一緒に病気の父親の代参でやって来ている息子が、若い女に誘われて「じゃ、ちょっとそこで――」とは言いにくいはずですが、恋に積極的な『摂州合邦辻』は、《恋は知ッても武家育《そだち》。》と、俊徳丸の堅物ぶりを強調します。

もちろん、話がそれで終わるわけもなく、浅香姫に迫られて俊徳丸が困っていると、そこへ神がかりになった住吉神社の神子《みこ》が《御託宣《たくせん》》を告げに現れます。その《御託宣》というのが、《伊弉諾《いざなぎ》伊弉冉《いざなみ》の二柱《ふた》の御神。天の浮橋の上に立ち。床入りさしゃんしてより以来《このかた》。陰陽和合《いんようわごう》は国の大要。何ンぼ堅い神々でも。やぼ天神も空神《うつじん》も。是を。嫌う者はないに。俊徳丸計《ばか》りは。なぜ堅い》というとんでもないもので、《どこぞそこらの木影《こかげ》でなりと。マア嫁入りの内上《うちあ》げをしてやったら能《よ》かろう》と続きます。

この神子というのが、実は浅香姫に付き添って和泉の国からやって来た奴《やっこ》夫婦の女房で、そのお楽《らく》という女は、時代浄瑠璃のオープニングでよくある「恋仲の姫君と若君がモジモジしているのを見て、姫君付きの腰元が押し付ける」という、その腰元の役回りです。

お楽が浅香姫の体を押して俊徳丸にくっつけると、「でかした女房」とばかりに彼女の夫である奴入平《いりへい》が現れ、セッティングしておいた《人影のない奥の天神。水茶屋の簾《すだれ》の屏風》へと案内しようとします。「すぐそこの物陰で」というわけではなく、《奥の》ですから、抱きついたばかりの二人は、そこへ行こうとします。するとそこへ出て来るのが、最前の腰元の小菊です。普通の時代浄瑠璃なら、恋仲の二人はとりあえず関係を持ってしまうのですが、『摂州合邦辻』では「やろうと思ってもやれない性的欲求不満」が重大な役割を果たすので、エロティックな雰囲気を醸成させておいて、浅香姫は俊徳丸との実行行為へ至れないのです。

小菊は「奥様が俊徳様をお探しです」と言い、俊徳丸や浅香姫の一行がどうしようと思っていると、別の腰元が出て来て「奥様がこちらへお出ましです」と言うので、浅香姫と入平夫婦は仕方なしにその場を去ります。

「もう少しだったのに——」というエロティックな雰囲気が十分に出来上がっているところに出て来るのが、問題の玉手御前です。

腰元は松の木影に毛氈《もうせん》を広げ、「神前でいただいたお神酒をちょうだいしましょう」ということで、玉手御前は神酒の入った長柄《ながえ》の銚子《ちょうし》と鮑《あわび》の貝殻製の盃を持ってやって来ます。現れた玉手御前は《俊徳殿には此玉手が。密《ひそか》に咄す用事も有れば。そち達《たち》は神主方へ。早う〳〵》と、腰元達を追い払い、《跡先《あとさき》見廻し膝摺《すり》寄せ。》ということになってしまいます。

《神酒というのは表テ向キ。堅くろしい挨拶はマア暫らくはやめにして。打チとけての酒盛サア〳〵》と砕けた口調になった玉手御前は、自分で鮑の盃に酒を注ぐと飲み干して、その盃を俊徳丸に回します。俊徳丸は「自分でやりますよ」と言うのに、玉手御前は酒を注いで、母親の注いだ酒だから拒めない俊徳丸は、これを飲み干します。

貝殻が一枚だけの鮑は片想いを象徴するもので、その酒の中には俊徳丸の体を腐らせる毒薬が入っているのですが、それは後の話で、盃の酒を飲み干した俊徳丸の手を取って握りしめた玉手御前は《今の盃《さかずき》合点《がてん》かえ。》と言います。

「合点て、なにが合点なんですか？」と言う俊徳丸に、《ハテ姫御前《ごぜ》の方から殿御へさすは妹背のかため。此松原は取りも直さず。祝言《しゅうげん》の大島台《しまだい》。尉《じょう》と姥《うば》との友白髪《しらが》。今更いやとは言れまい》と、玉手御前は言ってしまいます。

「この松原は、結婚を祝う飾り物の島台の大きなもので、あなたは私が飲んで渡した盃で酒を飲んだんだから、もう私達の結婚は完了ね」と言うんだから、俊徳丸じゃなくても「そんな無茶な！」と驚きます。ぼったくりバーならここで逃げ出すところですが、相手は仮にも「自分の母親」なので、事態を取りつくろいたい俊徳丸は、「酔ってるんですね」と言って席を立とうとします。

　その袴の裾をつかまえた玉手御前は、《酒にも酔《よわ》ぬ気も違わぬ。》と言って、自分の胸の内を語り始めます。

《お前の母公《はゝきみ》先《せん》奥様に宮仕えの私。御奉公《ほうこう》の始めから。其美しいお姿に。心迷うて明暮に。モウ打ち付けて云い出そか。文と思えど落ちる恐れ。此身《このみ》の科《とが》は厭《いとわ》ねどいとしい御身に浮名もと。辛抱する中《うち》情けなや。奥様お過ぎなされて後。新《しん》奥方にと殿の御意《ぎょい》。達《た》ッて辞退もお主《しゅう》の権意《けんい》。背けば館に居る事叶わず。しょう事なしの親顔《おやがお》を。母あしらいの其つらさ。此儘《このまゝ》ならば恋煩い憧《こがれ》て死ぬる私が身。不便《ふびん》と思うて給わらば。わりない契りを是《これ》申し。やいの／＼と縺《もつ》れ寄り。柵《しがら》む糸に恋の籆《わく》母の行義は失《うせ》にけり。》と。

「先代の奥様にお仕えしている頃から、美しいあなたのお姿に迷って、お手紙を差し上げようと思ったけれど、それがうっかり落として他人の手に入ったらあなたのご迷惑と思って抑えている内、奥様はなくなって――」と、せつなげな音楽をバックにしてヒロインが胸の内をせつせつと語れば、そんな時代劇を見ている現代の観客は、「もっともだわ、可哀想に」と思うでしょうし、それは江戸時代の観客でも同じはずです。だから『摂州合邦辻』の作者は、観客が「もっともだ」と思うような言葉を並べます。でも、観客が「もっともだ」と理解を示すのは、その後に続く「でもしょうがないじゃない」という、ヒロインへのあきらめの言葉を用意しているからです。

その恋の思いを述べて、「でもあきらめます」と言えば、玉手御前は「悲しい恋のヒロイン」になれますが、しかし玉手御前はそうなりません。

継母から突然恋の告白をされた俊徳丸は、《軻果《あきれはて》暫し詞《ことば》もなかりしが。エ、情けなや浅ましや。天魔《てんま》の見入れか母人《ははびと》様。血こそ分けね現在の。子に恋慕とは何事ぞ。聞くもうるさや穢《けが》らわしや》と言って立ち退くのですが、玉手御前はこれにすがりつきます。

注目すべきは、この段階で俊徳丸が、絶対のタブーである「畜生道《ちくしょうどう》」という言葉を持ち出していないことですね。江戸時代に近親相姦は「畜生道に堕ちた」と言われる、絶対のタブーで、この言葉を使わない俊徳丸は、まだ玉手御前に「人らしい心」や「理性」が残っているはずと思っているのですが、玉手御前は引っ込みません。

《母呼《よば》わり聞きとむない。年《とし》はお前に一つか二つ。老《おい》女房が夫《そ》レ程いやか。否《いや》でも応《おう》でも惚《ほれ》た〳〵。抱かれて寝ねばいつ迄も放しはせじ》と抱きついてしまいます。

俊徳丸より一つか二つ年上でしかない玉手御前は、「母である」という事実を拒否して恋の鬼になってしまうので、俊徳丸は彼女を振り放し、涙ながらに《父への操《みさお》を背くといい。此世からなる畜生道。》と、禁断の言葉をついに口にしてしまいます。

それを言われても玉手御前は、《畜生でも大事ない。是非《ぜひ》共夫婦と取り結る。》ですから、俊徳丸はそんな母親を置いて逃げ出してしまいます。

俊徳丸を追って駆け出そうとする玉手御前の前へ、家来達が駕籠を舁《か》き出して来ます。「若殿は先にお帰りになりました。奥様もお戻りを」と言われて、玉手御前は何事もなかったような顔をして駕籠に乗り込みます。その後は高安《たかやす》館の段での話で、「これで一体どうなるんだろう？」と思っているところへ現れるのが、浅香姫と入平夫婦、そこへ更に浅香姫へ横恋慕をする次郎丸達も現れて、浅香姫を連れて行こうとするので、入平はそれをやっつけて、姫の一行は和泉の国へ帰ります。

「話はどうなるのかな？　玉手御前の狂態は気のせいで、これはやっぱりお家騒動の話なのかな？」と思うところで、次へ続くです。

7

住吉明神境内の段に続くのは、高安館の段。時は、前段の《霜月《つき》下旬》からしばらくたった、雪の降る師走です。館へ戻った俊徳丸は発病して自室に籠り、父と家老と医者しか近づけさせません。舞台が高安館へ移れば、当然話の局面は「次郎丸によるお家乗っ取り」の方向へ移ると思われるのですが、しかし意外というのは、この厄介な問題を抱えた高安家に、問題が解決出来るような有能な人材がいないことです。

城主の高安左衛門は病気ですが、それ以前に彼は、頭のピントがゆるくなった大殿様です。先妻が死ぬと、その年若い――自分の娘ほどの腰元を後妻に迎える彼は、単純なスケベ親父ではなくて「人のいいノンキな父さん」なので、自分の後妻と息子の間にどういうことが起こっているのかをまったく理解しません。殿様がそういう現実対処能力のない人だと、代わって家老がしっかりしていなければならないのですが、その家老の誉田《こんだ》主税《ちからの》之助《すけ》は公務で「出張中」です。高安館には頼りになりそうな男が一人もいなくて、そこで登場するのが誉田主税之助の妻の羽《は》曳野《びきの》です。

羽曳野に言わせれば《河内一《い》ッ国《こく》しめくゝりする家老の詞《ことば》は殿様でも。お立てなさるが国の掟。》で、その夫から全権を委任されていると思う羽曳野は、すべてを取り仕切る女家老ですが、これはもちろん、男達にとっては気付きにくくて問題にしにくい「奥方の恋」を扱う物語だからこそで、これに対する「正義の代表」も女になったと考えるべきでしょう。

羽曳野は「一家の秩序」というものを知っていますから、玉手御前を《奥様》と敬いますが、その一方で彼女がついこの間まで「先の奥様の腰元」だったことも承知しています。羽曳野は悪役でもいじめ役でもないのですが、女特有の「私はあの子の過去を知ってるわよ」的な嗅覚で、おそらくは家中でただ一人、玉手御前の胸の内を見抜いています。「大奥物」と言うより、展開は「OL物」です。

俊徳丸の病室に入れずにいる玉手御前は、羽曳野に「病室へ入れておくれ」と頼みますが、《包むとすれど埋火《うずみび》の。恋の煩熱洩安《ほとぼりもれやす》き。色目見て取り苦笑《にがわら》い。》の羽曳野は、《外《ほか》に御介抱《かいほう》申す人もなく。たった一人ござるお寝間《ねま》へ。深《ふ》カ〳〵と参るは世上《せじょう》の聞こえ。殊《こと》に又御器量よしの俊徳様。夫《おっと》を持ッた女中にも袖裙《つま》引いて。あの〻もの〻というお方《かた》も有ると聞けば。お傍《そば》へ行《いか》ぬが御奉公。奥方様はみず〳〵と水の出端《でばな》の若盛り。マア御遠慮を遊ばすが。よかりそうな物の様に。わたしは存じられます》と言う、《真綿でしめる首械《くびかせ》の。子に恋させぬ利発者。》です。

色恋の方にかけては練達《れんたつ》の江戸時代ですから、「私、知ってるわよ」という追及でも、《あの〻もの〻というお方》というような独特な遊びが言葉の中にあります。つまり、「夫がある女でも、〝あのォ〟とか〝もうー〟とか言って袖や裙を引く女がいる」で、「あんたじゃないと思うけどさ」のとぼけ方です。

家老の夫から全権を委譲されている羽曳野は「だめ」と言って、それを《色香も顔も花薊《あざみ》針は。有れどもしおらしし》と作者は評しますが、同じ追及でも女がするのなら色気がないといけないのが、江戸時代です。

言われて玉手御前は、《疵《きず》持つ足の裏笹原ならで打ち騒ぐ。》という、考えてみれば絶妙なうろたえ方をするのですが、その一触即発の時に、京都の朝廷から勅使《ちょくし》がやって来て、話はお家騒動の局面に移ります。

高安家では、当主の左衛門通俊が病気なので、引退して家督を俊徳丸に相続させたいという願いを朝廷に提出しています。それに答えるために来たのが勅使の高宮中将なのですが、これが実は偽者で、その正体は住吉明神に現れた栈図書という浪人です。

高安の家には、朝廷発行の「相続証明書」のような《継目《つぎめ》の綸旨《りんじ》》というものがあって、次郎丸はこれを手に入れたい――手に入れて、これを持って朝廷へ行き、正統な後継者の地位を得たいと思って、栈図書を雇ったのです。

栈図書の高宮中将は、「家督相続の願いはかなえてやるから、俊徳丸に継目の綸旨を持たせて早々に参内《さんだい》させろ」と言いますが、病んだ俊徳丸は人前に出せる状態ではない。「無理です」と大殿の左衛門が言うと、高宮中将はゆすりのようにごね始め、そばにいた次郎丸は「父上、彼《か》の物を――」と言って、高宮中将に「菓子」と言って小判を差し出します。高宮中将はおとなしくなって、「俊徳丸が来るのは後からでもいいが、先に継目の綸旨だけは持って行く」と言って、その計画を達成してしまいます。

この場は、次郎丸の悪巧みを実際の形にして見せるところですが、そうした一方で描かれるのは、大殿様のあきれるほどの無能ぶりで、事態解決能力はなく、息子に「賄賂を」と言われて「おお、そうか」とばかりにうなずくぼんやりぶりです。

高宮中将の機嫌が収まり、「それではこちらへ――」と、一同が接待の場所へ移ると、俊徳丸の出番です。『摂州合邦辻』という作品は、緻密な構成というよりも「ゆるい構成」で出来上がっている作品なのですが、そのゆるさが登場人物の心理を浮かび上がらせるような、不思議な効果を上げています。だから、さりげなく描かれた、鷹揚かもしれないが哀れにも無能な父親の後に、病んだ俊徳丸が登場すると、その心細さと哀れさが強調されて感じられるのです。

俊徳丸は、父親に対して文句を言いません。父親達が去った後の《奥口見廻し暫くは。涙にむせび。居給いしが。》で、やがて《思い寄らずも悪病に。苦しむ我が身は前世の業。》と述懐します。

当時的な考え方からすると、不治の病の原因は、前世からの《業》なのです。だから、これを治すためには、《日本六十余州を廻《めぐ》り。神社仏閣に歩みを運び。前世の悪業《あくごう》滅しなば。夫《そ》レぞ誠の在障懺悔《ざいしょうさんげ》》ということをしなければならない――つまり、家を出て順礼者にならなければならない。それが弱法師《よろぼし》と言われる人達です。だから俊徳丸も家を出て、放浪の弱法師になる決心をするのです。

説経節の『しんとく丸』以来、この父親は無能であっても病んだ息子にはやさしいので、家出を決意した俊徳丸は、涙ながらに父親宛ての書き置きを認《したた》めます。それを書き終えて立ち上がったところへ、《様子は聞いた俊徳様。是程迄恋憧《こが》るゝ私を捨《す》て胴欲《どうよく》な。》と、玉手御前が現れてすがりつくのです。「自分の病気で高安家の行先は危うくなっている。自分の病気だってどうにもならない」と思って家出を決断したところに出て来られて、「愛してます、結婚して下さい、どこまでも連れて行って下さい」と言われても、「ああ、うるさい、しつこい、お前なんか関係ないだろ」ということで、俊徳丸は暴れる玉手御前を、通路にかけてあった縄で縛り上げてしまいます。

俊徳丸は去り、その後にやって来た羽曳野が《ヤアこりゃどうじゃ》と驚いて縄を解き、玉手御前は事情を話して、《エ、斯《こう》いう中《うち》も気遣《きづか》いと。かけ出し給う》を、訳知りの羽曳野は《若殿の追ッ人《て》には。お前はちっとやりにくい》と引きずり戻し、「お家の一大事！」と家中の人達を呼びます。この一大事とはもちろん、「玉手御前の邪恋」ではなく、「後継者俊徳丸の出奔」です。大殿様以下、高宮中将までも出て来てまたしても一揉めあるのを「まァ、まァ」と宥めて一同が奥へ入ると、更にまたしてもで出て来るのが、玉手御前です。俊徳丸を追おうとする玉手御前は、しっかりと旅の費用まで用意して、雪の庭に下り立ちます。誰がその玉手御前を「私の生き血で俊徳様をお救いする」と思って追いかける女と思うでしょう。当人だってそんなことは忘れているはずで、恋に狂った女が必要とするのは「恋する自分の口実」だけなのです。

恋に狂った女は手がつけられず、それに立ち向かえるのは「理性的な女」だけなので、玉手御前が行こうとするその先に《すっくと羽曳野。奥様何所《どこ》へ》と声を掛け、女二人の罵り合いはついに雪の中の立ち回りとなり、咄嗟のはずみで玉手御前は傘の柄で羽曳野の《豁《あばら》を一ト当て》して、倒れたすきに逃げ出します。

そこへやって来るのが「今までなにをしてたんだ？」的な家老の誉田主税之助です。彼の不在は、主題である「玉手御前の恋」を浮かび上がらせて妻の羽曳野を活躍させるための段取りで、やっと出て来た誉田主税之助は、「男の領分」であるお家騒動の方を片づけるため、雪の山坂道へと向かいます。

「公務出張中」だった彼は、去って行く高宮中将の桟図書を追って、「京都で本物の高宮中将と会っていた」と言って雪の山中で偽の勅使を叩っ殺し、持って行かれた《継目の綸旨》も取り返して、この竜田《たつた》越《ごえ》の段を終わらせます。そうして、「玉手御前の恋」を成り立たせるための段取りであったお家騒動の話は「主犯の次郎丸逮捕」の一件を残して収束し、いよいよ「玉手御前の恋」を中心軸とする下の巻へと移ります（私の話も前置きの段取りが長過ぎて、肝腎のところを語る余裕があまりありません）。

8

下の巻の初めは天王寺万代池《ばんだいいけ》の段です。時は移って、旧暦二月の彼岸の中日、病の進んだ俊徳丸は盲目となり、ここに粗末な菰《こも》小屋を作って住んでいます。現代で言えば、段ボールハウスのホームレスですが、現代と違うのは、ここが古くからの宗教的色彩を濃く残していることです。時が「彼岸の中日」であるのも、宗教的な救済のイメージを強くする能の『弱法師』を踏まえてのことですが、説経節を経過した近世的な『摂州合邦辻』で、「盲目となった俊徳丸が父と出会って救われる」ということはありません。天王寺に流れ着いた俊徳丸は、この地で近世的な人間ドラマを形成する人達と出会います。

まず現れるのは、浅香姫に仕える奴《やっこ》の入平《いりへい》とお楽《らく》の夫婦です。許婚の俊徳丸が業病に罹った末に出奔したという話を聞いた浅香姫はその後を追って家を出てしまったので、彼女に仕える二人は、主人の浅香姫とそして俊徳丸の行方を尋ねて、人出の多い天王寺へたまたまやって来たのです。二人は道行く人に「これこれこういう人は見ませんですか？」と二人のことを尋ねると、《元《もと》はよし有人《あるひと》の子なれど。どうでも過去で悪い事。した報いじゃという評判。俄盲《にわかめくら》でよぼ〳〵

よろ〳〵弱法師《よろぼうし》。》がいたという情報を得ます。

二人が「それだ！」と言って去ると、行き違いにそばの菰小屋に帰って来るのが俊徳丸です。嘆きの俊徳丸がネガティヴなことを口にして小屋の中に入ると、今度はそこに首ばかりの閻魔大王像を載せた台車を引く人物――合邦道心《がっぽうどうしん》が現れます。彼が何者かということは、ここではまだ明かされずに「閻魔大王像を祀る堂建設の寄附を呼びかける出家者」ということになっていますが、彼は出奔した玉手御前の父親です。

道を行く人は、「ここはこの世の極楽である天王寺で、そこで〝閻魔大王と近付きになろう〟と言うのは門違いじゃあるまいか」と言いますが、合邦道心は《畢竟《ひっきょう》地獄は極楽の出店《でみせ》。其出店の番頭《ばんとう》は此わろ（註・閻魔大王）。番頭の気に入ッて置かずば。おもやの極楽へ何《な》ンと出入りは成るまいがの。》と答えて、撞木《しゅもく》で首から提げた鉦《かね》を叩きながら、「地獄と付き合っとくと得だぞ」と、陽気に歌い踊ります。そうして彼は、閻魔堂建立のための寄附を募るのですが、彼がそんなことをするのには理由があります。

実は合邦は、「娘はもう死んだ――義理の息子に浅ましくも恋をして、怒った夫の高安左衛門に斬り殺された」と思っているのです。武士上がりで堅物の合邦は、そう思い込まないと事態が呑み込めないのです。「とんでもないことをしでかして夫の手にかかった娘は地獄に堕ちた」と思い込んで、地獄にいる娘の救済のために、彼は閻魔大王を祀りたいのです。

合邦の娘である玉手御前の本名は「辻」で、大阪の四天王寺の近くには「合邦辻閻魔堂」が実在します。羽曳野も高安も、大阪府の地名です。「商都大坂」であったはずのところには、中世的なものが眠っているのかもしれません。

合邦が何者で、彼の閻魔堂建立計画はなんのためかということは、ここではまだ明かされず、彼はただの「陽気な老いた道心者」です。歌い踊って疲れた彼は、その場で「一休み」と思い眠ってしまいます。そこへ、小屋の菰垂れを上げて俊徳丸が現れ、浅香姫もやって来ます。

浅香姫は見た目は完全に別人になってしまった俊徳丸に、《そこな乞食《こじき》殿ちと物が尋たい。》と俊徳丸のことを尋ねます。盲目の俊徳丸は、声だけで相手が浅香姫と理解しますが、《我が妻ながら恥かしや。斯《かく》見苦しき姿にて。夫《そ》レと名乗るも面《おもて》ぶせ。偽って帰さんと思えど残る輪廻《りんね》心《しん》。世になき我《われ》を力程迄慕い尋る志。嬉しい共。可愛い共。云《いわ》んかたなきはら〳〵涙。襤褸《つづれ》の袖を絞らるゝ。》という状態になります。

「ここに哀れを止めしは」と言いたい状態の俊徳丸は、「実は私が」と名乗りたくもある。しかしそれが出来ないのは、もし「自分は俊徳丸だ」と名乗ったら、ストーカーとなった玉手御前が現れるだろうと思っているからです。本当に、「なんの因果でこんな目に――」というのが俊徳丸です。

俊徳丸は、「尋ねる人なら、その池に身を投げて死んだ」と言い、それを聞いた浅香姫が同じ池に身を投げようとすると、「そう言ってくれと頼まれただけで、その人は順礼の旅へ出た」と、言うに言われぬ苦しい胸の内を延々と表明するのですが、その内に入平夫婦がやって来て、「あの人こそ俊徳様」ということになります。がしかし、やっと浅香姫主従が俊徳丸と出会えたそこへ、次郎丸が家来を連れてやって来ます。

入平夫婦は次郎丸の家来を追い払いますが、浅香姫を我が物にしたい次郎丸は彼女に抱きつき、これに「やらじ」とばかり足にすがりついた盲目の俊徳丸を蹴飛ばすのですが、そこに居眠りをしていた合邦道心がガバッと目を覚まし、「謎の正義の老人」となって次郎丸に立ち向かい、俊徳丸を閻魔大王の首ばかりが載せてある台車に乗せ、浅香姫に「その車の綱を引いて行け！」と言います。

その車を引いてどこに行くの？　この爺さんは何者なの？　という疑問は、その次の段です。

9

『摂州合邦辻』の最後は、合邦庵室の段。この幕が明いた時点で、すべての種明かしの用意は整っています。

合邦と妻の老婆が住む庵室では、大勢の人が集まって誰かの命日の回向をする百万遍の最中です。綱引きの綱のような紐に大きな数珠を通し、集った人間達が順繰りに回して念仏を唱えます。誰の命日かとも言わずに、戒名が女である仏の回向と食事振舞いをしていますが、当然その回向の相手は玉手御前です。

父親の合邦は、「娘は殺されて地獄へ行った」と思っていますが、母親の方はそう簡単に思い切れません。百万遍をやっていた人間達が帰った後でも涙ながらに回向の鉦を叩いていると、《いとしん〳〵たる夜の道恋の道には暗からね共。気は烏羽玉《うばたま》の玉手御前《ごぜん》。俊徳丸の御行衛《おんゆくえ》。尋《たずね》兼《かね》つゝ人めをも。忍び兼たる顋《ほお》かぶり包み隠せし親里も。今は心の頼みにて馴《なれ》し古郷《こきよう》の門《かど》の口。》という有名な浄瑠璃で、玉手御前が現れます。

《嚊様《かか》〳〵爰《ここ》明けて》と戸を叩く音に母親は気づいて開けようとしますが、合邦は止めます。止めてもやはり、娘に会いたい、娘の潔白を信じたいとは思う合邦は、「あの声は人ではない。幽霊だ。幽霊なら入れてやれ。茶漬けの一杯も手向けてやれ」と言います。

彼等の娘の「お辻」である玉手御前は中へ入れられ、娘の潔白を信じたい母親は、《世間《せけん》の噂にはの。そなたはアノ俊徳様とやらに恋をして。館を抜けて出やったの。イヤ不義じゃのと悪ういえど。そなたに限りよもや〳〵。そういう事は有るまいの。噓《うそ》で有《あ》ろ。〳〵。噓か。〳〵》と迫りますが、《面《おも》はゆげなる玉手御前》は、《母様のお詞なれどいかなる過去の因縁やら。俊徳様の御事《おんこと》は寝た間も忘れず恋憧《こがれ》。思い余って打ち付けに。云うても（俊徳丸は）親子の道を立て。難面《つれない》返事堅い程。猶《なお》いやまさる恋の淵。いっそ沈まば何所《どこ》迄もと。跡を慕うて歩徒足《かちはだし》。芦の浦々難波潟《なにわがた》。身を尽したる心根を。不便《ふびん》と思うて倶々《ともども》に。俊徳様の行衛を尋《たずね》。女夫《めおと》にして下《くだ》さんすが。親のお慈悲》と手を合わせて拝んでしまいます。

玉手御前の目的は、自分の肝臓の生き血を俊徳丸に飲ませることです。そのためにはもっともっと人を怒らせて刀を抜かせなければなりません。ところが「娘は死んだ」と言い聞かせる親達には、まだ娘を許したいという温情が残っています。だから玉手御前は、その温情を蹴倒して、父なる人に怒りの刃を向けてもらうために、究極の浅ましい醜態へと進まなければなりません。

頑固者の父親は奥から刀を持ち出し、「お前を殺さなければ高安家への義理が立たない」と言いますが、甘い母親は「髪を切って尼になり、俊徳様を思いきれ」と言います。玉手御前はもういゝ一押しです。

《娘は飛退《とびの》き顔色かえ。エヽ訳もない事云《いわ》しゃんすな。わしゃ尼に成る事いやじゃ〱。折角艶《せっかくつや》よう梳《すき》込んだ此髪が。どうむごたらしう剃《そら》れる物。今迄の屋敷風は最《もう》取り置いて。是《これ》からは色町風随分《ふうずいぶん》端手《はで》に身を持ッて。俊徳様に逢《お》うたらば。あっちからも惚《ほれ》て貰《もら》う気。怪我にも仮《かり》にも。尼の坊主の。云い出して下さんすなとけんもほろゝに寄せ付けず。》

それまでは「奥様」を演じてはいたけれど、母親を前にしてはもう「若い娘」の本性丸出しですから、とても昔の話とは思えないようなリアリティです。

娘の手の付けられなさに、父親は怒って刀に手をかけ、母親は「ちょっと待って、私がまだ言い聞かせるから」と言って、娘を奥の納戸《なんど》へ引っ張って行きます。すると、誰もいなくなった部屋に、奥から俊徳丸の手を引いた浅香姫が現れます。「果して二人の行方は？」だった前段末の答が「ここに」です。

浅香姫は、「もうここにはいられません。逃げましょう」と行きかけるのですが、そこへ声を聞いた玉手御前が現れます。ストーカーは、へんに敏感なのです。

すがりつく玉手御前に俊徳丸は、《昔は桃李《とうり》の粧《よそおい》成共《なれども》。今は見るめも妨嫌《いぶせき》癩病。両眼瞽《しい》て浅ましき姿はお目にかゝらぬか。是でもあいそが尽《つき》ませぬか。道も恥をも知り給え》と涙ながらに訴えます。困ったことに、善なる人はそうそう簡単に怒れないのです。だから玉手御前はもっとひどいことを言います。

《愚《おろか》な事をおっしゃります。其お姿も私が業《わざ》。むさい共うるさい共。何ンの思おう思やせぬ。自《みずから》故に難病に苦しみ給うと思う程。いや増《ます》恋の種と成リ。一倍《いちばい》いとしうござんす》とすがり寄ります。最初に言った「代理ミュンヒハウゼン症候群」というのはこれですが、《其お姿も私が業。》という聞き捨てならないことを聞いた俊徳丸は、《フウ此業病《ごうびょう》を母上の。業とおっしゃる其子細《しさい》は。》と尋ねて、玉手御前は「毒を飲ませたから」と、あっけらかんと白状します。

よい子の俊徳丸は《無念と思《おぼ》せど義理の親》と、やっぱり一切を呑み込んで《我身の不運と御落涙《らくるい》。》ですが、黙っていられないのは浅香姫です。浅香姫は《いっそ涙も出《いで》ぬ。腹立ち紛れ取ッて突退《つきの》け。エヽ聞けば聞《きく》程余《あんま》りじゃわいな〳〵。玉をのべたお姿を。ようアノ様に仕《し》やったのう。母御の身として子に恋慕。人間とは思わねど。道ならぬ事も程が有る。サァ元のお顔にして返しゃ》と怒ります。恋の狂気に対抗出来るのは、別の「恋する者の怒り」だけなのかもしれませんが、もちろん玉手御前は揺るぎません。

《玉手はすっくと立ち上り。ヤァ恋路の闇に迷うた我身。道も法も聞く耳持たぬ。モウ此上は俊徳様。いずくへ成共《なりとも》連れ退《の》いて。恋の一念通さで置《お》うか。邪魔しやったら蹴殺すと。飛かゝって俊徳の御手を取ッて引ッ立る。アラ穢《けが》らわしと振リ切るを。放れじやらじと追い廻し。支《ささえ》る姫を踏退《ふみの》け蹴退《けのけ》。怒《いかる》眼元は薄紅梅。逆《さか》立つ髪は青柳の姿も乱るゝ嫉妬の乱行《らんぎょう》。》で、もうこうなってしまうと、刀を抜いた父親の出番以外にはありません。

合邦は娘の体に刀を突っ込み、玉手御前は一番最初に言ったような「一部始終」を苦しい息の下で語ります。

「玉手御前の恋は本物か、フェイクか」ということはよく言われますが、これが本気でないはずはありません。「恋をしてもいいんだ」という口実を一方的に見つけたら、人というものはどんどんその狂気じみた恋の中に入って行きます。恋というものには、そういう血腥い一面もあるのだから、仕方ないと言えば仕方がありません。

はっきりしているのは、この浄瑠璃の作者達が、玉手御前の胸に宿った思いを否定していないことで、だから彼等は玉手御前の母親にこう言わせます――《廿《はたち》そこらの色盛り。年寄ッた左衛門様より。美しいお若衆様なら。惚《ほれ》いで何ンとする物ぞ。》

それを言う前には、《天にも地にも独《ひとり》の子。やっぱり道心者の娘で置いたら。非業の最期もさすまい物。なま中《なか》河内一《い》ッ国《こく》の。大名の奥様といわしたは親の科《とが》。》と言わせています。玉手御前の恋に否定的にはなれないから、《嫉妬の乱行》と言いはしても、そこに作者は《怒眼元は薄紅梅》という美を添えるのでしょう。

合邦庵室の段の舞台装置は、上手の方に春の時期でまだ枯れたままの蓮池があります。一方、家の門口のそばには、合邦が引いていた閻魔大王の首から上だけの像が置いてあります。地獄があって極楽があり、極楽はまだ花が咲きません。恋を否定はしないけれども、それは極楽ではない、地獄に近い血腥いものだと言っていて、「でも救ってやりたい」とは言っているのかもしれません。

「熊谷陣屋」の『一谷嫩軍記』

1

今回は「熊谷陣屋《くまがいじんや》」の通称で知られる、並木宗輔の絶筆『一谷嫩軍記《いちのたにふたばぐんき》』であります。『双蝶々曲輪日記』の時に少し触れましたが、彼・並木宗輔（宗助あるいは千柳）は、三大浄瑠璃と言われる『菅原伝授手習鑑』『義経千本桜』『仮名手本忠臣蔵』のそれぞれの最も重要な局面、『菅原――』なら四段目の寺子屋の段、『義経――』なら三段目の鮨屋《すしや》の段、『仮名手本――』なら九段目の山科閑居《やましなかんきょ》の段を執筆したとされる人物です。

ということは、並木宗輔はかなり重要な浄瑠璃作者で、浄瑠璃界のビッグネームではありますが、そのわりにはマイナーな存在のように思われてしまっています。浄瑠璃作者と言えば、近松門左衛門、次いで竹田出雲に、敬愛する「近松」の姓を冠した近松半二というところがまずは有名なビッグネームですが、それに比べて並木宗輔の名前はあまりパッとしません。

なぜ並木宗輔の名がマイナーかというと、もしかしたら所属した劇場の差かもしれません。かつて大坂《おおざか》の道頓堀には、竹本座と豊竹座《とよたけ》という二軒の人形浄瑠璃の上演劇場がありました。古浄瑠璃と分かれる近松門左衛門の新浄瑠璃を生み出し、竹田出雲が興行主ともなり、近松半二が衰退しかけたその劇場を復興させたのは、竹本座です。並木宗輔の所属は対立関係にあった豊竹座で、竹本座が人形浄瑠璃界のメジャーだとすると、豊竹座はマイナーな存在にもなってしまいますが、しかしそんなことはありません。並木宗輔が立作者としてあった時代の豊竹座は、竹本座を凌ぐ人気を集めました。それなのに、並木宗輔の存在は地味です。でも、豊竹座の芸風は、竹本座よりも「華やか」と言われていました。

並木宗輔の作品は緻密な──あるいは緻密すぎる伏線と、明晰かつ大胆な構成を持っていて、その人間描写は時として息を呑むほどですが、もしかしたらその「重さ」がいけないのかもしれません。共作者として彼が加わった竹本座時代の作品は、竹本座特有の分かりやすい構成の中に彼の鋭く緻密なドンデン返しの構成が入り込んで効果を上げたけれど、豊竹座に戻った後で彼がプロデュースした作品は、彼の鋭い個性が表面に出すぎてしまったのかもしれません。こんなに「かもしれません」ばかりを続けても仕方がないのですが、しかし、彼の作品にそれほどのポピュラリティがなくなっているのも事実です。

彼の作家としての作品を現在に伝えるのは、先に挙げた三大浄瑠璃と、「熊谷陣屋」で知られる『一谷嫩軍記』くらいです。しかも、「熊谷陣屋」の場ばかりが単独に上演されすぎて、これが「熊谷次郎直実《なおざね》の悲劇」であることは知られても、その悲劇へと至る『一谷嫩軍記』自体がどういう作品であるのかは、あまり知られてはいません。

絶筆である『一谷嫩軍記』は、五段仕立ての時代浄瑠璃ですが、彼は三段目の切《きり》の熊谷陣屋の段までを書いて死にました。ある意味、熊谷陣屋の段までで終わる『一谷嫩軍記』は、彼の複雑な劇作術を分かりやすく見せてくれる、それゆえにこその「名作」ではあるのですが、「熊谷陣屋の段に至るまでの話」がほとんど知られてはいなくて、しかも、そこを知ろうと思って読もうとしても、活字化された『一谷嫩軍記』のテキストは、現在ではほぼ入手不可能なのです。

『一谷嫩軍記』を含めた彼の浄瑠璃作品を読めるテキストが、（多分）過去に一冊だけ刊行されています。それは明治三十三年に刊行された博文館の続帝国文庫の一冊『並木宗輔浄瑠璃集』です。そんなものをどうすれば手に入れられるでしょう。並木宗輔の作品は最近では評価が高まって、国書刊行会の叢書江戸文庫の中には『豊竹座浄瑠璃集』が三冊存在して、ここで並木宗輔の作品がかなり読めます。岩波書店の新日本古典文学大系にも『竹田出雲　並木宗輔浄瑠璃集』の一冊が存在します。しかし、そのどれにも『一谷嫩軍記』は収録されていません。活字化された『一谷嫩軍記』が読めるのは、私の知る限り、昭和四年に日本名著全集刊行会から刊行された部厚くコンパクトな『浄瑠璃名作集下』の一冊だけです。

「浄瑠璃を読もう」ったって、その主要作品のテキスト自体が簡単に読めないじゃないか！　というのが私の嘆きなのですが、昨今の出版状況からすれば、まずこれは解消されないでしょう。数が多いとも思えない専門家のためにあまり有名ではない作品が出版され、一般的な知名度を持っている作品は、それゆえに「みんな知っているからいいだろう」で洩れてしまう。余分なことを言えば、『摂州合邦辻』の作者である菅専助の全集は、平成になってから出版されているのですけれどね。

これ以上愚痴を言ってもしょうがないので、本題に取りかかることにします——。

2

『一谷嫩軍記』は、『平家物語』で有名な一谷の合戦で討死した二人の平家方の武将——というか公達《きんだち》と、これを討った二人の関東方の武者によるエピソード二つを綴った物語で、その一組は平家方の薩摩守忠度《さつまのかみただのり》と源氏方の岡部《おかべ》の六弥太《ろくやた》、もう一組は無官大夫敦盛《むかんのたゆうあつもり》と熊谷次郎直実で、どちらも有名なエピソードを題材にしているのですが、今となってはその「有名」もどれほどのものかはよく分かりません。

昔は、定期券を悪用して鉄道の料金をごまかすキセル乗車のことを「サツマノカミ」と言いました。「薩摩守」と言えば「タダノリ」だったからです。その平忠度がなぜポピュラーだったかと言うと、源氏の軍勢に押された平家が都落ちをした時、忠度が自作の和歌を書き記した巻物を持って、当時編纂中だった勅撰和歌集『千載集《せんざいしゆう》』の編者藤原俊成《としなり》を訪ね、「よかったらこの中の一作でも収録してほしい」と言って都を去って行った——それに応えて俊成も、彼の和歌一首を「詠み人知らず」として『千載集』に収録したというエピソードが知られていたからですね。なぜ忠度の名が「詠み人知らず」になってしまうのかと言えば、三種の神器を持って都から逃げた平家が「朝敵」の犯罪者集団となっていたからですが。

この「忠度・六弥太組」の話は、『一谷嫩軍記』の二段目の切と四段目に描かれていますが、並木宗輔は三段目まで書いて死んでいるので、こちらの方は尻切れトンボです。だから「忠度・六弥太組」の話は「最近ではほとんど上演されない」と言われましたが、この「最近」は五十年ばかり前のことですから、『一谷嫩軍記』と言えば、ほとんど「敦盛・熊谷組」の話に限られ、それも最後の熊谷陣屋の段だけが上演される頻度が高くなり、「熊谷次郎直実の悲劇」ばかりがクローズアップされることになって、「名作だ」と言われることにもなるのですが、よく考えればこの「名作」にもよく分からないところはあります。

「忠度・六弥太組」ほどではないでしょうが、今となっては「敦盛・熊谷組」の話だってどれだけの認知度があるのかは分かりません。

源氏方の急襲で平家の一谷の砦は落とされ、須磨《すま》の海岸での乱戦となって『平家物語』はこの「敦盛と熊谷の話」を語ります。

砂浜に馬を走らせていた熊谷直実は、立派な鎧兜を身に着けた平家方の大将と思しい騎馬を発見し、組み打ちになって相手を馬から落とします。首を打とうとして兜を取ったその下から現れたのは、薄化粧をした高貴の（多分）美少年です。直実には同じ年頃の息子、小次郎直家《なおいえ》がいます。相手の首を打てば立派な手柄になって行賞《こうしょう》に与れることは分かっているのですが、熊谷は討たれる少年の父親の立場と自分を重ねて、まだ「敦盛」とは知れぬ相手の少年を斬れません。そのように熊谷は自分の息子を愛しているのです。ここはうっかりすると、「高貴な美少年に対するマッチョな関東武者の隠された思慕」のように解釈されてしまうのですが、熊谷は「父」として相手の父の立場を思って、斬ることが出来ないのです。

　しかし、味方も大勢いる戦場で、捕えた敵を見逃がすことは出来ません。それをすれば「敵に内通する反逆者」と見做《みな》されます。熊谷は結局、この「名の知れぬ若い公達」を斬って、後に彼が「平経盛《つねもり》の息子敦盛」と知れた時、敦盛の首と彼が腰に差していた笛――一般には「青葉の笛」と言われていますが、実は雅楽に使う縦笛の篳篥《ひちりき》である可能性が高い――を一緒にして父経盛の許に送り返したと、『平家物語』の別のテキストにはあります。

　戦場の敦盛が腰に「錦の袋に入った笛」を差していたのは、『平家物語』的には事実らしく、敦盛の首を打った直実は、その腰の笛を発見して「砦が落ちる前の暁方に聞こえていた雅楽の音は、この人達が演奏していたのか」と知って、それをする平家方のソフィスティケーションに唖然とします。

　敦盛の首を打った熊谷はやがて出家をしますが、敦盛の死は熊谷出家の直接の原因ではありません。『平家物語』はその理由として、「自分の息子と同じ年頃の少年を討ってしまったこと」と「出陣の前に笛を奏するなどという優美なことをする高度な文化を持った人を討った悔い」の二つを挙げていますが、これを題材にした並木宗輔は、当然「父として子を思うこと」を、最重要のテーマとして取り上げ、その結果「熊谷陣屋」は、「子を思う父の悲劇」になります。

　並木宗輔の筆の運び方は、直叙法と言いたいようなストレートな描写があって、それがそのまま引っくり返されるというところが独特ですが、『一谷嫩軍記』二段目前半の一谷陣門の段と須磨浦組打の段では、『平家物語』に書かれるそのシーンが、ほとんどそのまま忠実に再現されていて、しかしそれがそのまま後に「実は——」という形で引っくり返されてしまいます。熊谷次郎直実が討ったのは、『一谷嫩軍記』では、敦盛ではなく、実は自分の息子の小次郎直家だったという設定になっているからです。

『一谷嫩軍記』の大序では、自身の住まう京都堀川の御所に熊谷を呼び寄せた平家軍討伐の総大将源義経が、ひそかに「敦盛を助けろ」という指示を与えています。後の熊谷陣屋のシーンで重要な意味を持つ《伐一枝《いっしをきらば》者可剪一指《いっしをきるべし》》と書かれた立て札を熊谷に渡すのです。

つまり「桜の枝を切るな」ということで、「一枝を切ったものは、その罰として指の一本を切る」というハムラビ法典のような禁制ですが、《一指《いっし》》の文字の中には「一子《いっし》」の意味が隠されています。

平経盛、敦盛父子の守る須磨の陣所へ熊谷を向かわせる義経は、《花に心をこめ》て、《若木の桜を守護せん者熊谷ならで外になし。其旨屹度《そのむねきっと》心得よ》と言って、武蔵坊弁慶に文字を書かせた立て札（高札《こうさつ》）を熊谷に与えるのです。当然《若木の桜》は敦盛で、《一枝を伐らば一指を剪るべし》は、「敦盛を討つつもりで、お前の息子を身代わりに切れ」です。「ひそかに指示される」という暗号めいたものだから、いきなりストレートには分かりませんが、あまりにも無茶なとんでもない命令で、熊谷ならずとも、「なんでそんなことせにゃならん」と言いたくなるようなことです。

そのメチャクチャな命令が出されるわけは、熊谷陣屋の段の前半、俗に熊谷桜の段と言われるところで説明はされます。

3

この熊谷桜の段も、今ではカットされてしまうことがありますが、ここで説明されるのは「敦盛の身の上」と「熊谷夫婦との関係」です。

須磨の地に構えられた熊谷直実の陣屋へ、まず妻の相模《さがみ》がやって来ます。「なんで妻という女が戦場へやって来るんだ？」という疑問がないわけでもありませんが、とりあえずは「戦地に赴いた夫を思い、子を案じた末」です。

相模がやって来るとその後に、そこへどういうわけか、敦盛の母親の藤の方もやって来ます。「やって来た」というよりも「いろいろあった末にここへ紛れ込んだ」と言う方が適切です。

相模と藤の方は旧知の仲なので、顔を見合わせると《ヤアお前は藤のお局《つぼね》様ではないか。》《そういやるそなたは相模じゃないか。》という状態になってしまいます。

相模の言葉によれば、《大内に御座遊ばす時。勤番《きんばん》の武士佐《さ》竹次《たけじ》郎《ろう》殿と馴初《なれそ》め。御所を抜出で東《あずま》へ下り。》なのですが、主語がはっきりしないので意味がよく分かりません。

《大内に御座遊ばす》だったのは藤の方であり、彼女が仕えて寵を受けた後白河法皇です。相模はそこで藤の方に仕えていたわけですが、当時《佐竹次郎》と名乗っていた熊谷と恋仲になり、「不義はお家のご法度《はっと》」という職場恋愛のタブーによって、東国へ駆け落ちしたのです。

当時の朝廷には《勤番》として東国から武士が交代で警護のためにやって来ていました。その呼び名が「相模」なのだから、彼女も東国に由縁のある女だったのでしょう。「熊谷」や「佐竹」というのは、その人間が領地とする土地の名による名乗りなので、「佐竹」を名乗っていたのが「熊谷」になるのは別に不思議なことではありません。

藤の方は、相模が熊谷の佐竹次郎と駆け落ちした後で、後白河法皇の胤《たね》を懐胎して、妊娠中のまま、平経盛へ妻として下げ渡されます。つまり、平経盛の妻となった藤の方の産んだ後白河法皇のご落胤《らくいん》が、平敦盛だという設定なのです。熊谷直実はおそらく、「敦盛＝ご落胤」ということを知っていますが、相模は知りませんし、藤の方もまた佐竹次郎が熊谷次郎直実であることを知りませんでした。

熊谷陣屋の段は、須磨浦組打《すまのうらくみうち》の段の後にありますから、「敦盛」は熊谷にもう首を打たれていて、合戦騒ぎに逃げ惑って熊谷の陣屋へやって来た藤の方も、敦盛が殺されたことは知っていますが、敦盛を殺した相手の熊谷がかっての「佐竹次郎」とは知らず、自分の紛れ込んだ先が、あろうことかその熊谷の陣屋だとも知りませんでした。

藤の方は、相模と佐竹＝熊谷のオフィスラブが露顕して「逮捕入獄」となりそうなところを逃がしてやったという、相模にとっても熊谷にとっても恩のある人です。だから、「熊谷が敦盛を討った」という状況を呑み込むと、《ム、其恩を忘れずば。助太刀してそちが夫《おっと》熊谷を自《みずか》らに討たしてたも。》と唐突なことを言い出して相模を驚かせ、藤の方から「熊谷が敦盛を討った」と聞かされた相模も、「ウチの人に限ってまさかそんなことはありますまい」と言います。後の

「陣屋での首実検」になった時、女二人がうろたえ騒ぐのはこのためですが、しかし、「敦盛は後白河法皇の落とし胤だから、お前の子供を身代わりに殺して敦盛を助けろ」という義経の熊谷に対する命令が無茶であることに変わりはありません。

現在の「熊谷陣屋」を見ていると、「嘆き悲しむ女達の前で、〝藤の方の悲劇を救うため、相模の産んだ小次郎を殺したが、恩ある藤の方のためだ、相模許してくれ！〟と叫んでいる熊谷の悲劇」というような話にも思われかねませんが、それであっても「そんな無茶な！」です。

どう考えても無茶な話で、すべての無茶の元凶は、平然とした顔で「敦盛を討たずに息子を身代わりに殺せ」という無茶な命令を下してしまう御大将源義経にあるのです。だから時として私は、「熊谷陣屋」を見ている内に、「なんだこいつは？」と思って義経が憎くなってしまうことがあります。

どう考えても、義経の命令は無茶なのです。しかし『一谷嫩軍記』のドラマがこの義経の無茶な命令を前提にして出来上がっているのは、動かしようのない事実です。だから、「熊谷陣屋は名作だって言うけれど、一体どこが名作なの？」という疑問も生まれてしまうのです。

一体どこが「名作」なのか？　これを書いた並木宗輔のどこが「すごい」のか？

並木宗輔のすごさは、実は「これこれしかじかの理由で」という説明をしないところにあります。並木宗輔のドラマは、根本に理不尽な設定があって、初めはその設定がどこに向かうのか分からないままであるのが、やがて一人の人間の上に迫って来ます。それは「明らかな無茶」だから、ピンポイントで焦点を当てられた人物は当然のことながら「いやだ」と思います。でも、並木宗輔のドラマのすごさは、「いやだ」と思う主人公の周りにいる「無茶な設定とは関わらない人達」のドラマを書き込んで、「いやだ」と思う主人公をいつの間にか「逃げようのない状況」に追い込んでしまうことです。

だから並木宗輔は、「彼はなぜこの無茶から逃げ出せないのか」という説明や、「どうしてこんな無茶な設定があるのか」という、筋道立った説明をしないのです。根本にある「無茶な設定」を目立たせないようにしていろいろな人間達のドラマを描写し、その描写が進んで行く内に、主人公は「逃がれようのない悲劇」に直面して、そこから逃げ出せなくなっているのです。

人形浄瑠璃のドラマだから、並木宗輔の作品には悪い敵役がいます。しかし、主人公は悪い敵役の術策によって絶体絶命の窮地に追い込まれて行くのではないのです。悪役はいて、しかし並木宗輔ドラマの主人公は、様々な人間達の織りなすドラマの狭間に陥って、絶体絶命の窮地に追い込まれるのです。だから、並木宗輔のドラマは「なんとも言いようがないくらいすごいところへ行く」というもので、その一方「簡単には説明しにくい」のです。悪く言えば「複雑でトリッキィ」ですが、それを考えさせないように、重層的な人間ドラマが書き込まれているのです。たとえば、今の「熊谷陣屋」だと、女性の主役は相模です。相模がNo.1で、藤の方は「えらそうに騒ぎ立てるだけのNo.2の女」です。しかし藤の方には、そうなってしかるべき背景があるのです。

三段目の陣屋へやって来て、藤の方は敦盛が「実は後白河法皇の子」ということを相模に打ち明けますが、だからと言って彼女は、「後白河法皇の子なのに、熊谷は敦盛を殺した!」と言っているわけではないのです。藤の方は「息子を殺された母」として、昔に使用人だった女に怒りをぶつけているだけなのです。だから、殺されたのが敦盛ではなく、相模の産んだ小次郎だったと分かった時、子を失っていたはずの藤の方の嘆きは、相模の上に増幅されて転化するのです。

今ではほとんど上演されず、この先もまず陽の目を見ることがなかろうと思われる『一谷嫩軍記』序段の切の一谷《いちのたに》経盛仮館《かりやかた》敦盛出陣の段では、その藤の方の、母であると同時に「経盛の妻」である姿が過不足なく描かれ、熊谷の陣屋に来てヒステリックに舞い上がってしまっている彼女のありようが、「なるほど、そうなのか」と納得させられます。

時々、「熊谷陣屋」の前に、二段目の一谷陣門の段や須磨浦組打の段が上演されることもありますが、ここには敦盛の許嫁《いいなずけ》である玉織姫《たまおりひめ》が、緋の袴を穿いて長刀を持つというとんでもない恰好で現れ、出るとすぐ彼女に横恋慕をする源氏方の悪い東国武者の平山武者所《ひらやまむしやどころ》に殺されてしまいます。そこだけだと彼女は、「男ばかりの戦場シーンに現れた変わった色取り」になってしまいますが、彼女がいかなる女性かということもまた、描かれるのは序段の切の敦盛出陣の段です――とここまで言って来て、やっと一番肝心な存在であるのに忘れられている「平敦盛」のことに気づきます。

『平家物語』の平敦盛は、ただの「優美な公達」ですが、『一谷嫩軍記』序段の切で描かれる敦盛像は、「後白河法皇の忘れ形見で、安徳天皇を連れて平家が逃亡した後では皇位継承の可能性もあるのだから、生きて逃げなさい」と言われても、「私は平家の一員だから、父上と共に戦います」と言って進んで出陣する――それまで武芸の訓練など受けたこともないにもかかわらず、討死覚悟で進み出る誠実なる若武者なのです。

並木宗輔は、「こういう彼だけど、どうする？」と、敦盛出陣の段で観客にそれとなくアピールするのです。『一谷嫩軍記』の「嫩」——「嫩《わかさ》」の文字を「ふたば」と読ませますが、この「嫩《ふたば》」とは、死の可能性に対しても怖れず立ち向かって出陣する、平敦盛のことであるはずなのです。

4

ここで『一谷嫩軍記』全体の構成と、その人間関係を少し説明しておきましょう。もちろん「忠度・六弥太組」の方を除外してですが。

『一谷嫩軍記』の中心にあるものは、平家滅亡の後に明らかになった義経と頼朝の不和を「なんとかしたい、なんとかならないか」という思いです。『義経千本桜』の中心にあるのもこの思いですが、若き日の義経の架空の恋物語を語る『浄瑠璃御前物語』から始まったのが浄瑠璃で、源義経はその中心に存在する大スターですから、浄瑠璃の作者達は、平家を倒したヒーロー義経がその後に兄の頼朝と不和になって追われてしまうことが、どうにも納得出来ないのでしょう。だから、「これをなんとかしよう」と打開策を考えるのです。

近世人にとって一番分かりやすいこの不和の原因は、佞者《ねいしゃ》の讒《ざん》——つまり「悪い奴による中傷」です。誰か心のよからぬ奴がいて、こいつの言いふらしたデマによって義経と頼朝の仲が不和になったと、考えるのです。

浄瑠璃作者にとって、義経は「悪いことなんかするはずのない絶対善のヒーロー」で、鎌倉の頼朝は「江戸時代を支配する徳川将軍に重なりうる征夷大将軍」です。「将軍様」の悪口なんか言えるはずはありません。そうなると、頼朝と義経のどちらにも不和を構成するような「原因」はないということになります。でも、この二人の兄弟不和は歴史上の事実で動かしようがありません。だから「どこかに兄弟不和の原因を作り出した人間はいる」ということになって、「佞者の讒による不和」ということになるのです。

江戸時代製のドラマで「義経と頼朝の仲を裂く讒者」というと、これは梶原平三景時《かじわらへいぞうかげとき》と相場が決まっています。頼朝の信任が厚かった彼は、東国武者には珍しい知的な人物で、平家追討の戦いに指揮官としてあった義経の無茶な進軍計画を批判し、鎌倉に戻ってから「あの人はちょっと問題が多いです」と頼朝に言ってしまったため、「彼が不和を作った」と考えられてしまうのですが、『一谷嫩軍記』では彼に代わって、その役割が平清盛の正妻時子《ときこ》の兄である大納言平時《とき》忠《ただ》に与えられます。

平時忠は「平氏にあらずんば人にあらず」と言ったとされる人物で、平家が落ち目になると早々に一族を見限ってしまう立ち回りのうまい――言い換えればずるい人物です。実際に彼は、義経に娘を贈って姻戚関係を結び、それが頼朝の猜疑心に火を点ける一因ともなるのですから、「頼朝と義経の仲を裂こうとする悪役」としては最適です。

『一谷嫩軍記』では、その平時忠に娘が二人いることになっています。一人は義経の正室になった卿《きょう》の君《きみ》、もう一人は、将来的に平敦盛と結婚させるために敦盛の父経盛の養女になっている玉織姫です。義経と組むことにメリットがあると考えて、時忠は卿の君を義経に与えたのですが、《あほうな事を企てて我身を知らぬ平時忠。》と作者に言われてしまう彼は、《義経は末々迄我と同意の者にあらず。》と気がついて、娘を取り戻そうとします。「義経じゃだめだ」と気づいた彼は、新しく梶原景時の息子の平次《へいじ》景高《かげたか》と、もう一人『平家物語』なんかでは熊谷直実とペアで記されることの多い、平山の武者所季重《すえしげ》を配下にしようとします。この二人を従えてどれほどの力になるのかは不明ですが、《あほうな事を企てて》の時忠ですから、二人を味方にするためそれぞれに「娘をやろう」と言うのです。

梶原の息子には「義経から娘を奪い取れ」と言い、平山の方には「経盛の一家とはもう不仲になっていて、俺の方から〝娘を返せ〟と言ってやる」と言います。このことから、平山の武者所は「玉織姫は我が物」と思い、二段目の須磨の浦で出会った彼女に「俺のものになれ」と迫り、拒絶されて逆上して玉織姫を殺してしまうのです。

時忠が景高と平山に「娘をやろう」と言って密談をしているのがどこかというと、大序の堀川御所の段に続く、北野天神の段です。ここに卿の君が参詣に来ていて、そのために幔幕《まんまく》が吊ってあるその前です。幕の内には、卿の君の他に、お忍びの義経やその供として来た熊谷直実の息子の小次郎直家もいます。どうしてそんなところで重要な密談をしてしまうのかと言えば、それはやはり《あほうな事を企てて我身を知らぬ》の時忠だからで、「幕の内には娘がいる、こいつを奪い取ればいい」と、マヌケなことを考えてのことですね。

この密談を聞いた小次郎は、去って行く三人を叩っ殺そうとして走り出しますが、義経はこれを止めます。その理由は、まだ平家追討戦が始まる前で、《軍《いくさ》を出さぬ其内《そのうち》に。一人でも味方の勢《ぜい》討取るは不吉々々。》で、《某《それがし》を亡さんと彼等がいか程もがいても。灯心《とうしん》で磐石《ばんじやく》及ばぬ事（灯心のような細い紐で引っ張っても大岩は揺がない）。構わずとも捨置け》と、御大将の余裕を見せてしまいますが、ここで事件勃発というのは、父親の悪巧みを知った卿の君が自害をしてしまうことです。

梶原の息子を手下にするための餌にされた卿の君は自害し、時忠の悪巧みも義経にバレてしまっています。時忠にはもう暗躍の余地がなくなっているので、「熊谷陣屋」だけを上演すると、この悪人の影なんかはさっぱり見えなくなります。褒美の卿の君を失った梶原景高は、熊谷陣屋の段に、「敦盛のためを思う謎の石屋の親父」である白毫《びやくごう》の弥陀六《みだろく》を捕まえて連れて来た小悪党として登場し、平山の武者所は玉織姫を殺し、同じ須磨の浦で敦盛の首を打とうとしてためらっている熊谷に、《ヤア〳〵熊谷。平家方の大将を組敷きながら助くるは。二心に紛れなし。きやつめ共に遁《のが》すな》と囃し立てる、重要かどうかはすぐに分かりかねるいじめ役として登場します。

時忠は別にして、玉織姫、白毫の弥陀六、梶原景高、平山の武者所がどのようにつながっているのかが分からないのは、これらをつなぐ敦盛の話がまだ見えていないからですが、それは後回しにして、宙ぶらりんになってしまった平時忠の方をまず片付けておきましょう。

『一谷嫩軍記』は、とてもそうだとは思えなくても、「頼朝と義経の仲直り」を祈る作品で、だからこそ、その不仲を画策した時忠問題が解決しないと終われません。そのために、最終五段目の鎌倉館の段があります。ここではもう、頼朝と義経の不和はひそかに解消されていて、頼朝は、不和を画策した時忠を都から呼び寄せ、まだ義経との仲はよくないように見せて時忠を安心させ、隠れていた義経に捕えさせてしまうのです。

普通は、徳川幕府への憚りもあって、将軍様の頼朝を舞台に登場させるということはまずありません。それなのに、最後に頼朝を登場させてしまう理由はなんなのかというと、「そうしなければ作品の首尾が一貫しないから」でしょう。並木宗輔は三段目の熊谷陣屋の段まで書いて死んでしまいましたが、立作者である彼が五段目までの設定をこのように考えていたことは確かだろうと思われます。

では、並木宗輔がそのように設定したこの作品の「首尾一貫」とはなんでしょう？　それは、自分で自分のことを《灯心で磐石及ばぬ事。》と言い切ってしまう、源義経の立派さ以外に考えられません。

『一谷嫩軍記』の立派な義経は、平敦盛の命を助けたいのです。だから、《伐一枝者《いっしをきらば》可剪一指《いっしをきるべし》》と書かれた立て札を熊谷に渡すのですが、一体義経はどうして敦盛を助けようと思うのでしょうか？　実は、『一谷嫩軍記』でその理由は語られていないのです。

それが語られない理由は簡単に推測出来ます。戦闘経験ゼロで武道の心得なんかなくても、出陣してしまえば、須磨の浦の組打ちを遠くで見ていた平山の武者所が野次ったように、敦盛は《平家方の大将》です。平家追討軍の指揮官である義経には、どうあっても「敵の大将を見逃せ」という指示は出せません。だから、《一枝を伐らば一指を剪るべし》という謎めいた指示を熊谷に出すのです。

では、どうして義経は敦盛を助けようとしたのでしょう？　敦盛が後白河法皇のご落胤だからでしょうか？　三段目の熊谷桜の段で藤の方がこのことを相模に打ち明ける前、序段の切の一谷経盛仮館敦盛出陣の段で、父経盛はこの間の事情を敦盛に伝えます——「後白河法皇は、妊娠中の藤の方を私にお下げ渡しになったが、生まれた子を大層ご寵愛で、いざという時には皇位継承者にされるおつもりでもあって、だからこそ並の貴族のようには朝廷のポストを与えず〝無官の大夫〟ということにされたのだろう」と。

「無官の大夫」というのは、殿上人《てんじょうびと》の資格を持つ「従五位下《じゅごいのげ》」という位を授けられながら、それにふさわしい朝廷の官職を持たずにいるということで、「身分は高いが無能」ということでもあったりはしますが、並木宗輔はこれを勝手に解釈して、それを「実父ではなく養父だ」ということを明らかにしてしまった経盛に言わせますが、義経がそのように考えていたかどうかは分かりません。また敦盛も、「大切な身だから逃げろ」と父経盛から言われても、《コハ存寄《ぞんじ》らぬ父の仰せ。生れぬ先から親子と成り。きょう迄御恩を受けし事。須弥蒼海《しゅみそうかい》（広大なる全世界）も競《くら》べ足らず。縦《たと》え何《いず》れの胤《たね》にもせよ。後の親こそ親ならめ。東西覚えて今日迄御意《ぎょい》を背《そむ》きし事なけれど。是ばかりは御免あれ。》と言って、後白河法皇の子であることを拒絶し、養いの父である経盛と共に出陣する決意を述べてしまいます。

ここは序段の切の山場の一つでもありますが、「逃げろ」と言われて逃げない息子に対して経盛は、「だったら私は法皇への申し訳のために腹を切らなければならない」と言って脅します。

仕方なしに敦盛は「逃げます」と言うのですが、それで安心した経盛が単身出陣してしまうと、やはり鎧兜に身を包んで、「出陣します」と出て来ます。

母親の藤の方が「父上の命令に背くのか」と言うと敦盛は、《父の命に従うは一旦の孝行。兄上達一門残らず。骸《かばね》をさらす必死の戦場。我一人都へ帰り何面目《めんぼく》にながらえん。是より一谷へ馳《はせ》行き。父に代りて陣所を固め潔《いさぎよ》う討死して。名を後代にとゞむる覚悟。》と宣言します。もう敦盛は「後白河法皇のご落胤」ではなくして、立派な「平家の大将」です。戦闘経験や武道の嗜みがなくても、この宣言だけで敦盛は「立派な武将」で、だからこその『一谷嫩軍記』の「嫩」です――並木宗輔は、そのように記述するのです。

だから、後白河法皇の寵を実際に受けた藤の方も、「そんなことを言ってはいけない！」などとは言いません。《母上思わず両手を上げヤレでかしやった敦盛。それでこそ我が子なれ。オ、嬉しいぞや〳〵。》と喜びます。藤の方は、もう後白河法皇とは関係のない「武家の母」です。だからこそ後の熊谷陣屋の段で、藤の方は「後白河法皇の子を殺した」という責め方をせず、ストレートに「どうして私の子を殺した！」という責め方を相模や熊谷にするのです。

「平敦盛は後白河法皇の落し胤である」という設定を立てておきながら、並木宗輔はこの設定を当人達に否定させてしまいます。否定させることによって「養いの父に育てられた息子の、その父に対する愛情」や、「血筋ではなく、ただ我が子であるからこそ可愛いと思う母親の愛情」を描き出すのが並木宗輔で、「後白河法皇の子」という設定は、「敦盛がそれを否定することによって立派な平家の大将の一人となる」ということにしか作用しないのです。である以上当然、「源義経は、平敦盛が後白河法皇のご落胤であるから助けようとした」という解釈は成立しません。

では、どうして源義経は平敦盛の命を助けようとしたのでしょうか？　それは、並木宗輔が平敦盛を「立派な平家の若武者」として描いていることと関連します。重要なのは、江戸時代のドラマの締め括り方です。

5

最早こうなると現代人には理解の外になってしまうのですが、江戸時代のドラマは結構特殊な終わり方をします。

時代浄瑠璃のドラマは大体「善悪の対立」ですが、そのような割り切り方をしても割り切れないものはいくらでもあります。たとえば、この『一谷嫩軍記』のような源平の対立する話だと、善は当然源氏です。敗れた平家は必然的に「悪」の方に回されてしまいますが、善と拮抗するようなものは「薄っぺらな悪」ではなくて、それ相応の立派さを備えた「追われるもの」です。だから、立派な「善」がその対立する相手を倒して終わりということにはなれません。倒されたり罰されたりするのは、この作品に於ける平時忠のような「卑小な悪」で、対立せざるをえない「立派な敵」はその対象外です。だから、「善と悪」でもあるような敵味方の対立がピークに達して、追われる側に逃げようがなくなった時、善の側はいろいろ理由を付けて相手を見逃そうとします。見逃して、「この決着は改めて戦場でつけよう」という終わり方をするのです。

義経が敦盛を助けようとする根本的な理由もここで、だから『一谷嫩軍記』は、本来なら「公家化した優美な平家の公達」でしかないような柔弱な敦盛を「立派な若武者」に仕立て上げるのです。「彼なら立派な平家の大将になり、平家が滅んだとしても、彼は立派に兵を挙げるだろう」ということを予感させるために、序段の切の「敦盛出陣」はあって、だからこそ熊谷陣屋の段の最終局面で、「生き延びている敦盛」は見逃されるのです。熊谷陣屋の段だけを独立して上演すると、最後になって唐突に出現する白毫の弥陀六という石屋の親父が、「なんなんだこれは？」的な人物に思われてしまいますが、「敦盛を見逃す」という点で、彼には重要な意味があるのです。

白毫の弥陀六と名乗っているのは、元平家の郎等《ろうどう》の弥平兵衛宗清《やひょうびょうえむねきよ》です。彼がいかなる人物かというと、平治《へいじ》の乱に敗れて一人逃げ遅れていた少年時代の頼朝を見つけ、捕えはしたけれども、大切に世話をした人物で、敵方と言えども頼朝にとっては恩人です。だからこそ、鎌倉に確かな地歩を築いた頼朝は、彼を呼び寄せてねぎらおうとしましたが、平家の郎等としての自負心のある彼は、それに応えなかったという、日本人好みのする筋金入りの人物です。

宗清は、頼朝にとっての恩人で、義経とは関係がないのですが、「そういう人材を放っておくのは惜しい」ということで、同じ平治の乱の後、乳呑み子だった義経を抱えた母常盤《ときわ》御前が、幼い義経の二人の兄と共に難を逃れて京を離れた時、彼女達を匿って助けてやった人物ということに、いつの間にかなってしまっています。『平家物語』の宗清は、源氏の進攻が続いて平家が落ち目になった時、主人がふらついて源氏方に歩み寄ろうとするのを見限って、主人の許を離れてしまいますが、そんな彼を並木宗輔は、「平家の戦死者を葬らうための石塔（墓）をひそかにあちこちに建立している石屋の親父」と設定します。

これも今ではほとんど上演されませんが、熊谷陣屋の段を切場《きりば》とする三段目には、その前に弥陀六住家の段と脇《わき》ヶ浜宝引《はまほうびき》の段の二場があります。ここで語られるのは「一谷で討死にしたはずの敦盛のその後」です。

石屋の弥陀六のところに正体不明の若衆が現れて、「一谷に供養の石塔を建ててくれ」と注文します。この若衆が敦盛で、彼が供養したい相手は彼の身替わりになって父の直実に討たれた、熊谷の息子小次郎直家ですが、まだ「熊谷が討ったのは敦盛の偽者」ということはオープンにされていないので、話は「敦盛の幽霊が自分のための墓を頼みに来た」という具合になって、幽霊らしさを感じさせるために、この若衆は時々ふっと姿を消してしまいます。弥陀六は、この謎の若衆を、石塔を立てた一谷付近の脇ヶ浜に案内するのですが、若衆の姿はいつの間にか見えなくなっています。そこへ梶原景高の家来に追われた藤の方がやって来て、敦盛や玉織姫が殺されたことを知り、熊谷陣屋の段へと続いて行きます。

幽霊のようにふらついていた敦盛は、実は熊谷に助けられて彼の陣屋に匿まわれていて、熊谷陣屋の段の最後で、我が子を失って無常を感じ出家する熊谷によって、空の鎧櫃《よろいびつ》に入れられ、弥平兵衛宗清の弥陀六に託されます。義経は弥陀六の正体とその鎧櫃の中身を知った上で見逃すのですが、義経に対して弥陀六はこう言います。

《コレ〳〵義経殿。若《も》し又敦盛生返《いき》り。平家の残党かり集め。恩を仇にて返さばいかに。》

すると義経は《オ、それこそは義経や。兄頼朝が助かりて。仇を報いし其ごとく天運次第恨《うらみ》を請けん。》と言い返します。「私や兄を敵と知った上で助けてくれたあなただから、あなたがひそかに匿う相手が将来立ち向かって来るのも仕方がない。受けて立とう」です。つまり、「いずれ戦場での再会を――」と誓い合って終わるのです。

「終わるのです」と言ったって、「それでいいの？ そう思われて当然ですが、ここで「微妙」です。息子を殺したの？」と思われるかもしれません。そう思われて当然ですが、ここで「微妙」です。なにかというと、義経は「一枝を伐るならば、一指を剪れ」と仮定形の命令を下していて、「一枝を伐らずに一指を剪れ」などということを言ってはいないのです。

6

義経は、将来立派な武将になるはずの――そのような描かれ方をしている敦盛を、助けたくて逃がしたいのです。ただそれだけだから、「敦盛を斬らなければならなくなったならば――」という仮定の条件を付けるのです。熊谷に立て札を与える義経は、「いざとなったら身替わりを立ててほしいけれど、でも敦盛が逃がせるんだったら、あんたの息子を殺さなくてもいいんだよ」と言っているのです。もちろん、熊谷だって息子を身替わりに殺したくなんかありません。そこのところの微妙かつ絶妙な思いが、二段目の須磨浦組打の段に描かれています。

組打ちで負けた敦盛（実は小次郎）は、熊谷に「思い残すことがあったら言って下さい」と言われて、《思い置く事。更になし。》とは言いますが、その後にたまらない事を言います。《さりながら忘れがたきは父母の御恩。我討たれしと聞給わば嘸《さぞ》御歎き思いやる。せめて心を慰む為。討たれし跡にて我が死骸。必ず父へ送り給われかし。我こそ参議経盛の末子《ばっし》。無官の大夫敦盛》——こう言ったと書いた作者は、その後に《と。名乗《なのり》給いしいたわしさ。》と続けます。『平家物語』の「敦盛最期」のエピソードをそのまま語って、「父に殺されなければならない息子の哀しい健気さ」をダブらせているのです。《忘れがたきは父母の御恩。》と言っておいて、《我こそ》と敦盛を名乗る息子を前にして、どうして熊谷は平気でいられるでしょう。

ここまでの熊谷は、「敦盛を助けるための合戦ごっこ」をやっているようなもので、「息子を殺さなければならない」とまでは思っていないはずです。だから、その小次郎である敦盛の覚悟を聞いた熊谷は、一度は涙にくれますが、やがて砂浜に座す敦盛の小次郎を抱え起こします。《木石《ぼくせき》ならぬ熊谷も見る目涙にくれけるが。何思いけん引起し鎧の塵を打払い〳〵。此君一人助けしとて勝軍《かちいくさ》に負けもせまじ。折節外《ほか》に人もなし。一先爰《ひとまずここ》を落給え。早う〳〵と。言捨てゝ。立別れんとする》わけですが、そこに飛んで来るのが、例の平山の武者所の《ヤア〳〵熊谷。平家方の大将を組敷きながら助くるは。二心に紛れなし。》の声です。

熊谷が敦盛に「逃げろ」と言い、しかし、逃がしても大勢の源氏方の兵に捕まってしまうだろうと思って、仕方なしに敦盛を斬るという『平家物語』の記述を踏まえてはいるのですが、重要なのにその重要さが目立たないのは、この平山の野次です。

熊谷は敦盛に扮している息子を殺したくはない。この組打ちに至る前に、熊谷は「一谷の平家の陣内に駆け込んだ小次郎が負傷をしたから、これを助け出す」ということをして、小次郎の代わりに敦盛を連れ出し、自分の陣屋に匿っているのです。「敦盛を助けろ」が至上命題で、それをクリアしている以上、もう小次郎を敦盛の身替わりにして殺す必要はないのです。だから「逃げろ」と言う。しかしそれを、同じ源氏に属するいやな敵役である平山の武者所に見られてしまった。見られた以上、もう小次郎を逃すことは出来ない。並木宗輔の張った「緻密すぎる伏線」は、ここでとんでもない悲劇を爆発させてしまうのです。熊谷陣屋の段で、首実検のためにやって来た義経に、熊谷が小次郎の首を差し出し、《花に準《よそ》えし制札《せいさつ》の面《おもて》。察し申して討ったる此首。御賢慮に叶いしか。但し直実過《あやま》りしか御批判いかに》と言う熊谷の胸の内はいかなるものでしょう。

「熊谷陣屋」は、収拾のつかないほど無惨な物語です。なんだって、並木宗輔はこんなドラマを書かなければならなかったのでしょう？　私の思うところはただ一つです。「泣くことが許されない男のためのドラマを書く」です。

熊谷陣屋の段で、二人の母親は我が子のため、あるいは敦盛のために泣き叫び、熊谷を責めてかかります。平山の武者所の一言で我が子を殺さざるをえなかった、熊谷次郎直実の胸の内はどうでしょう。女達は泣き騒ぐことは出来るが、それよりもっとつらい思いを抱えた男は、責められるばかりで泣くことも出来ない——その悲しさを描き出すのが、『一谷嫩軍記』の熊谷陣屋の段です。そうまでしなければ昔の男は泣けなくて、そのメンタリティを引きずったままの男は、今でもいます。

そういうことになると、玉織姫に横恋慕して殺してしまう平山の武者所は「ちんけな敵役」ではすまなくなります。彼の一言が熊谷に悲劇をもたらすのです。彼はどうなるのかというと、最後の五段目で時忠の悪があばかれた後、「謀反の兵を挙げた」と報告され、義経に「討ち取ってしまえ」と言われて、あえない最期を遂げるのです。

しかしまァ、並木宗輔の作品は緻密に出来すぎているので、説明をするのが大変です。

不条理が顔を出す『伊賀越道中双六』

1

「日本三大仇討」というものがあるのをご存じでしょうか？　そういうものがあります。その一は、忠臣蔵で有名な赤穂浪士の討入りです。もう一つは、鎌倉時代初めの曽我兄弟の仇討。そしてもう一つが、今回取り上げる『伊《い》賀《が》越《ごえ》道《どう》中《ちゅう》双六《すごろく》』の題材となった「伊賀の仇討」あるいは「伊賀越の仇討」です。

　曽我兄弟の仇討というのは、古くは能の題材となり、近松門左衛門も「曽我物」と言われる作品をいくつか書き、人気が高かったので江戸の芝居小屋では正月には必ず「曽我」の二文字がくっつく作品を上演するという慣習も出来上がってしまいましたが、今やその名残りの「曽我の対面」という演目がたまに歌舞伎で上演されて、「これはなんですか？」と言う人が出て来る程度のものになってしまいました。曽我兄弟の仇討は様式化されることによってなんとか残りましたが、「伊賀越の仇討」の方は最早知名度ゼロに近いかもしれません。
「伊賀越の仇討」を有名にするのは、剣豪荒木《あらき》又《また》右衛門《えもん》の存在で、父の仇を討とうとする若侍渡《わた》辺数馬《なべかずま》の助太刀をする荒木又右衛門が伊賀上野の鍵屋《かぎや》の辻で敵河合《かわい》又五郎《またごろう》がやって来るのを待ち伏せし、又五郎の護衛として付いて来た三十六人の侍をバッタバッタと薙ぎ倒すという、三十六人斬りの大チャンバラがこの仇討を有名にしたのです。

江戸時代に歌舞伎化され人形浄瑠璃になり、下っては講談となり講談本の主人公となり、映画化されて、更にはマンガにもなった。だから、雑誌連載の『鉄腕アトム』をリアルタイムで見ていた少年達なら荒木又右衛門の名を知っていたはずです。今や昔ですが、そういう子供の生き残りの一人である私なんかは、「決闘鍵屋の辻」なんていう言葉を見ると、今でもドキドキしてしまいます。

黒い着物に、裾がキュッと細くなった裁着袴《たつつけばかま》を穿いた荒木又右衛門は、襷《たすき》掛けをして黒い着物の袖口から裏地の白を覗かせます。その決まりのスタイルが赤穂浪士の討入衣装を思わせて、頭には白鉢巻を締めてそこに手裏剣を二本か三本差し、その上に宮本武蔵も真っ青の二刀を抜いて構えます。「柳生十兵衛に新陰流《しんかげりゅう》を習った」という伝説を持つ彼には他にもすごいエピソードがあって、だからこそ子供の私は「荒木又右衛門になりたい」などと思い、「なんとしてでも、今の内に荒木又右衛門のカッコよさを書き残しておかなければ」と思って、この原稿を書いているのです――というわけではありませんが。

今や荒木又右衛門は忘れられた存在で、三重県の伊賀上野にでも行かない限りは、「伊賀越の仇討？　Ｗｈａｔ？」の状態になっていますが、実はこの「伊賀越の仇討」はとんでもなくへんな仇討で、「実は仇討でさえない」という面だってあります。確かで動かないのは、討たれたのが河合又五郎、討ったのは渡辺数馬、その助太刀が荒木又右衛門という、そのことだけです。

2

河合又五郎が殺したのは、渡辺数馬の父ではありません。弟です。仇討というのは、自分より目上の人が殺されたその仇を討つもので、自分より目下の弟が殺されても、仇討は成り立ちません。成り立たないのに仇討が成り立ってしまったのは、そこにまた別の事情があったからです。

その後にフィクション化された結果、「渡辺数馬は父の仇を討った」などということになってしまい、その相手の河合又五郎も「数馬よりずっと年上の憎い奴」というように考えられたりしますが、又五郎は数馬よりも三歳年下で、彼が数馬の弟を殺したのは二十歳の時です。となると、その事件は「若者同士の争い」のようにもなりますが、そんなものではありません。河合又五郎は、渡辺数馬の弟源太夫《げんだゆう》に惚れていたのです。

兄が数馬という若者っぽい名前で、弟の方が源太夫という年寄りっぽい名前だから誤解が起こりやすかったのかもしれませんが、二十歳の河合又五郎くんは渡辺源太夫くんに惚れて、江戸時代でも恋に禁圧的な山本常朝《つねとも》の『葉隠《はがくれ》』が出て来る前の時代ですから、武士でもストレートで、

「僕のものになってくれない？　やらしてよ源太夫くん」なんてことになったのでしょう。それを、おそらくはまだ十代だった源太夫くんが「いやです」と言って、カッとなった又五郎くんが刀を抜き、源太夫くんを殺してしまったのです。

それだけなら「痴情のもつれによる殺人」ですが、それでは収まらないというのは、殺された渡辺源太夫くんが、備前岡山藩の池田家の殿様——世界遺産の姫路城を作った池田輝政《てるまさ》の三男です——の愛人でした。そういう時代だったのです。

河合又五郎は渡辺源太夫の同僚で、同じ池田の殿様に仕える岡山藩士ですから、自分の愛人である家臣を同じ藩士の若侍に殺されて、池田の殿様の怒りは収まりません。池田の殿様は又五郎を捕まえようとしますが、又五郎は逃げて江戸の旗本の屋敷に匿われます。

池田の殿様は、又五郎を匿った江戸の旗本に「又五郎を返せ」と言いますが、旗本の方は返しません。池田の殿様は、自分のところの藩士である又五郎の父親を捕えて、「父親と引き換えだ、又五郎を渡せ」という条件を出して父親を旗本の屋敷に送りますが、旗本の方は又五郎を返しません。怒った池田の殿様は、他の外様《とざま》大名に働きかけて、「あの旗本を罰してほしい、又五郎を引き渡せと言ってほしい」と老中に訴えるのですが聞き入れられず、無念の池田の殿様は二年後、病気に罹って死んでしまいます。殿様は、死ぬ前に「藩の面目にかけて河合又五郎を討て」と遺言をして、ここにやっと「仇討」はスタートするのです。

そういうものなので、「伊賀越の仇討は、仇討ではない。殿様の命令による上意討だ」という説も出て来るのですが、この説明だけで分かりますか？　なにかが引っ掛かって分かりにくいような気がしませんか？　実はこの「仇討」には時代背景というものがあるのです。「伊賀越の仇討」は、忠臣蔵事件の七十年ほど前の出来事ですが、これだけでは時代背景の説明になりません。河合又五郎が渡辺源太夫を殺したのは、豊臣氏が滅んだ大坂夏の陣の十五年後、天下分け目の関ヶ原の合戦の三十年後という、徳川幕府の草創期です。

岡山藩の池田の殿様は外様の大名ですが、外様大名というのは、関ヶ原の合戦以後に徳川家康に仕えるようになった大名で、微妙というのは、姫路城を作った池田の殿様の父輝政は、関ヶ原の合戦に徳川方として参戦した人です。それ以前、豊臣秀吉に仕えていた輝政は、徳川家康に信任され、だからこそ西の方の外様大名の押さえのために姫路の城主に任命され、姫路城の大改修を行ったのです。言ってみれば、池田輝政は「外様の境界線の大名」というところです。

微妙な池田輝政は播磨の国姫路の城主で、渡辺源太夫を奪われたその三男の池田の殿様は、播磨の西の備前岡山の城主で、もう歴然たる外様大名です。だから老中に働きかけるのも他の外様大名の協力が必要で、外様大名の訴えだからこそ老中もそれを無視してしまいます。そういう外様大名のあり方があって、今度は河合又五郎を匿った旗本の方です。

やがては「直参《じきさん》旗本」と誇るだけでなにをやっているのかよく分からない存在になり、「貧乏旗本」と侮られる人達も多くなってしまいますが、旗本というのは「徳川将軍直属の家臣団」で、平和な時代になってしまえばその性格も曖昧になるでしょうが、まだ大坂夏の陣から十五年です。「将軍直属の家臣団」という誇りは十分に健在です。旗本と大名の違いは、その収入である石高の差だけですから、旗本が「我々は将軍と近い存在なのだから、石高が多いだけの新参の外様大名なんかに負けてたまるもんか」と思ってしまうのも、ある意味ではしょうがありません。そう思っていながら、この時代にはもう旗本の存在理由が薄れかけて、だからこそ幡随院長兵衛のような町人の町奴《まちやっこ》と対立する旗本奴という不良グループだって生まれてしまうのです。

正直言って私には、どういう伝《つて》やら関係があって、河合又五郎が江戸の旗本の屋敷へ逃げ込んだのかが分かりません。もしかしたら、二十歳の河合又五郎は「チャーミングな若侍」だったのかもしれませんが、彼が江戸にある某旗本の屋敷へ逃げ込むことによって、外様大名と旗本の対立が生まれてしまったことに間違いはありません。池田の殿様が他の外様大名に働きかければ、それを「なんだと！」と思う旗本の方もスクラムを組みます。そうなった原因が「若き渡辺源太夫を巡る男同士の三角関係」だったことを思うと、「すごい時代だったんだな」と思うしかありません。

そういう「原因」ですから、幕府の方も少し甘く見ていたのでしょうが、死んで行った池田の殿様のご執心は並大抵のものではありません。これを放置しておくと、外様大名の反乱のような厄介が起こりかねません。なにしろ、徳川幕府の草創期です。

幕府首脳部は「河合又五郎を匿ってはならん」と旗本達に命じ、屋敷に又五郎を匿っていた旗本は罰せられて蟄居《ちっきょ》処分です。屋敷を逐われた河合又五郎は消息不明になって、殿様の御遺志で弟源太夫の仇を討たなければならない渡辺数馬は探索の旅に出て、やっと荒木又右衛門の出番が来ます。彼はどういう関係でここに出て来るのかというと、数馬、源太夫兄弟の姉が、荒木又右衛門の妻になっていたからです。

荒木又右衛門は伊賀上野の出身で、父親はこの地を領ずる伊勢の津藩の藩士でしたが、やがて父は岡山の池田家に仕える藩士となって、幼い又右衛門もそちらに移ります。数馬、源太夫兄弟の姉を妻にしたのはこの縁ですが、又右衛門は岡山に留まりません。奈良盆地を越えた伊賀上野の西の（大和）郡山《こおりやま》藩士の養子となって、その後に郡山藩の剣術師範となります。伊賀上野は剣術の柳生の里に近く、奈良には槍で名高い宝蔵院《ほうぞういん》の道場もあります。この地に生まれた又右衛門は、幼い頃から宝蔵院流の槍を習い、柳生の新陰流もマスターしたんでしょう。ここまではまァいいんですが、この先は「そんなに都合のいい話ってあるの？」という展開になります。実は、消息不明になった河合又五郎は奈良にいたからです。

又右衛門のいた郡山藩には、河合又五郎の伯父もいました。又五郎の父親は、又五郎が旗本屋敷から放逐されると同時に、外様大名の家に預けられ、結局は殺されてしまいますが、伯父は郡山藩を辞めただけでまだ健在です。又五郎はこの伯父を頼り、消息を昏《くら》ました伯父甥の二人は、奈良に潜んでいたのです。しかし、いつまでも潜伏を続けているわけにはいきません。又五郎と伯父は、新天地を求めて奈良から出て来ます。それを察知した又右衛門と渡辺数馬は、奈良から出て来る又五郎の一行を鍵屋の辻で待ち伏せ、見事に仇を討ちました。これが伊賀越の仇討ですが、又五郎の一行は戦力にならない供回りの人間をまぜても二十人くらいで、三十六人斬りというのはまったくのフィクションです。

以上が「伊賀越の仇討」のあらましですが、長々と書いたようにこの仇討はとてもへんです。渡辺源太夫が河合又五郎に殺されてから、池田の殿様が「家名にかけて又五郎を討て」と遺言して死んで仇討がスタートするまで、二年がかかっています。前置きが非常に長い。しかもこれは、本来なら仇討として成立しない「弟の仇討」が、殿様の命令によって仇討になったというもので、その背後には外様大名チームと直参旗本チームの対立が控えています。事の原因は、一人の若者を巡る男同士の痴情のもつれですが、そういう個人的なものが事態をそこまで拡大させてしまったという時代状況がへんなのであって、原因が男同士であるか男女のもつれであるかは関係がありません。

更にへんだというのは、渡辺数馬の助太刀をする荒木又右衛門と、討たれる仇の河合又五郎の伯父が、偶然とはいえ同じ藩の同僚だったということです。これも、おかしいというか奇妙で、「又五郎が行方を晦ました」ということになれば、「郡山藩で縁者の伯父の行方を探ってみろ」になるはずなのに、姿を晦ました又五郎と伯父の消息が分かるまでに、二年の時間がかかっている――これもなんだかあやしい。

通信手段もマスメディアも未発達の江戸時代に仇討となると、その相手がどこにいるのか探すのが大変であるのと同時に、相手に探していることを知られたら大変だから、素姓を隠して行方不明の相手を探す——それが相手にばれて、仇討チームのメンバーの一人が返討《かえりうち》にあったりする——仇討のドラマはその苦難を語るものであったりもするのですが、「伊賀越の仇討」はその苦難と同じか、それ以上に仇討に至るまでの前置きが長い。それを題材にした『伊賀越道中双六』も、やっぱりそのことを反映してへんなのです。

『伊賀越道中双六』で一番有名なのは、歌舞伎でもよく上演される沼津の段でしょう。

東海道の沼津宿の道筋で、色男の呉服屋十兵衛は老いた荷物持ちの人足平作《へいさく》と出会います。平作は《申旦那様《もうし》どうぞ持《もた》して下さりませ。けさから壱文も銭の顔を見ませぬ。どうぞお慈悲》と声を掛けて、旅の途中の十兵衛の荷物を担がせてもらいます。

平作は、娘のお米《よね》と一緒にいるところを美人画家の竹久夢二が絵に描いたくらいで、愛嬌のあるいいジーさんですが、足はヨボヨボです。自分から「持たせてくれ」と言った荷物を担いでもろくに歩けず、蹴つまずいて足の親指の生爪を剝がしてしまいます。十兵衛は「貧しいジーさんが可哀想に」と思って荷物を担がせてやった善人なので、《おれが持ッてやる》と肩代わりをしてしまいます。平作はそれをされると金が稼げなくなると思って断るのですが、それを十兵衛は《イヤサ駄賃《だちん》はやる。気遣いさしゃんな。こなたの足元。最前からあぶのうて〳〵。荷を持ッ方がやっと気楽な。咄《はな》しもって行《ゆき》ましょう。》と言って、平作を話相手として雇ったようにして道を歩みます。歌舞伎では、ここで平作と十兵衛役者が舞台から客席へ下り、客席を通って花道からまた舞台へ戻る——その間に舞台装置が変わるという「旅の趣向」をそのまま見せます。

そうして、そこへやって来るのが、竹久夢二が絵に描きたくなるような、貧しいが美人で気立てのいい娘のお米です。平作から事情を聞いたお米は、「家で少しお休みになって」と我が家へ十兵衛を案内し、更には《なろう事なら今宵は爰《ここ》に御逗留《とうりゅう》遊ばして》と宿泊を勧めます。「父親の傷を治してくれたお礼に」とお米は言うのですが、平作の家は崩れかけた藁葺《わらぶき》のぼろ家なので、「なにを言うんだ」と平作は娘を止めます。しかし十兵衛は、「泊めてもらう」と言います。理由はもちろん、お米が美人だからです。いくら善人だとは言っても、十兵衛は昔の「色男」なので、そういうところは正直ですが、実は十兵衛は二歳の時に養子に出された平作の息子で、お米は十兵衛の妹なのです。三人はその事情を知らずにいるのですが、だからと言って、話は「近親相姦の危い方向」へは進みません。三人にはまだ知らない「お互いの事情」というものがあるのです。

実は、お米・平作と十兵衛は、それぞれが敵を討つ側と討たれる側の縁者で、お米と平作は敵を討とうとする渡辺数馬――作中では「和田志津馬《わだしづま》」の側、呉服屋十兵衛は討たれる敵の河合又五郎――作中では「沢井股五郎《さわいまたごろう》」側という、対立関係の敵同士なのです。

十兵衛は、股五郎の旗本仲間（室町時代に時を移したこの作品では「昵近衆《じっきんしゅ》」）に、九州まで逃げようとする股五郎の道案内を頼まれた、腕に自信のある商人なのです。歌舞伎の十兵衛は白塗りの優男《やさおとこ》のように見えたりもしますが、原作の十兵衛は股五郎の道案内を頼まれた時、《畏《かしこま》ったは商人冥加《あきんどみょうが》。多年の御恩報じなれば。ちっともお心置かれますな。町人でこそ有心《あれ》は金鉄《きんてつ》。二人《ふたり》や。三人《さんにん》は苦には致《いた》さぬ。》という親分肌の男です。

妹のお米は、和田志津馬の妻ですが、その志津馬は刀傷を受けて歩けずにいます。十兵衛はその治りにくい刀傷——「金瘡《きんそう》」を治す妙薬を持っていて、これで平作の剝がしてしまった足の生爪を簡単に治しています。お米が十兵衛を家に泊めようとしたのもこの薬ほしさですが、十兵衛はこの薬を股五郎の仲間の昵近衆にもらって、それを股五郎からもらった印籠《いんろう》に入れています。十兵衛が《多年の御恩》に与ったのは、股五郎ではなくてこの昵近衆だというのが、微妙なところです。

泊められた十兵衛は、話の内に平作が実の父で、お米が和田志津馬の妻であることを察知して、夜明け前に旅立つ時、貧しい父のために口実を付けて金を預け、妹のためにはわざと妙薬の入った印籠を落として行きます。股五郎には直接の恩を受けてはいなくとも、律義な十兵衛は昵近衆を裏切ることが出来ないのです。

平作は、十兵衛が置いて行った金包みに付けてあった書き付けから、彼が自分の別れた息子であることを知り、お米は見覚えのある印籠から、十兵衛が股五郎とつながりのある人間と知ります。敵の行方を知りたいお米は十兵衛の後を追おうとしますが、その役目を買った平作が先に駆け出してしまいます。

沼津の千本松原で十兵衛に追いついた平作は、「この金は受け取れないから返すが、代わりに教えてもらいたいことがある」と、十兵衛に「股五郎の行方を教えてくれ」と頼みます。相手の立場を重んじるのが江戸時代の美徳論理ですから、平作は「敵に金を恵まれるわけにはいかない」とか、「俺を親と思うなら、股五郎に関する情報を教えてくれ」などとストレートには言いません。

それに関しては十兵衛も同じで、平作の頼みを察した十兵衛だって、「じゃ、仇を討つ敵の方から傷を治す薬をもらうのはどうなんですか？」とは言いません。「その薬の出所を知ったら、仇討だって出来にくいんじゃないですか」とぼかして、股五郎に関する情報は明かしません。

平作は、「ただ〝拾った〟ということにして、その薬を受け取って下さい」という十兵衛の言葉に納得したふりをして、十兵衛の腰の脇差しを抜き、自分の腹へ突き立てます。十兵衛は驚きますが、平作は《こなたとおれとは敵同士。志津馬殿に縁の有ル此親仁《おやじ》を殺したれば。頼《たのま》れたこなたの男は立ツ。コレ〳〵此上《このうえ》の情には。平作が未来の土産に。敵の有《あ》リ所《しょ》を聞《きか》して下ダされいの。》と言います。これがなんなのかと言うと、実はこの沼津の段が「一風変わった返討の場」だということです。

4

並の浄瑠璃作者だったら、平作と十兵衛の立場を入れ換えていたでしょう。つまり、平作が股五郎側で十兵衛が和田志津馬側です。志津馬は善人で、十兵衛も善人側でいた方がいいようにキャラクターが設定されていますから、「十兵衛は志津馬のために股五郎の行方を探し、股五郎に恩のある平作は、行方を知っていても教えない」という設定です。十兵衛は懇願し、平作は再会した我が子のために腹を切って股五郎の居場所を教える——そういう人情ドラマになってしかるべきところですが、しかし『伊賀越道中双六』の作者近松半二はそんなことをしません。二人の設定を逆にして、「善なる平作が自分から進んで返討になる」という形にしてしまったのです。

前にも言いましたが、仇討劇では敵を狙う善人が悪人によって返討になる場面が当たり前に登場します。しかし近松半二は、この定番をまったく違う形に作り変えてしまいました。そのことによって、善人ばかりが登場する沼津の段では、善人と悪人の境目が消滅して、「仇討劇である」ことがちょっと見には分からない不思議な仇討劇」になったのです。

近松半二はなぜこんなことをしたのでしょう？　それは私が思うに、題材とした「伊賀越の仇討」が、それ以前既に劇化されている有名な仇討であるにもかかわらず、「へんな仇討」だったからです。

『伊賀越道中双六』は、それとは感じさせないけれど、とてもへんな仇討劇です。仇討劇のくせに、この沼津の段以外に、悪人側と善人側の対決シーンがないのです。なにしろ、「大敵《おおがたき》」であるような沢井股五郎が姿を見せず、仇討劇に必須の「敵役の残虐さ」を描くシーンがないのです。『伊賀越道中双六』は、そのタイトルから「敵を討とうとする者と討たれる者が旅をして、次々と舞台が移って行く作品」のように思われるかもしれませんが、全十段の浄瑠璃であるこの作品で、その「道中」が始まるのは、この沼津の段が最初で、しかも沼津の段は全体の半分が終わった後の六段目なのです。

では、その前の五段目まではなにが語られるのでしょう？　仇討の旅が始まる前——このへんな「伊賀越の仇討」が始められるまでの段取りを語ることに費されます。六段目の沼津になってやっとその旅が始まったと思っても、敵を討たなければならない和田志津馬は、「怪我を負って病気」ということでこの場に姿を現しません。敵の沢井股五郎も逃げるのに専念して、十段目の敵討の段までたいした出番はありません。『伊賀越道中双六』は、「仇討のドラマ」であるよりは、「仇討をしなければならない人間達の内部事情」を中心に据えた、一風変わった「へんな仇討物」なのですが、そのようにして、作者の近松半二はなにを書こうとしたのでしょうか？

私の思うところそれは、「仇討というものに巻き込まれることによって現れる、人間の抱える不条理」です。

5

ここで『伊賀越道中双六』全体の構成と、ドラマ全体の設定を紹介しておきましょう。まず、全十段の構成はこうです——。

第一　鎌倉　鶴が岡の段
第二　同　和田《わだ》行家《ゆきえ》屋敷の段
　　　同　桐《きり》が谷《やつ》裏道の段
第三　同　円覚寺《えんがくじ》の段
　　　同　門外の段
第四　大和郡山《やまとこおりやま》　宮居《みやい》の段
第五　同　唐木《からき》政《まさ》右《え》衛門《もん》屋敷の段

同　城中大広間の段
第六　沼津の段
第七　藤川　新関の段
第八　岡崎の段
第九　伏見の段
第十　伊賀上野　敵討の段

「伊賀越の仇討」は、そもそも仇討としては成立しない目下の人間――「弟の仇討」です。弟の仇討が「仇討」として成立するためには二年の歳月を要して、その弟が殺される要件としては「痴情のもつれ」があったわけですが、そんな事情をそのままドラマにしてもまだるっこしいだけなので、「伊賀越の仇討」がドラマ化されると、「弟の仇」は「父の仇」に変わります。二段目の舞台となる屋敷の主人和田行家が、その「殺される父」です。

「道中双六」と言いながら、『伊賀越道中双六』でその旅が始まるのは、全体の半分が終わった六段目の沼津からだと言いましたが、では、そこに至るまでの半分はなにをやっているのかというと、仇討を成立させるための段取りです。序段から三段目までは、和田志津馬の父行家が殺されて、志津馬の後見人でもあるような人物が、「大和郡山にいる唐木政右衛門（荒木又右衛門の作中名）に助太刀を頼め」と志津馬に言うので、舞台は四段目五段目の大和郡山へ移ります。舞台が移っても、仇討がスタートするのはその部分が終わってからで、鎌倉から大和郡山までは、旅をする「道中双六」には入りません。

なぜそんなに段取りが長ったらしいのかと言えば、前回にも言いましたように、ここに「外様大名対直参旗本」の対立が存在しているからです。「弟の仇」を「父の仇」に変えても、『伊賀越道中双六』は、この「バックにある対立構造」を説明しようとしますから、段取りが長くなり、そのことによって「異様」とも言いたいようなニュアンスを醸《かも》し出すことになります。

長い段取りの始まりは、悪人沢井股五郎がなぜ和田行家を殺すのかというところにあります。少しややこしくなりますが、ついて来て下さい。

6

和田行家の許には「正宗《まさむね》の名刀」というものがあります。江戸時代のドラマは往々にして、「家宝」と言われるような物を善人と悪人が奪い合う――そのことを軸として展開されますが、『伊賀越道中双六』の「正宗の名刀」もそれです（一応は）。

沢井股五郎は、「正宗の名刀」を手に入れたくて和田行家を殺してしまいますが、ではなぜ股五郎はそれをほしがったのか？　彼が「大悪人」なら、ただ「欲で名刀をほしがって」で終わってしまいますが、彼は、将軍の昵近衆である従弟の沢井城五郎《じょうごろう》に、「正宗の名刀を奪い取れ」と命じられてやったのです。

和田行家は、足利幕府の執権大名である上杉顕定《うえすぎあきさだ》に仕える家老という設定になっています。足利将軍には元服を迎える息子がいて、その祝いに諸大名は、それぞれが名刀を贈ることになっていました。上杉顕定は、和田家に伝わる「正宗の名刀」を贈りたがって、行家に刀を献上させようとしたのです。コースとしては、和田行家↓上杉顕定↓足利将軍家です。将軍の昵近衆である沢井城五郎は、その刀を横取りして自分から将軍家に献上しようと考え、上杉家の家臣である従兄の股五郎に、「刀を奪え」と命令したのです。

徳川幕府の旗本に対応する昵近衆の彼は、めでたく上杉家から刀が献上されてしまうと、《弥《いよいよ》上杉が鼻高く。威《い》をふるわん事心外至極《しんがいしごく》。》と思い、《何とぞ此刀を奪《ばい》取て。某《それがし》が手より献上すれば我。は勿論昵近衆の。手柄にも成レと存じ。股五郎に云ふくめ。》たのですね。

城五郎は上杉顕定を憎んでいるのですが、なぜそうなのかは、彼の昵近衆仲間の近藤野守之助《こんどうのもりのすけ》が説明してくれます――《武将（現将軍）の御先祖尊氏《たかうじ》公より譜代相伝《ふだいそうでん》の昵近武士。元弘建武《げんこうけんむ》の古《いにし》え。尊氏公に粉骨を。尽し。忠義を励みし我々が家筋。上杉を始其外《はじめそのほか》の諸大名は。旗色のよきに従うて。降参した腰抜《こしぬけ》の家筋。我《われ》は顔《かお》に高録《こうろく》を取り。昵近衆を蔑《ないがしろ》に軽《かろ》しむる日頃の存外《ぞんがい》（無礼）。ことがな有《あれ》（機会があれば）と思う折節。》だったりします。

時代が室町時代に移してあるから、現将軍の先祖である初代将軍は足利尊氏で、旗本衆は昵近衆になっていますが、近藤野守之助の言うことは「伊賀越の仇討」の背後にある旗本と外様大名の対立構造そのものです。野守之助の言うことに、他の昵近衆も「そうだ！　そうだ！」と声を合わせ、《昵近武士の意恨《いこん》をはらすは今此時。敵《てき》方より寄セぬ先。此方から逆寄《さかよ》セにして上杉に泡吹《ふか》せん。》と殴り込みを計画するのが、三段目の円覚寺の段です。

しかし、それでどうなるのかというと、どうともなりません。以上のことは、「伊賀越の仇討」

を『伊賀越道中双六』というドラマにするための「設定」でしかないからです。

浄瑠璃のストーリー展開は、「実は、実は」の繰り返しで、「後になってやっと話がはっきりする」という構造になっています。だから「意外な展開」のどんでん返しが多いのですが、この『伊賀越道中双六』は、「そういうもんなんだろう」と思い込んでいた最初の「設定」が、いつの間にか消えてなくなっているという、不思議な出来上がり方をしています。

『伊賀越道中双六』の作者は、どんでん返しの作風で有名な近松半二ですが、これは彼の最後の作品――絶筆です。だからこそと言いたいくらいに、『伊賀越道中双六』はケレン味のない落ち着いた作品になっていますが、そうなるための仕掛けがこの「いつの間にか消えている」です。

大名と昵近衆の対立があって、そこに「正宗の名刀」が重要な役割を果たすというのが、三段目までの展開です。正宗の刀を奪う役目は上杉家の家臣である股五郎ですが、それを命じたのは昵近衆の城五郎ですから、最大の悪人は黒幕的な沢井城五郎です――そのはずです。しかしその沢井城五郎は、三段目が終わると、殺されたわけでもないのに、もう姿を現しません。昵近衆も同じです。三段目が終わって、「これは伊賀越の仇討と同じ背景を持った作品ですよ」ということが提示されると、彼等はもう用済みで出番なしなのです。消えるのは、城五郎と昵近衆だけではありません。「正宗の名刀」も同じです。

普通の仇討狂言なら、悪人の沢井股五郎は和田行家を殺し、「正宗の名刀」を奪って逃げます。だから、行家の息子の和田志津馬は、父の仇を討つためと、主君の上杉家にとっても重要な意味を持つ刀を奪い返す旅に出ます。そうなるのが普通です。しかし、二段目の和田行家屋敷の段で和田行家を殺した沢井股五郎は、肝腎の刀を奪い取れないのです。

沢井城五郎の方に「よからぬ企み」があることを察知した和田行家は、用心のため刀を他人に預けておいていたので、股五郎は刀を奪い取れなかったのです。それればかりでなく、行家を殺しはしたけれど、股五郎も行家に切りつけられて傷を負い、城五郎や昵近衆の許へ逃げ込むのです。

刀がほしい城五郎は、「股五郎を引き渡せ」と言って来る上杉の殿様に対して、「正宗の名刀と引き換えだ」と条件を付けるのですが、上杉の方が一枚上手で、その引き換えの時にも、城五郎は偽物をつかまされてしまいます。「正宗の名刀」に関するいささか煩雑なやり取りを描くのが円覚寺の段ですが、刀は城五郎や股五郎の手に渡りません。刀が奪われないのだから、結果は「なんでもない」で、だからこそ後の段になると「正宗の名刀」は問題にもされなくなるのです。

重要な役割を果しそうに見えて、実は全然そんなことがないというのが、『伊賀越道中双六』に於ける「正宗の名刀」なのですが、ではなぜそういうものが「重要そう」な顔をして登場したのでしょう？　思うにそれは、「仇討狂言らしい雰囲気を作り出すため」です。

7

再三言っておりますが、「伊賀越の仇討」はへんな仇討で、これを題材にした『伊賀越道中双六』も、へんな仇討狂言です。へんと言うよりも不思議な感じがするのは、『伊賀越道中双六』が「仇討を描く」よりも、「仇討をさせられる人を描く」ということに主眼が置かれてしまっているからです。

突飛な言い方かもしれませんが、江戸時代のドラマは、いきなり「人間」を書いたりしません。「人間」は「設定」の中にいるもので、ドラマを書くというのは、まずこの「設定」を書くことなのです。「設定」を書いて、これをあれこれ動かしていれば、ドラマというものは出来上がってしまいます。だから、江戸時代のドラマに「剝き出しの人間」というものはまず登場しません。「人間」というのは、衣服を着るように、「設定」の中に収まっているものなのです。

江戸時代が終わって近代になり、明治の人間達は「人間のドラマ」である近代文学を作り出そうとして悪戦苦闘を始めるのですが、それが悪戦苦闘を必要とするような「難しい作業」になってしまうのは、その以前の江戸時代に「人間」の姿が部厚い「設定」に包まれて、「人間とはどういうものなんだろう？」ということが見えにくくなっていたからではないかと、私は思います。『伊賀越道中双六』でも、その「設定」は「人間を覆って存在しているもの」ではありますが、変わっているのは、この上を覆っているはずの設定がいつの間にか溶けてなくなり、下の「人間像」が明瞭になってしまうところです。「仇討」という江戸時代的にはステロタイプな「設定」の中にいながら、その主人公達がステロタイプではない、「江戸時代の普通の人間」だということです。

安定して平和になってしまった江戸時代に住む「普通の人間」は、仇討なんかをしたいわけではありません。平凡に過していたいのです。でも、彼等は仇討をしなければならなくなる——そうさせるために、『伊賀越道中双六』は、いかにもらしくて、「不自然に見えないような、不自然な設定」を必要としたのです。大名と昵近衆の対立とか、「正宗の名刀」の争奪戦とか。でも、それは「設定」としてだけ必要なものなので、段取りが整うと消えてしまいます。そして、「仇討」という無茶な設定の中に放り込まれた「普通の人間達」の不条理なドラマが始まります。それが『伊賀越道中双六』です。

「普通」というと、「なんの特徴もない凡人面した二流の優等生」みたいに思えますが、「普通の人」というのは「当たり前に歪《いびつ》で、自分の歪さを不思議がらない人達」のことでもあります。『伊賀越道中双六』の不思議な感じ——どこかでぞっとさせるような暗いものが姿を現してしまうのは、こういう「普通の人」を主人公にしてしまったからでしょう。

大序の鶴が岡の段では、京都から勅使が幣帛《へいはく》を奉納するために鶴が岡八幡宮にやって来たという設定で、この護衛を担当するのが上杉顕定なので、その家臣である和田志津馬が社前に控えています。そこに志津馬の同僚であり、志津馬の父行家の剣術の弟子でもある佐々木丹右衛門《ささきたんえもん》がやって来ます。丹右衛門は師匠行家の信頼が篤く、「よからぬ企み」を察知した行家から「正宗の名刀」を預けられるのもこの人で、掛け値なしの真面目な男です。『伊賀越道中双六』は、この人が和田志津馬に話し掛けるところから始まるのです。

佐々木丹右衛門は、和田志津馬になにを言うのか？　「あなたは私の大恩ある剣の師匠の息子だから、まだ部屋住みでいるあなたの立身を祈っている」と前置きした丹右衛門は、「私は普段からストレートな物言いをする人間だから怒らないで下さいよ」と言って、《貴殿《きでん》の疵《きず》は御酒《ごしゅ》参ると万事《ばんじ》を忘れさっしゃる。色と酒をば敵《かたき》とせよとは賢者《けんしゃ》の禁《いま》しめ。常に此義《このぎ》をお忘れ有《あ》ルな》と忠告します。つまり、この作品の主人公で仇討の当事者である和田志津馬は、仇討ドラマの主人公にふさわしい「ストイックなまでに真面目な人間」ではなくて、酔うと困ったことになってしまう、世間によくいる「普通の若者」なのです。ある意味で彼は、仇討になんか向いていません。でも、この前提から始まるのが『伊賀越道中双六』なのです。

佐々木丹右衛門は更に、《気の赦《ゆる》されぬ男は。沢井股五郎。彼が従弟城五郎は。鎌倉殿の昵近衆。直人《じきひと》を一《い》ッ家《け》に持ッたと鼻にかけ。御前の勤《つとめ》も疎《おろそか》にして。昼夜遊所《ちゆうやゆうしよ》に入リ込由《こむよし》。必《かならず》彼を友になされな。》と付け加えてその場を去ります。いきなり初めから「股五郎は問題だ」と言われているのですが、そこそこ愚かな和田志津馬は、既に股五郎に勧められて遊所通いをしていたのです。だから、佐々木丹右衛門がいなくなると、その股五郎や志津馬の馴染みの遊女が、勤務中の志津馬のところへやって来ます。この馴染みの遊女瀬川《せがわ》こそが、六段目の沼津の段に登場する、平作の娘お米です。

勤務中の志津馬は、そこで瀬川を相手に酒盛を始め、「瀬川の身請けの金が必要だ」と股五郎に騙されて、家に伝わる「正宗の名刀」を勝手に質入れしてしまいます。息子はそのように愚かなのですが、親の行家はさっさと手を回して、質入れされた刀を取り戻している——それが二段目で、その刀を巡って股五郎や城五郎達と争いになり、志津馬は切られてしまうのが、三段目の円覚寺門外の段です。刀傷を負った志津馬は、沼津の段でも、お米に介抱をされていることになっていて姿を現しませんが、お米が手に入れた「妙薬」のおかげで、その傷は治ったことになり、七段目の藤川新関の段になってやっと姿を現します。

姿を現してなにをするのかというと、若い娘を色仕掛けでたぶらかして、その後の岡崎の段で唐木政右衛門達を混乱させることになります。佐々木丹右衛門は《色と酒をば敵とせよ》と言ってはくれますが、どうやら志津馬本人は「でも、僕はもてるんだからしょうがないじゃないか」と思っている気配濃厚な、今時のイケメンです。

当主で剣術の師範もやっている和田行家はしっかりしていますが、和田家の子供の方はいささか怪しくて、息子の志津馬が「普通のだらしなさ」を持ち合わせていれば、姉のお谷《たに》の方も若干の問題ありです。

お谷は、志津馬の助太刀をする唐木政右衛門の妻ですが、それは親の許しを得た正式の結婚ではなくて、勝手に政右衛門と関係して大和郡山の方に駆け落ちをしてしまったのですね。姉は勝手な駆け落ち、弟は勤務中に馴染みの遊女と酒盛ですから、お父さんはしっかりしていても、和田さん一家の内情は大変です。

お谷と政右衛門の仲は、江戸時代風に言えば「私通《しつう》」で、真面目なお父さんの和田行家は娘を勘当してしまいます。勘当されれば、「親でも子でもない、なんの関係もない」ということになりますから、お谷は父親を殺されても仇討に関わることが出来ない。そういうお谷の夫だから、唐木政右衛門もまた「和田家とは関係ない人」になって、志津馬の助太刀をすることが出来ません。だから、「唐木政右衛門と和田家の関係をどうするのか？」という問題が起こって、それが舞台を大和郡山に移した四段目五段目で描かれます。

お谷がそういう女なのですから、夫の唐木政右衛門だって、ステロタイプな正義のヒーローではありません。義弟の志津馬のように、自分に尽してくれるお米という妻があるにもかかわらず、よその娘に色仕掛けで迫ってしまうというタイプではありませんが、「愛する女と駆け落ちした過去があっただけの普通の人」というのが、『伊賀越道中双六』の唐木政右衛門なのです。唐木政右衛門は、そのように「普通の人」で、決してストイックな剣豪ではないのです。

となると、ここまでの話で、もしかして思われる方は思われるかもしれません。「どうして伊賀越の仇討は人気があったの？」と。「伊賀越の仇討」が人気を得てドラマ化されたのは、そこに荒木又右衛門という剣豪がいて、彼の活躍があったからです。しかし、今までのところ、『伊賀越道中双六』に「剣豪としての唐木政右衛門の姿」はありません。あるのは、大和郡山へお谷を連れて駆け落ちしたということだけで、舞台が移ったその先の大和郡山で、彼の「剣豪としての活躍」があるのかというと、これもありません。『伊賀越道中双六』には、「剣豪」としての唐木政右衛門の活躍を見せるシーンがないのです。歌舞伎の方では、そのシーンがないのに物足りなさを感じて、他の「伊賀越の仇討物」にあるシーンを借りて来て、「唐木政右衛門の見事な立ち回り」を見せたりしますが、本物の『伊賀越道中双六』には、そんな「唐木政右衛門の見せ場」はないのです。

この作品の唐木政右衛門は、「剣術の達人ではあるらしいけれど、そのことをあまりはっきりさせずにいる、過去には女性関係で問題を起こしたことのある、異様に忍耐強い普通の人」なのです。

『伊賀越道中双六』は、そのように「へんなところを抱えた普通の人」ばかりが登場するのですが、その中で一番「普通さ」が際立つのは、作品を背負って立つ「悪役」であるはずの、沢井股五郎でしょう。

8

「正宗の名刀を奪え」と命令したのは、彼の従弟の沢井城五郎ですが、城五郎に命令されて、なんで股五郎はこれをOKしたのでしょう？　昵近衆でもない、上杉の家臣の沢井股五郎には、それをして得になることがありません。城五郎の方も、「刀を奪って来たらこういう厚遇をしよう」という条件を出していません。謎というのは、城五郎の命令があったにしろ、股五郎がなぜ「正宗の名刀」を奪おうとしたかです。三段目が終われば、城五郎も昵近衆も「正宗の名刀」も本篇とは関係なくなるから、股五郎の「悪事をしでかす動機」が見えなくなっても不思議がられませんが、よく考えると「なぜ股五郎はそれをしたのか？」は不明なのです。

二段目で、「正宗の名刀」がほしい股五郎は、和田行家の屋敷へやって来て、行家相手に好き勝手なことを言います。そこに「なぜ？」の答になるようなものはなくて、逆にその股五郎に説教をする行家の言葉の中に、股五郎の謎を解く鍵があるように思われます。

股五郎の無礼に怒った行家は、《慮外《りょがい》なり股五郎。儕《おのれ》が親又左衛門《またざえもん》は身共より上座の家筋。其躮《せがれ》と思えばこそ。剣術の弟子ながら礼義をもってあしらえば。伸《のし》上がる法外者《ほうがいもの》。心得ぬやつと思え共《ども》。何とぞして矯《た》め直し。親の跡目を継《つが》せてやりたさ。鑓《やり》の一手《ひとて》も教《おしえ》てくれた。師の恩を打チ忘れ。紛志津馬をそゝり上《あげ》て遊所へ連レ行《ゆき》。正宗の刀を質に入レさせ奪《ばい》取ッて。それを落度に我ガ家《いえ》を滅亡させせんと。よくも工《たく》んだ人非人め。》と言います。

行家はすべてをご存じで、その上に《こりゃ儕が智恵計《ばか》リでない。正宗の刀に望《のぞみ》をかけ。頼んだやつが有《あろ》うがな。》とも言います。股五郎の父親の又左衛門はもう死んでいて、和田行家にとって、股五郎は自分の息子の志津馬に近い年頃の「若者」なのでしょう。だから、「どうしようもない奴だ」と分かってはいても、「なんとかしてやろう」と思っていた。そんな行家にとって股五郎は「大した悪企みをする頭のない若造」でしかなくて、従弟の城五郎の言うことを聞いてさしてメリットのないことをしでかしてしまう彼は、「悪い仲間の使いっ走りになるような不良」でしかないのです。だから、行家を殺し、刀を奪い取ることが出来ず、自分も傷を負って逃げ出した股五郎は、続く二段目の桐が谷裏道の段で、城五郎と昵近衆の一行に出会うと、切腹をしようとします。

なぜそんなことをしようとするのかと言えば、行家を殺して刀を奪えないままに逃げた自分が生きていることを知られたら、《行家一ッ家の奴原《やつばら》に。未練者《みれんもの》と云《いわ》れんは。家名の恥辱》と考えるからです。その程度に、股五郎は気弱で、武士らしい良心もあったりはするのです。しかも、彼には夫を亡くした母親がいて、彼が城五郎達のいるところへ逃げて来たのは、《一人の母の事何卒《なにとぞ》御世話頼ミたい為計《ばかり》。》だからです。「親の仇」と狙われる大悪人にしてはあまりにもスケールが小さく、股五郎はほとんど「うっかり先輩の言うことを聞いてとんでもないことをしでかした――そのことを後悔しているチンピラ」に近いのです。
そういう人が「敵役」で、沢井城五郎や昵近衆が姿を消してしまった後では、そんな「普通の人達」による仇討のドラマが展開されるのです。

9

四段目になって舞台が大和郡山へと移り、「剣豪」の唐木政右衛門が姿を現すようになると、『伊賀越道中双六』は、「普通の人達による仇討のドラマ」というもののへんさを歴然とさせて来ます。

四段目の宮居の段――つまり、大和郡山の神社の段ですが、ここでは唐木政右衛門の主君となった誉田《こんだ》大内記《だいないき》が神前に能を奉納しています。それも、大内記は供の足軽達に《殿様は遊芸がお好故《すきゆえ》。きょうは何所《どこ》の奉納明日は爰《ここ》じゃのと。毎日のお能。》と噂されてしまうような人なので、能役者に演じさせるのではなく、自分が舞台に立ちます。

江戸時代のドラマのキャラクター設定は、とても教条主義的です。お殿様と言ったら、「武芸に明るい立派な人」と設定されるのが普通で、そういうお殿様が「お殿様らしさ」を捨てていたりすると、「そこにはなにか理由がある」と構想してしまうのが、江戸時代のドラマです。誉田大内記は、自分から《武の道は尤《もっとも》なれ共。我其家《そのいえ》に生れながら剣術の事は。とんと気が乗ラぬじゃ。》と言ってしまうような殿様で、従来のドラマ常識からすればバカ殿様に近いような設定です。従来的なあり方からすれば、「大内記は、武芸に無関心を装ってはいたが、実は武芸の達人で——」というドンデン返し的な展開をすることになるのですが、『伊賀越道中双六』ではそうもなりません。十八世紀の末近い太平の江戸時代に《武の道は尤なれ共。》という大内記的発言をする殿様は、珍しくもないはずです。

ドラマを作るフィクション世界の常識——あるいは決めつけが、もう古くなっている。その現実を反映してしまうと、それまであったドラマのあり方が歪んでしまうということを反映しているのが『伊賀越道中双六』で、だからこそ「仇討のドラマに人気はあるが、実際の仇討というものは異常なものでもある」ということを、この作品は描いてしまいます。その「現実の普通＝虚構世界での歪《いびつ》」を体現しているのが、この誉田大内記です。

演能を終えて社前を下がって来た大内記に、宇佐美五右衛門《うさみごえもん》と桜田林左衛門《さくらだりんざえもん》の二人の侍が従って来ます。

桜田林左衛門は沢井股五郎の伯父ですが、「行方知れずの仇を探す旅」がここから始まるのに、目の前に手掛かりとなるような「伯父」がいると話の都合が悪くなると思ったからでしょうか、大和郡山にいる間、作者ははっきりと「伯父」だとは言いません。当面、桜田林左衛門は大内記に仕える、お家の武芸指南役である、薄っぺらな敵役です。

対する宇佐美五右衛門は、お谷を連れて鎌倉から駆け落ちして来た唐木政右衛門の武芸の才を見込んで、大内記に仕官をさせ、父親の行家に勘当されたお谷の親代わりとなり、お谷と政右衛門を夫婦にしてやった、頑固にして実直な田舎の武士——国侍《くにざむらい》です。

五右衛門は、自分の推挙した政右衛門が殿様に武芸の腕を見せる機会をまだ持たずにいることにやきもきしていて、演能を終えて出て来た大内記に「唐木政右衛門と桜田林左衛門に試合をさせ、ご覧になって下さい」と懇願します。五右衛門は政右衛門に、「林左衛門と試合して立派な腕を見せろ」と言っていたのですが、政右衛門が「新参者の身としてそんな図々しいことは出来ません」と辞退していたので、「殿様の方から〝試合をしろ〟と仰有って下さい」と願い出たわけです。

武芸に関心のない殿様は、「やりたきゃやれば」程度の乗り気のなさでOKを出し、桜田林左衛門は「俺が負けるわけねェじゃねェか」という憎まれ口をきいて、殿様と共に去って行きますが、そこへやって来るのがお谷です。

お谷は既に二段目に姿を現しています。勘当を赦してもらうために、お谷は単身大和郡山から鎌倉の父の屋敷へやって来ますが、お谷と会う前に父の行家は沢井股五郎によって殺されてしまいます。郡山へ戻って来たお谷は、当然父が殺されて、弟の志津馬が仇討をしなければならないことを知っているはずですが、当面そんな事情は「関係ない」になっているらしく、お谷は一人残った宇佐美五右衛門に《国元《くにもと》から帰りてより政右衛門殿の心底《しんてい》替り。出るにも入ルにも不機嫌。此刀を差シ出し。是を持ッて五右衛門方へ行ケという計《ばかり》に物をも云《いわ》ず。》と、涙ながらに訴えます。

《此刀》というのは、お谷の親代わりになった五右衛門が、結納品代わりに政右衛門へ贈ったものので、《是を持ッて五右衛門方へ行ケ》というのは、「離婚だ、親元へ帰れ」と言われたのと同じです。

続く五段目の唐木政右衛門屋敷の段で明らかになることですが、和田行家の仇を討たなければならない政右衛門は、和田家とのつながりを得るため、勘当されて「行家の娘」ではなくなっているお谷を離縁して、改めてお谷の妹を妻に迎えようと考えているのです。お谷と志津馬姉弟を産んだ母は何年も前に死んでいて、その後に父の行家は柴垣《しばがき》という女性を後妻に迎えています。政右衛門が再婚を考える「お谷の妹」は、その柴垣が産んだお後《のち》という娘ですが、お後はまだ七歳です。

政右衛門屋敷の段では、このお後と政右衛門の婚礼が演じられますが、情報過多の現代とは違った江戸時代の七歳はまだ完全な幼児で、婚礼の意味さえも理解していません。夜更けの婚礼で、「もう眠いから帰ろう」と付き添いの乳母に言い、三々九度の盃になると、そばに置いてある饅頭の方を「ほしい」と言って、盃の代わりに饅頭を手に取ります。それでこの段には「饅頭娘」という俗称もありますが、郡山の宮居で宇佐美五右衛門に「私はどうしたらいいんでしょう」と泣きついたお谷の嘆きは、ここであっさり「なんだ、そういうことなの――」と収まってしまいます。「饅頭娘」と言われてしまうおかしみがあるからこそ、それは可能になるのですが、しかしそれは、とんだ目くらましのようなものです。

10

郡山の宮居でお谷に泣きつかれた宇佐美五右衛門は、事情を聞いてカッとなります。「桜田林左衛門と試合をしていいところを見せろ」と言っているのに、政右衛門はなんだかんだで拒否している——そのことにイライラしていた宇佐美五右衛門は、政右衛門がお谷を離縁しようとしている理由を、《国元の騒動を聞キ一ッ家の縁を切ル所存か。》と推察してしまいます。《国元の騒動》というのは、鎌倉で和田行家が殺されたことで、お谷と離婚をしてしまえば、唐木政右衛門には仇討の助太刀をする義務はなくなる——実直なる国侍の宇佐美五右衛門はそう判断して、「そんな卑怯者は斬ってやる！」と激怒して、「お前はなにも気にせず、屋敷へ戻って素知らぬ顔をしていろ」とお谷へ言います。

それで、政右衛門屋敷の段になってお谷が屋敷へ戻ってみると、「今夜は婚礼だ」と家中が浮き立っています。「どうしたこと？」とお谷が驚いていると、戻って来た政右衛門がお谷を見つけます。冷淡を装った政右衛門は《あの女子《おなご》は何者じゃやい》と尋ね、《新参の女中》と言われると、《見かけから愚鈍そうな。ふつゝかな女なれど。遣うて見てくりょう。コリャヤイ。今夜は身共が女房を呼《よび》むかえる。祝言の給仕申シ付クる。》と、お谷に言います。

実は、この時のお谷は政右衛門の子を腹に宿していて、臨月に入っています。作者は、そういうお谷を「これでもか」とばかりに追い詰めるのですが、哀れなお谷の待つところへやって来る花嫁は、だぶだぶの花嫁衣装を着た子供で、そこにお谷の継母でお後の母である柴垣まで現れます。現れた柴垣は、花婿の政右衛門に引き出物として、上杉の殿様から下された仇討の許可状を贈るので、居合わせたお谷や宇佐美五右衛門はやっと政右衛門の胸の内を理解することになるのですが、そうなって不思議なのは、なぜそうまでして政右衛門は和田行家の仇を討ちたいのかということです。

「伊賀越の仇討」の中心にいるのは剣豪荒木又右衛門ですから、彼がいなければ話になりません。しかし、この『伊賀越道中双六』の唐木政右衛門には、その助太刀をしなければならない積極的な理由はありません。

仇の沢井股五郎に対して、政右衛門には格別な遺恨はありません。それどころか、個人的な接点があるのかどうかさえ不明です。父の仇を討たなければならない和田志津馬との間に、特別な愛情関係があるとも思えません。宇佐美五右衛門の言う通り、お谷との縁を切ったら、仇討などという面倒なこととは無関係になります。にもかかわらず政右衛門は、「和田行家の娘の夫」という資格を求めて、七歳のお後と（ふざけた）結婚をします。そうまでする政右衛門は、なんとしてでも和田行家の仇討をするメンバーになりたいのです。

もしかしたら、和田行家の娘を連れて駆け落ちをしてしまったことに対する償いの意識が政右衛門にあるのかもしれないとは思われますが、しかし作者はそんなことを一言も言ってはいません。ということになると、政右衛門が仇討に参加したがる理由は、「父を殺された哀れな妻お谷のため」ということになりますが、八段目の岡崎の段で明らかになるように、唐木政右衛門にとって大事なのは、妻のお谷よりも、仇討をすることで、唐木政右衛門は理由なく、仇討を「自分の当然の使命」のように考えているのです。

まるで自分が和田行家の血を引く一族の人間でもあるかのように、行家の仇討を第一に考える政右衛門は、脱藩を考えます。和田一族は鎌倉の上杉顕定に仕える家臣で、だから仇討の許可状は、上杉の殿様から行家の娘お後に与えられました。しかし、お後と形ばかりの結婚をしても、誉田大内記の家臣である政右衛門は、仇討の旅に出ることが出来ません。だから政右衛門は、婚礼後に行われる、宇佐美五右衛門のセッティングした大内記の御前に於ける試合で、桜田林左衛門に負け、藩から追い出されることを考えるのです。

政右衛門はそこまで考えるのですが、ではお谷の方はどうでしょう？　お谷は、「父親の仇を討つ」ということをどのように考えているのでしょうか？　宇佐美五右衛門に言われて政右衛門の屋敷へ戻ったお谷は、「今夜、婚礼がある」と知らされて、「私は嫉妬なんかしていない」と前置いて、信頼出来る使用人の武助《ぶすけ》にこう言います――。

《非業《ひごう》の死をなされた爺様《とゝ》。弟志津馬が敵討の。力と頼むはたった一人《ひとり》。其夫《おっと》政右衛門殿。縁切レたれば誰を頼ミに。大敵《たいてき》の股五郎。いつ本望が遂《とげ》らりょう。力も綱も切レ果しと。思えば胸が張裂《はりさけ》る》

お谷はそう言って泣きますが、こんなものは、率直に本音を言えない江戸時代ドラマの登場人物が言う建前で、お谷は駆け落ちまでして一緒になった政右衛門が好きで好きでならないのです。だからお谷は、めでたく誉田の家中をクビになって仇討の旅に出た政右衛門の後を追います。お谷がそれをするのは、父の仇を討ちたいからではなく、お谷を置いて旅立った政右衛門に、自分の産んだ政右衛門の息子を見せたいため――それを名目として、政右衛門に会いたいからです。

乳呑み子を抱いたお谷は、東国を目指す順礼となって行方知れずの政右衛門を追い、雪の降る岡崎宿のはずれで夫政右衛門と再会します。それが『伊賀越道中双六』最大の山場である岡崎の段で、ここで唐木政右衛門は少年時代の武術の師であった山田幸兵衛と偶然、十五年ぶりに再会します。

再会した山田幸兵衛は、沢井股五郎とつながるような人物になっていて、かつての少年が唐木政右衛門になっていることを知りません。山田幸兵衛は、武芸の才が抜きん出ていたかつての少年弟子に、股五郎の助太刀をしてくれと頼み、股五郎の行方を知りたい政右衛門は、現在の名前を隠し、幸兵衛の頼みを承諾します。そこに現れるのが、雪の夜に行き場を失い寒さに凍える順礼姿のお谷です。

正体を隠している政右衛門にとって、お谷は邪魔な存在です。本来なら仇討の当事者であってしかるべきお谷は、ここに来て仇討の成就を妨げる存在となってしまうのです。

唐木政右衛門は仇討のことしか考えない。殺された和田行家の娘は、「父の仇」よりも「夫の愛」を求めて、仇討を考える夫――あるいは元夫の邪魔にさえなり、更に悲惨な目にあいます。ここまで来ればもうお分かりになりましょうが、『伊賀越道中双六』という浄瑠璃作品は、「仇討」という、世にあってしかし現実にはありえないものに巻き込まれてしまった人達の悲劇を描く、不条理劇のようなものなのです。

だから『伊賀越道中双六』の登場人物は、仇討には不向きな「普通の人」ばかりで、まるでその人達に「さっさと仇討を始めろ」と言わぬばかりに、人が次々と死んで行きます。

11

まず最初に死ぬのは、沢井股五郎の母の鳴見《なるみ》です。

話は前後しますが、和田行家を殺した従兄の股五郎を庇護した沢井城五郎は、「股五郎を渡してほしければ、そちらで人質に取った彼の母の鳴見と正宗の名刀を持って来い」という要求を上杉の殿様に突きつけました。三段目の円覚寺の段です。史実通り、「股五郎一人が憎い」と思う上杉の殿様はこの要求を呑み、「正宗の名刀」と鳴見を城五郎一味のいる円覚寺まで運ばせますが、我が子が愛しいと思う鳴見は、「私はどうなってもいいから股五郎を助けてくれ」と言って、一緒に運ばれて来た名刀を抜いて自害をしてしまいます。

しかしこれは、一旦渡した名刀を奪い取るための策略で、自害した鳴見を刀ごと駕籠に運び込んで、駕籠の中で刀を偽物とすり替えるためのことです。そういう段取りがあって、「正宗の名刀」の件は用済みになってしまうのですが、股五郎の母は、なんでそんな役目を引き受けたのか？　円覚寺の門外で、城五郎一味の襲撃によって傷を負った和田志津馬に向かって、息も絶え絶えの鳴見はこう言います——。

《股五郎が親の身で丹右衛門《たんえもん》様と云合《いいあわ》せ。城五郎を謀《たばか》りしは。どうで非道な躮《せがれ》めが命は所詮叶《かな》わね共。殿様のお手に渡れば。竹鋸《たけのこぎり》か磔《はりつけ》の御成敗《ごせいばい》は知レた事。せめて武士らしう志津馬殿と。敵討の勝負で死れば何ぼう嬉しい親心。此場を見遁《みのが》し下されとお頼申《たのみもうし》てきょうの時宜《しぎ》。》

《丹右衛門様》というのは、策略を練って人質交換の使者に立った、志津馬のためを思う同僚の佐々木丹右衛門で、《きょうの時宜》というのは、「鳴見が自分から自害を希望した」ということです。《非道な斺め》と言っても、鳴見は上杉の殿様に引き渡された息子の股五郎が、残酷な極刑に処されるのを見るのがいやなのです。「だったら自分が死んで、その後で股五郎は和田志津馬に討たれればいい。それが武士らしい最期だ」と、鳴見は考えたのです。これがどれほどの説得力を持つのかは分かりませんが、鳴見は志津馬に仇討をさせるために死んだのです。

彼女がそう言うのは、傷を負った志津馬が「仇討をする！」という決意もせず、早々に死んでしまおうとするからです。城五郎一味の襲撃で志津馬以上の重傷を負った佐々木丹右衛門も、「なに情ないことを言ってるんだ。姉のお谷さんの夫は武芸の達人だ、頼まなくても助太刀はしてくれるはず」と言って鳴見に止めを刺し、自らも死んで行くのです。

「そうまでして仇討を成立させたいのか」と言いたくもなりますが、その役目を背負って死んで行く人がもう一人います。お谷や志津馬の継母でお後の生母である柴垣です。

お後との婚礼の翌朝は、城中大広間での桜田林左衛門との御前試合です。かねての計画通り、誉田大内記の見る前で政右衛門は林左衛門に負けます。ところが、武芸のことには関心のないはずの大内記は、自分で能を舞う人だけあって、人の身のこなしには高い鑑識眼を持っています。

それで、《勝負には政右衛門負《まけ》たれ共。始よりつく〴〵見るに。身構え太刀捌《さば》き。よっく鍛《きたえ》し誠の達人。》と看破して、《新参の身を以ッて古参の者に。恥辱をあたゆるは。武士の情にあらずと。わざと勝を譲りしは。剣術計《ばかり》か心迄奥床《おくゆか》し頼もしし。》と、政右衛門の心理まで理解してしまいます。

大内記は《心に捨ぬ剣術武芸。よく知ッて居る。》と言ってはいますが、言うだけで本当は「芸能の殿様」です。勝を譲られたのにいい気になり、「勝った！　勝った！」とやっていた桜田林左衛門は、職を解かれて追い出されますが、「これでお城はクビだろう」と思っていた政右衛門も、《一ッ家中の師範と成リ。弥《いよいよ》忠義を励んでくれよ》と言われてしまいます。殿様は政右衛門を褒めて去り、褒められて誉田の家中に縛られた政右衛門は、仇討が不可能になります。そこで出番が来るのが柴垣です。

どういうわけか柴垣は、お後と共に試合の行われる大広間の次の間で様子を窺っていますが、政右衛門の計画が失敗したと知ると、喉に懐剣を突き立てて自害をしてしまいます。柴垣がそれをする理由はよく分かりません。分かるのは、柴垣が死んだ後です。大内記に代わって奥方の久《ひさ》方《かた》御前が出て来て、大内記の命を告げます。つまり、「政右衛門がわざと負けたのは、主人を欺くことで、しかも御前間近の次の間に無断で女を引き入れ、血で穢した。だから暇を出す」です。柴垣は、婿の政右衛門に仇討が出来るよう、進んで死んで行くのです。

あまりと言えばあまりの設定なので、歌舞伎ではここに柴垣を出しません。林左衛門に負けた政右衛門を見捨てるようにして大内記は去り、その後、一人でいる政右衛門に、大内記は槍あるいは刀で切りかかって、政右衛門は真剣白刃取りで受け止め「剣豪」としての正体を顕す見せ場を作りますが、原作にそんなシーンはありません。剣豪としての見せ場を持たない政右衛門は、柴垣の死によって、やっと仇討に向かえますが、こうまでして成り立たさねばならない「仇討」というのはなんでしょう？　渦中の人を翻弄するだけの、不条理以外のなにものでもありません。

12

『伊賀越道中双六』は、最後の十段目で和田志津馬と唐木政右衛門対沢井股五郎と桜田林左衛門による伊賀上野での仇討を見せますが、これはドラマの落着を見せるためにあるようなもので、この作品を絶筆とする近松半二は、どうやら八段目の岡崎の段までを書いて死んでしまったようです。不条理劇である『伊賀越道中双六』では、「めでたし、めでたし」の仇討の成就などはどうでもいいようなもので、圧巻は先に述べた政右衛門とお谷が出会う岡崎の段です。

雪の降る夜、岡崎宿のはずれにある山田幸兵衛の家が舞台です。幸兵衛は武士ではありません。《百性《ひやくしよう》ながら一利屈《ひとりくつ》》と言われる老人で、岡崎の宿へと続く藤川宿の外れに新しく設けられた関所の《下役人》を務めています。幸兵衛には十六前後のお袖という娘がいて、彼女は一人で関所の前に置かれた茶店の切り盛りをしています。お袖のいる関所前の茶店が、岡崎の段へと続く藤川新関の段で、そこへやって来るのは、三段目で傷を負ったまま出番をなくしていた和田志津馬です。

志津馬はこの関所の前で政右衛門と落ち合うことになっていたのですが、政右衛門は現れません。日が暮れれば関所の門は鎖されますが、そこを通ろうにも志津馬は通行手形を持っていません。「どうしよう？」と思う志津馬を、茶店の娘が頰を染めて見ています。「この娘を使ってなんとか関所を抜けよう」と思うのが、もてる自分に自信のある志津馬です。言い寄られて、お袖は当然その気になり、二人で関所を抜ける算段を考えているところにやって来るのが、沢井城五郎からの手紙を運んで来る助平《すけへい》という下っ端の家来です。

お袖と志津馬は、助平の持っている通行手形と、沢井城五郎が書いた山田幸兵衛宛の手紙をこっそりと抜き取ります。お袖はかつて城五郎のところへ奉公に上がっていて、「幸兵衛の娘」という理由だけで沢井股五郎の許嫁になっていたのです。まだ会ったことのない股五郎に対して気のないお袖は、志津馬にポーッとなり、城五郎の手紙でおおよその事情を知った志津馬は、沢井股五郎になりすまします。岡崎の段で、山田幸兵衛が政右衛門に「股五郎に会わせよう」と言うのは、この志津馬のことです。

雪の降る寒い夜空の下の山田幸兵衛の家には、「沢井股五郎だ」と偽る和田志津馬と、「唐木政右衛門」の名を伏せた政右衛門が相手を知らぬまま出会いかけて、そこへお谷がやって来ます。寒さに凍えるお谷は、幸兵衛の家の軒先に身を寄せますが、村の夜回りに見つけられ「とっとと行け」と追い立てられます。村で一人旅のよそ者を泊めるのはご法度なのです。この騒ぎを「何事？」と思う政右衛門は戸の隙間から覗いて、騒ぎの因が哀れなお谷だと知ります。

素性を明かせない政右衛門は、お谷と知って知らぬふりをしますが、それを知らぬお谷は寒さの中で気を失って倒れます。これに気づくのは幸兵衛の妻で、「放っておきなさい」と言う政右衛門に対して、「可哀想だから、せめて泣いている子供ばかりは」と家の中に入れてやります。哀れなお谷は外に放置されたままで、そこに政右衛門が近づいて、《そちが居ては大望《たいもう》の妨《さまたげ》。苦しく共こたえて。一ッ丁南の辻堂《つじどう》迄。這うてなり共行《い》てくれい。吉左右《きっそう》を知ラす迄。気をしっかりと張詰《はりつめ》て必《かならず》死ヌるな。》と囁きます。

政右衛門は、決してお谷に対して邪慳ではないのです。愛する政右衛門に再会出来たお谷は、《此年月《としつき》の悲しさと嬉しさこうじて足立タず。杖を力に立チ兼る。》という状態なのですが、言われるままに去って行きます。邪慳でないからひどいのです。

この岡崎の段を「名作」と言っても、あまり賛同は得られないかもしれません。悪人は出て来ませんが、暗くて救いがありません。なぜかと言えば、幸兵衛の妻が引き受けた乳呑み子には、「唐木政右衛門の子巳之助《みのすけ》」という書き付けの入った守り袋が添えられているからです。

娘を股五郎の許嫁にしている幸兵衛は、股五郎の側に立たなければなりません。妻から「これは政右衛門の子供」と教えられた幸兵衛は、「この子を人質にして大事に育ててやろう」と言うのです。《其《その》がき随分《ずいぶん》大事にかけ。乳母《うば》を取ッて育《そだて》るが。計略の奥の手》と言ってしまうのが、口は悪くても根は善である山田幸兵衛です。

しかし、自分の素性を知られたくない政右衛門は、その子を奪い取って小柄《こづか》で突き刺し、殺してその上に死骸を庭へ投げ捨ててしまうのです。なぜそんなことをするのだと言っても、「仇討」という暗い闇夜の中に入り込んだ唐木政右衛門には、そうする以外ないのです。

近代の作者なら、そんなことをさせる江戸時代の「仇討」という風習の残酷さを声高に訴えるでしょう。しかし、これを限りで世を去る近松半二は、そんなことを言いません。ただ当たり前に、「人は時として暗い運命に巻き込まれてしまう」とだけ言っているようで、そうでもあるように冷たい雪を降り積らせる岡崎の暗い夜は、「普通の人達」の上に重くのしかかるのです。「闇と不幸は静かに訪れる」とでも言うように。

解題

矢内賢二［国際基督教大学上級准教授］

冒頭の「続篇の辞」にある通り、本書は二〇一二年新潮社刊『浄瑠璃を読もう』の続篇として企画された。二〇一四年から二〇一六年にかけて『芸術新潮』に連載された文章をまとめて単行本とする手筈で、すでに校正刷りも用意されていた。しかし著者の橋本治さんは体調を崩され、ついに校正に目を通すことがかなわないまま、平成の終わりを目前にした二〇一九年一月二十九日に亡くなった。ちょうど七十歳だった。

新潮社の米谷一志さんからその経緯を聞かされた。ついては、主に浄瑠璃に関する内容を確認してもらえないか、という依頼を受けた。「橋本治の書いた文章をチェックするなどとんでもない」と思うと同時に、「それでこの本がスムーズに世に出るのなら」と考えた。結局は、これも縁のうち、橋本さんが私に残した宿題だと勝手に思うことにして、厚かましくもお手伝いをさせてもらうことに決めた。

相談の上、本文の改変は最小限にとどめることを旨としたが、以下の要領で手を加えた。

・難読と思われる語には初出の時点でふりがなを補う。

・同じ語について、使い分けの意図が明確でない表記はいずれかに統一する。
・引用箇所については、参照されたと思われる資料に基づきつつ、読みやすさに配慮して適宜句読点等を補う。
・元は雑誌連載であったために、重複する記述や、「今回は〇〇です」といった連載を意識した文が見られるが、原則としてそのままに残す。

総じて、橋本さんの原稿と本書との間に生じた相違はすべて私に責任がある。

『浄瑠璃を読もう』で取り上げた『仮名手本忠臣蔵』『義経千本桜』など、いわば大物中の大物の演目に対して、「こちらのラインナップはいささか地味です」としてある。なるほど、一般の知名度から言えばそうかもしれないが、いずれ劣らぬ名作揃いであるのは間違いない。『小栗判官』と『出世景清』の章では、浄瑠璃以前の中世の芸能で語られた物語を人間ドラマとして読み解いていく。『小栗判官』は説経節。室町時代に生まれた「新しい物語」は「そもそも『辻褄を合わせる』という発想自体を持ち合わせていない」とした上で、その宗教色の強さを「とんでもなさが半端ではない」ということと同義である、という。しかし「平然ととんでもない話を進めてしまうところが、説経節のおもしろさです」。その問答無用のとんでもなさをスイスイと飛び越えて解説していく筆のテンポが快い。なお「ジャンルとしては古浄瑠璃にもカウントされる説経節」等の記述が見られるが、説経節が古浄瑠璃に包含されるというのは一般的な見解とはいえず、両者は区別して考えられるべきだろう。

『出世景清』はいささか変化球で、もっぱら幸若舞の『景清』が描き出す「悲惨なる孤独な英雄景清の救済の物語」について語った上で、新浄瑠璃（当流浄瑠璃）の嚆矢と位置付けられている近松の『出世景清』を「語るべき内容はない」「無理なこねくり回し」と断じる大胆さ。なお文中では能の『景清』『俊寛』を世阿弥の作としているが、諸説あっていずれも作者は不詳。

『曾根崎心中』は「恋する男女の胸の内ばかりが精密に描かれていて」「余分なものがないストレートな分かりやすさ」に特長があるという。「日本の演劇史で初めて『恋』を演じて見せた二人でもあったのです」という指摘は含蓄に富み、やはり本作が後に続く世話浄瑠璃の濃密な世界の出発点であったことを再認識させる。

『夏祭浪花鑑』は著者によると「喧嘩っ早い浪花のヤンキー達のドラマ」であって、「バカでチマチマした町人社会の男達のありようがよく描かれている」という点で名作というに値する。人形浄瑠璃はあくまでも大衆向け娯楽演劇であり、複雑さや文学的香気を備えた作品だけが偉いわけではない。「喧嘩で物事を処理してしまう人達は苦悶の扱いに慣れていなくて腰砕け」という総括のしかたが実に面白い。

いっぽう『双蝶々曲輪日記』では、対照的に「主人公のそれぞれがドラマを持って」いて、「だからこそドラマに厚みや深みが生まれるのです」。現代人には理解しにくく映る登場人物たちの言い分を、「苦境に立たされてなんとかして人間的な打開の道を探ろうとする、人間達の弁論」と見立てる。なお一般には「双蝶々」の表記が定着しているが、正確には「双蝶蝶」。

『摂州合邦辻』は、その「ゆるい構成」がかえって「登場人物の心理を浮かび上がらせるような、不思議な効果」を上げているという。真偽二通りの解釈のある玉手御前の恋については「これが本気でないはずはありません」とし、恋というものの「血腥い一面」が描かれていると本作の迫力を分析してみせる。なお菅専助と明専寺との関わりについてはあくまでも俗説とする説が有力。『一谷嫩軍記』の熊谷をめぐる悲劇は「収拾のつかないほど無惨な物語」。「泣くことが許されない男のためのドラマ」という指摘は大いに頷けるもので、その劇的な状況を言葉によって創り出した作者の人物配置、状況設定の巧みさに改めて感服する。『伊賀越道中双六』は「仇討をしなければならない人間達の内部事情」を中心とする「へんな仇討物」。しかしそのドラマは酷烈で、「普通の人」が「仇討というものに巻き込まれることによって現れる、人間の抱える不条理」という深遠なテーマに迫っている。

いずれの演目でも、登場人物の言葉や振る舞いが一体どういう理由で生まれてくるのかを、場面の展開に沿って謎解きのように読みほどいていく。「この人は何を考えているのか？」「この人はどうしてそうしなければならなかったのか？」を丁寧に追いかけていく。すると不思議なことに、触ると温かい生身の人間として浄瑠璃の登場人物たちがにわかに立ち上がってくる。「どうやって人間を描くか」は近代小説の大テーマだったはずだが、やはりここには劇的な場面における人間の姿を見届けようとする橋本治の小説家としての眼が光っている。それが凡百の「現代にも通じる心情」的な薄っぺらい読み方と一線を画しているのは、江戸時代の人の考え方に徹底して寄り添おうとしているところだろう。近代が発見して以来、今でも人々の大切なよりどころとなっている「個人」や「自己」などというものは、彼らの前ではほとんど何の意味もない。

「江戸時代には『個人的感情』の入る余地がありません。だから、江戸時代製の浄瑠璃や歌舞伎の物語は、持って回ってめんどくさいのです。」

「江戸時代に重要なのは、『心理』ではなく『道理』です。」

（「『双蝶々曲輪日記』のヒューマンドラマ」）


著者の義太夫節に対する考え方は、すでに『浄瑠璃を読もう』に端的に記されている。

「なんでまた義太夫節の浄瑠璃かと言えば、近代になって成立する小説の先祖が江戸時代の人形浄瑠璃劇だと私が思っていて」

こういうものすごいことをズバッと、しかしいとも軽やかに言い切ってしまうのが橋本さんの作家的知性のただならぬ切れ味である。さらに『義太夫を聴こう』（河出書房新社）では、義太夫三味線の鶴澤寛也との対談でこう語っている。

橋本　私は小説を書くときはいつもそうですよ、ここでテ〜ンと一拍入るとか考えてる。
寛也　橋本さんの小説の書き方は、義太夫なんですか？
橋本　そうですよ。自分の中に、当たり前のように義太夫が入っちゃってるから。ある時に義太夫を分析していったら、まさに自分の小説の書き方がそうだと気づいたわけです。

『TALK 橋本治対談集』（ランダムハウス講談社）での高橋源一郎との対談では「基本的にオレが目指しているのは、人形浄瑠璃の文楽の太夫なんですよ。（略）小説家ってそういうもんだと思ってるんです」とも。現代の小説家として、自分の表現の祖型に義太夫節を配置する人が果たして他にいるだろうか。

本書にもあるとおり、義太夫節の物語は複雑で難解であると言われることが多い。しかし恐らく戦前くらいまでの日本人はその物語を十分に咀嚼し共感していたわけで、要は戦後の現代人がその物語を理解する筋道を見失ったに過ぎない。橋本さんは、その筋道を現代人の言葉を使って説き明かし取り戻そうとした稀有な人だった。

小説という形式は近代が生み出した文化的成果であって、小説家としての橋本治はもちろん近代の波に乗って言葉を紡ぎ出した。しかし一方では、というよりもだからこそ、近代に対する得も言われぬ違和感、あるいは物足りなさを抱えていたに違いない。近代に見事置き去りにされてしまったように見えてはいるが、実は人の心を激しく掻き回さずにはいないもの。そういう「近代にまつろわぬもの」を思慕していた。その離断をなんとかつなぎ合わせる可能性を秘めたもの、また近代というものを本当に知るために重要なポイントの一つが、著者にとっては浄瑠璃の物語であり浄瑠璃の言葉だったのではないか。著者はそれをとびきり精妙な照準器の一つとして、近代を論じ、人間を描いた。

本書を通してわれわれにうっすらと見えてくるのは、義太夫節が日本人にとっての「物語」の重要なスタンダードの一つであること。そして「浄瑠璃を読む」という現代人にとってはおよそ浮世離れした行為が、人間に不可欠な「創作」や「物語」と正面から向き合い、それを改めて携え直すことにも通じるのではないか、ということだ。「創作」や「物語」の肩身が狭くなる一方の今こそ、もう少し浄瑠璃を読もうではないか。

最後にいささか調子に乗って、個人的な思い出を書き残しておくことをお許しいただきたい。二〇〇〇年に当時勤めていた国立劇場の企画で橋本さんに薩摩琵琶の新曲『白鷺譚』を書き下ろしていただいた時、プレ・レクチャー的な講座を開いて橋本さんにお話しいただいた。確か「〈伝統〉とか〈伝わる〉ってのはどういうことなんでしょうね」みたいな話題を振った時のこと。「例えばね、仁木弾正の鷺の見得ってあるじゃないですか」

歌舞伎の『伽羅先代萩』刃傷の場、敵役の仁木弾正が短刀を頭上に振り上げて右足の爪先を左手でつかみ、左足一本で立つ変わった形の見得をする。そのさまが鷺の立ち姿に見えるところから「鷺見得」と呼ばれ、元は舞台上で釘か何かを踏ん付けた役者が咄嗟に取ったポーズだという言い伝えがある。橋本さんはパイプ椅子から突然立ち上がると、立派な体軀でその見得をして、ギョロリと目まで剝いて見せた。学生時代に歌舞伎研究会で実演もやっていた橋本さんだから不思議はないが、私の方は「わわ、いきなりなんだ？」と焦った。次の瞬間ピンときた。若造の頼りない司会進行で沈滞しかけた場の空気を、なんとか盛り上げてやろうという優しさに違いなかった。

ちょうどその十年後。橋本さんが国立劇場主催の公開講座で歌舞伎の話をするというので、今度は野次馬としてのぞきに行った。表敬訪問のつもりで訪ねていくと、控室のはずの応接スペースは空っぽ。はて、と見回すと、休日でひと気のない事務室の一番奥の非常口のドアが開け放してあって、橋本さんの横顔と背中が見えた。橋本さんは非常階段に座り込んで、からりと真っ青に晴れあがった空を一心に見上げていた。声をかけるかかけまいか一瞬迷ったが、「橋本さん」と言うと振り向いて「あ、来たの」とのんびりした声を出した。その時私が数秒間眺めた横顔と背中に匂う都会的含羞は、うまく説明できないが「東京の男の子」そのものだった。あの時橋本さんが何を見ていたのか、とうとう聞きそびれてしまった。

ひとさまの、しかも文章のプロが書いた文章に手を入れるのは実に苦しいものと思い知った。優しい橋本さんは「そんなのはね、どっちでもいいんですよ」と微笑するかもしれないが、僭越へのお許しを願わずにはいられない。編集担当の米谷一志さんの鮮やかな采配、そして世に名高い新潮社の精密な校閲には全面的に助けていただいた。心より御礼を申し上げる。

改めて橋本治さんのご冥福をお祈りするとともに、この本が一人でも多くの人を浄瑠璃の豊かな物語世界へといざなってくれることを願う。

＊初出
「芸術新潮」二〇一四年五月号〜二〇一六年三月号

もう少《すこ》し浄瑠璃《じょうるり》を読《よ》もう

著者

橋本《はしもと》 治《おさむ》

発行

2019年7月25日

発行者 佐藤隆信
発行所 株式会社新潮社
〒162-8711 東京都新宿区矢来町71
電話 編集部 03-3266-5411
読者係 03-3266-5111
https://www.shinchosha.co.jp

印刷所
大日本印刷株式会社
製本所
大口製本印刷株式会社

乱丁・落丁本は、ご面倒ですが小社読者係宛お送り下さい。
送料小社負担にてお取替えいたします。
価格はカバーに表示してあります。

ISBN978-4-10-406116-7 C0095

浄瑠璃を読もう　橋本　治

わたしたちの心の原型も、小説の源流も、みんな浄瑠璃のなかにある！　『仮名手本忠臣蔵』から『冥途の飛脚』まで、最高の案内人と精読する、読み逃せない8作品。

ひらがな日本美術史　橋本　治

退屈な美術史よ、さようなら。仏像、絵巻、法隆寺などを大胆繊細かつ感動的に読み解きながら、太古の日本人の心、夢、祈りのかたちを明らかにする。カラー写真多数。

ひらがな日本美術史2　橋本　治

龍安寺の石庭は難解な哲学なのか。歴史上もっともパンクな天皇とは誰か。遠い過去のことでも他人事でもない中世へ、思考する眼が旅をする大反響シリーズ第二弾。

ひらがな日本美術史3　橋本　治

〝元祖バブル〟の安土桃山時代は傑作がメジロ押し。枯淡あり絢爛あり妙なものあり。日本人の失われたセンスと矜持がこの時代に輝き溢れていたのは何故なのか？

ひらがな日本美術史4　橋本　治

シリーズ第四弾は、「最高の画家」宗達から、とんでもなくオシャレな「桂離宮」まで、時代を超越した江戸のセンスが目白押し。異端にしてド真ん中の日本美術批評。

ひらがな日本美術史5　橋本　治

日本美術の曲がり角、18世紀後半。京都には応挙、蕭白、若冲がいて、江戸には歌麿、写楽がいた。百花繚乱の「江戸」を軽やかに迎え撃つ、待望のシリーズ第5作！

ひらがな日本美術史6　橋本治

富士山にクジラに東海道！　江戸も残りわずかの19世紀。維新前夜に爛熟を迎えた北斎、歌麿、国芳、広重ほか、色気と情緒たっぷりのシリーズ第6巻は〝前近代篇〟。

ひらがな日本美術史7　橋本治

日本にも、こんなに美しいものがある――。高橋由一、竹久夢二、東京五輪ポスターなど、近代日本美術が大集合。ビジュアルで日本史を描く壮大な試み、堂々フィナーレ！

小林秀雄の恵み　橋本治

もう一度、学問をやってみようかな――。小林秀雄という存在を、人生に「学問」という恵みを与えてくれた恩人として新たに読み解いてゆく、愛のある論考。

巡礼　橋本治

男はなぜゴミ屋敷の主になったのか？　戦後日本をただ黙々と生きてきた男がすがったのは「ゴミ」という名の何ものかだった。孤独な魂を抱きとめる圧倒的長篇！

初《はつ》夏《なつ》の色　橋本治

周りが闇でも、明かりが灯っているだけでいい――。言葉少なに互いを思いやり、「その後」を生きようとする家族の肖像など、震災後の日本人の姿をつぶさに描く短篇集。

草薙の剣　橋本治

10代から60代、世代の異なる6人の男たちを主人公に、戦前から戦後、平成の終わりへと辿る日本人のこころの百年。デビュー40周年を記念する畢生の長篇。